www.mayabook.co.kr

www.mayabook.co.kr

www.mayabook.co.kr

일구이언이부지자

일구이언 이부지자 ❹

지은이 | 이문혁
펴낸이 | 권순남
펴낸곳 | (주)마야 · 마루출판사
등록 | 2008. 1. 7(제310-2008-00001호)

초판 인쇄 | 2009. 4. 12
초판 발행 | 2009. 4. 15

주소 | 서울시 노원구 상계 1동 1049-25 신영산업 BD 602호
대표전화 | 02-2091-0291
팩스 | 02-2091-0290
이메일 | marubooks@hanmail.net

ISBN | 978-89-5974-363-6(세트) / 978-89-5974-492-3
정가 | 8,000원

잘못된 책은 교환하여 드립니다.
저자와 협의하여 인지를 붙이지 않습니다.

일구이언이부지자 4

이문혁 신무협 장편소설

마루&마야

목차

프롤로그 …007

제1장. 성동격서(聲東擊西) …015
  - 동쪽을 칠 듯이 말하고 실제로는 서쪽을 친다는 뜻으로,
    상대방을 속여 교묘하게 공략함을 비유한 말

제2장. 오리무중(五里霧中) …041
  - 사방(四方) 오 리에 안개가 덮여 있는 속이라는 뜻으로,
    사물의 행방이나 사태의 추이를 알 길이 없음을 비유

제3장. 남귤북지(南橘北枳) …065
  - 회수의 남쪽인 회남의 귤나무를 회수의 북쪽인 회북에
    옮겨 심으면 탱자나무로 변해버린다.
    처지가 달라짐에 따라 사람의 기질도 변한다는 뜻

제4장. 점입가경(漸入佳境) …087
  - 일이 점점 더 재미있는 지경으로 들어가는 것을
    비유하는 말로 쓰임

제5장. 견문발검(見蚊拔劍) …113
  - 모기를 보고 칼을 뺌. 조그만 일에도 성을 내는 소견 좁은 행동

제6장. 금의야행(錦衣夜行) …141
  - 비단 옷을 입고 밤에 다닌다는 뜻으로,
    성공은 했지만 아무런 효과를 내지 못하는 것

제7장. 불치하문(不恥下問) …165
- 아랫사람에게 배우는 것을 부끄러이 여기지 않음

제8장. 교천언심(交淺言深) …189
- 사귐은 얕으나 말에는 깊이가 있다는 뜻

제9장. 수원수구(誰怨誰咎) …213
- 남을 원망하거나 책망할 것이 없음

제10장. 삼인성호(三人成虎) …241
- 세 사람이 모이면 호랑이도 만들 수 있다는 말로, 거짓말이라도 여럿이 말하면 참말로 만들 수 있다는 뜻

제11장. 지록위마(指鹿爲馬) …263
- '사슴을 가리켜 말이라고 한다'는 뜻으로, 꾀를 부려 다른 사람을 농락하거나 권세를 휘두름을 뜻함

제12장. 후안무치(厚顔無恥) …287
- 뻔뻔스럽고 당당해서 부끄러움을 느낄 이유가 없는 경우를 말함

제13장. 쾌도난마(快刀亂痲) …309
- '경쾌한 칼 놀림으로 어지러움을 잘라낸다'는 뜻으로, 일을 시원스럽게 척척 해낸다는 말

프롤로그

"하하하하!"

용문진의 입에서 자연스럽게 웃음소리가 흘러나왔다. 큰 소리로 웃기는 했지만, 그 속에는 즐거움보다는 어이없음이 더 깊게 묻어 있었다.

"웃을 만도 하지."

말을 꺼냈던 상대는 충분히 이해가 된다는 듯 용문진의 웃음에 별다른 문제를 제기하지 않았다.

"당연하지 않나?"

용문진은 말이 되는 소리를 하라는 듯 시큰둥한 표정을 지었다.

"물론 입으로만 떠들어댄다면 황당무계한 일이긴 하지."

"입으로만 떠들면이라……. 근거라도 있다는 말인가?"

상대는 용문진의 말에 품속에서 봉투 하나를 꺼내들었다.

"확인해보면 알겠지."

용문진은 툭 소리를 내며 탁자에 던져진 봉투를 보고 '설마' 하는 눈빛을 보였다.

"구대문파는 물론, 정사 간 각 지역을 장악하고 있는 문파들의 연판장이다."

무림 문파들의 수결이 담긴 연판장이라는 말에 용문진의 눈빛이 크게 흔들렸다.

부스럭.

용문진의 손끝에 잡힌 봉투가 특유의 마찰음을 내며 입을 열자, 각 문파의 대표가 스스로 날인한 내용들이 그의 눈에 가감 없이 흘러들었다.

"미쳤군."

문서를 살펴보던 용문진의 얼굴이 처음으로 굳어졌다. 미치지 않고서야 어떻게 이런 짓을 벌일 수 있단 말인가.

"아니지. 그건 미쳤다고 말하는 게 아니라 효율적 생산 활동이라고 하는 게 맞지."

"효율적 생산 활동?"

용문진은 상대의 대답에 다시 반문을 했다. 뭐가 효율적이고, 어떻게 이런 행위가 생산 활동이 될 수 있는지 설명을 들어야겠다는 눈빛이었다.

"그래서 자넨 아직 멀었다는 거야."

용문진은 설명 대신 자신의 능력을 무시하는 발언이 흘러나오자, '그런 식의 태도는 곤란하지 않나?'라는 표정을 지었다.

"선택해. 양쪽 모두 죽을 때까지 싸우든지, 아니면 피 한 방울 흘리지 않고 입성하든지 말이야. 아무리 자네 쪽 전력이 강하다 해도, 수천 년을 이어온 무림의 저력 또한 무시할 수 없잖아."

용문진은 죽기 아니면 살기라는 말에 눈빛이 복잡해졌다.

"나 혼자서 결정할 수 있는 게 아니야."

"그래? 그러면 어서 가봐. 시간 낭비 할 때가 아니지 않나?"

"이틀 뒤 답을 주도록 하지."

사실 답을 구하기까지 하루면 충분한 시간이었지만, 만약 연판장에 적힌 내용대로 합의가 된다면 하루라도 빨리 준비를 해놓는 게 성공 확률이 높았다.

"이틀씩이나? 난 하루면 충분하다고 보는데."

"그건 네 생각이겠지."

용문진은 혼자서 모든 것을 결정하려 들지 말라며 충고하듯 입을 열었다.

"이런, 오해가 있는 것 같군. 나는 참가자일 뿐 결정권자는 아니야. 이 일에 대한 모든 결정은 내가 아니라 구대문파의 수장들이 한 거니까."

"당연히 그러셨겠지."

용문진은 웃기지 말라는 듯 콧방귀를 뀌었다.

"좋아. 이틀을 주지. 합의에 동참을 하겠다면 너희 쪽도 그럴싸한 서류를 준비해둬야 할 거야."

"동참을 하게 된다면 그렇게 하지."

용문진은 더 이상 할 말이 없으면 돌아가겠다며 자리를 털고 일어났다.

"갈 땐 가더라도 술값은 내주고 가. 보다시피 자네 덕분에 내 몰골이 말이 아니라서 말이야."

"얼굴도 모르는 사람에게 술값을 낼 생각은 없다."

용문진은 넝마 쪼가리로 얼굴을 가리고 있는 상대에게 웃기지 말라는 표정을 지었다.

"쯧쯧쯧, 그렇게 좀스럽게 구니 따르는 사람이 별로 없는 거야."

"훗! 천방지축 겁 없이 날뛰는 자에게 들을 소린 아닌 것 같군."

"헛소리 그만 하고 술값이나 내. 기회가 되면 꼭 갚을 테니까."

"과연 그럴 기회가 있을지 모르겠군."

"없으면 어쩔 수 없고. 나중 일은 모르는 거니까. 하지만 오늘은 술값 좀 내줘. 정말 돈이 없어서 그래."

"거지도 아니고······."

"거지가 별건가. 춥고 배고프면 그게 다 동질이지."

"술값, 내주지."

"고마워."

"고맙긴. 장부에 확실히 기록해놓을 테니 떼먹을 생각은 하지 않는 게 좋을 거야."

"크크크! 기록까지 할 작정이라면 화끈하게 사고 가. 선심이라는 게 있잖아."

"선심 좋아하네."

용문진은 툴툴거리면서도 점소이를 부르더니 사내가 원하는 대로 내주라고 지시를 했다.

"이틀 뒤 여기에서 기다리지."

"그렇게 하지."

두 사람은 한동안 서로를 바라보며 해석 불가의 눈빛을 주고받더니 그렇게 헤어졌다.

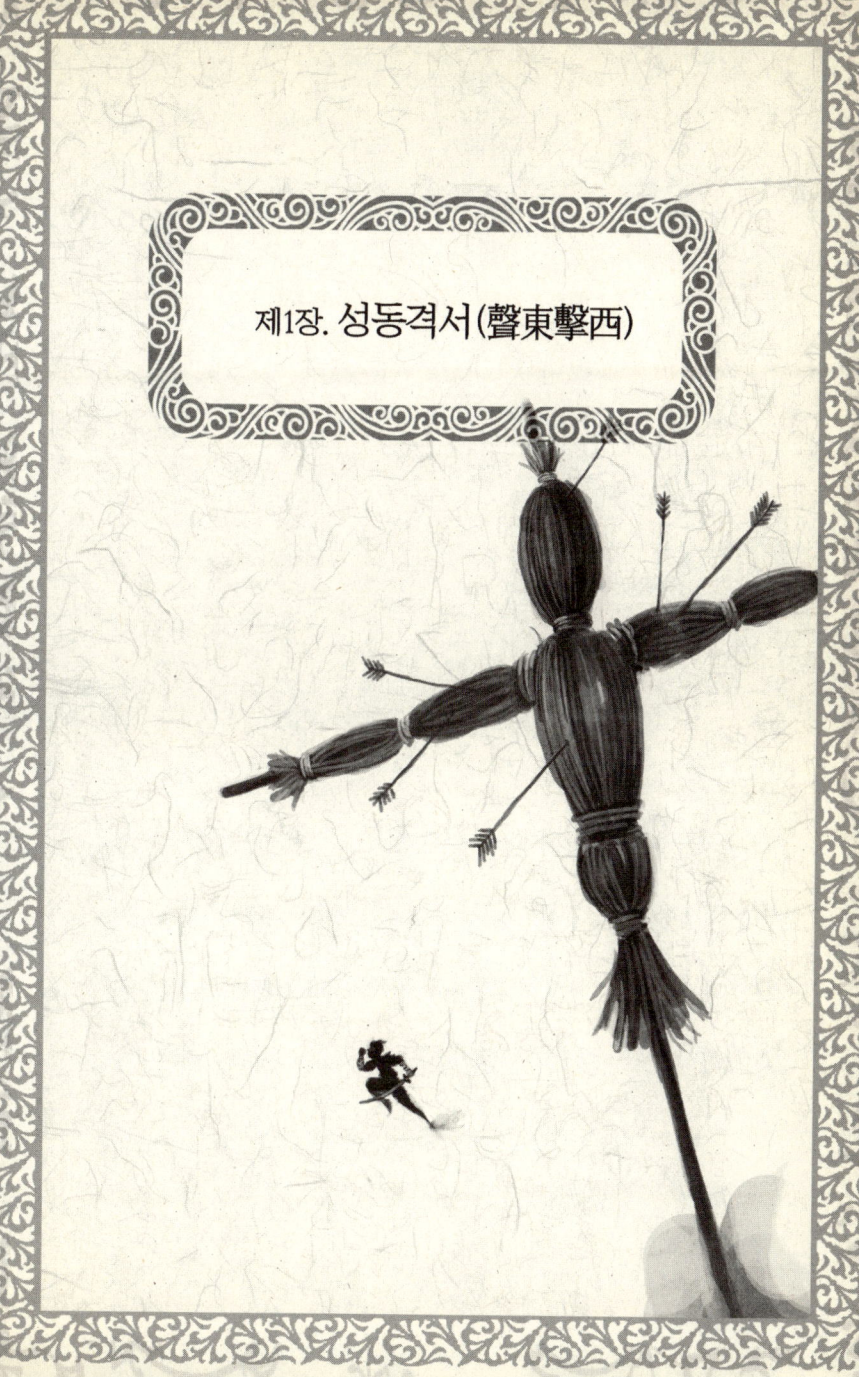

성동격서(聲東擊西)

−동쪽을 칠 듯이 말하고 실제로는 서쪽을 친다는 뜻으로,
 상대방을 속여 교묘하게 공략함을 비유한 말

　제갈선의 욕심은 장자의 죽음과 제갈곽의 부상을 불러왔고, 결과적으로 아무것도 얻지 못한 채 허망한 상태가 되어 버렸다.
　부들부들 떨리는 손으로 아들의 주검을 끌어안고 있던 제갈선은 붉게 물든 눈으로 관치에게 시선을 돌렸다.
　제갈선과 시선을 마주한 관치가 먼저 입을 열었다.
　"그릇된 욕심과 만용이 부른 결과요."
　"닥쳐라! 두 년이 이곳에 찾아오지만 않았으면 아무 일도 없을 제갈가였다!"
　제갈선은 이 모든 일이 당미란과 당민영이 제갈세가를 찾아왔기 때문에 벌어진 것이라며 버럭 고함을 질렀다.

관치는 분노 때문에 이성을 잃어버린 제갈선의 외침에 착잡한 표정을 짓더니 제갈곽에게 시선을 돌렸다.
"당신도 그렇게 생각하는 것이오?"
관치는 그나마 제갈가 내에서 사태 판단이 가능한 사람은 제갈곽 한 사람뿐이라 여겼다.
"가문의 뜻이 내 뜻이네."
혹시나 하는 마음에 말을 건넸던 관치였지만, 제갈곽의 대답을 듣자 더 이상 방법이 없다는 생각이 들었다.
제갈곽은 애초에 일을 벌이지 않았으면 모를까, 이미 모든 일이 파국으로 치달은 지금 변병 따위는 하고 싶지 않다는 표정을 지은 것이다.
"한 놈도 빠짐없이 모두 죽여라! 당가와 관련된 흔적을 모조리 지워버려야 한다!"
제갈선의 명령이 떨어지자 전각 주변에 진을 치고 있던 제갈가의 사람들이 흉흉한 기색으로 관치를 향해 살기를 쏟아내기 시작했다.
관치는 말로 상황을 타개하기에는 불가능하다는 생각이 들자 길게 한숨을 내쉬었다. 세상 어느 곳이든 도검을 든 무림인들이 있는 곳은 결국에는 힘과 힘의 충돌이 이루어질 수밖에 없다는 생각에 마음이 답답해진 것이다. 그러나 자신이 이들의 사고에 반(反)하는 것처럼 이들 역시 자신의 생각에 동감해주지 않음을 인정해야만 했다.

"당신들이 세상에 원하는 모든 것들을 기어이 힘으로 누르겠다면… 응하지 못할 것도 없겠지."

관치는 검을 추켜들고 자신을 둘러싸는 제갈가의 사람들을 보며 마음을 굳힌 듯 표정이 차가워졌다.

"쳐라!"

제갈가 무인들의 입에서 날카로운 외침이 터져 나오고, 수십 개의 검날이 관치의 목을 노리고 날아들었다.

제갈선은 물론이고, 그 모습을 지켜보고 있던 제갈가의 수뇌부는 덩치만 클 뿐 특별한 모습을 보이지 못하고 있던 관치가 당연히 목숨을 잃을 것이라 의심치 않았다.

그러나 평소 기발한 생각과 분석력으로 무림에 위명을 날려 왔던 제갈가의 모습은, 관치의 독특한 외침과 함께 또다시 분별력을 잃어버리고 말았다.

"제(擠:밀어내다)!"

양손을 교차하며 상대를 끌어안는 듯한 행동을 취한 관치의 움직임에 6개의 검이 지남철이라도 된 듯 엉겨 붙었고, 갈대가 휘청거리듯 그렇게 빨려 들어간 검날들은 '결(決:터트리다)'이라는 두 번째 외침에 반응이라도 하듯 와장창 소리를 내며 폭죽처럼 튕겨 나갔다.

"이게 무슨?"

너무 순식간에 일어난 일이라 관치와 제갈가의 무인들 사이에 무슨 일이 벌어졌는지 판단하기도 전에 또다시 믿기 힘든 상황이 연이어 연출되기 시작했다.

"파쇄(破碎)!"

결이란 외침이 메아리치기도 전에 파쇄란 외침이 꼬리를 물자, 사방으로 튕겨 나갔던 검들이 제어력을 잃고 좌우로 흔들리며 제갈가 사람들의 목과 허리로 맹렬하게 휘둘렸다.

관치의 목을 노리던 6개의 검이 짚단이라도 묶어놓은 것처럼 와르르 보였다가, 기이한 마찰음을 한가득 만들어내더니 다른 이들의 목을 노리며 팔랑팔랑 춤을 춘 것이다.

"히이익!"

"피, 피해!"

"비켜! 비켜라!"

제어력을 잃어버린 검의 주인들은 다급한 음성으로 단말마를 뱉어냈지만, 설마 동료의 검이 자신의 몸을 노리고 날아들 줄은 생각도 못했었기에 방어는 물론이고, 회피 동작마저 여의치 않아 대번에 2명의 목이 날아가고, 추가로 3명의 허리가 핏물을 쏟아내며 치명적 부상을 만들어냈다.

분노와 실망감 때문에 잠시 이성을 잃었던 제갈선 역시 두 눈으로 보면서도 믿기지 않는 사태에 입만 쩍 벌린 채 마땅한 명령을 내리지 못하는 모습이 되었고, 양팔이 부러져 태반의 능력이 금제를 당한 제갈곽 역시 마술처럼 보이는 관치의 기술에 경악을 금치 못했다.

"뭐가 어떻게 된 건지······."

제갈곽은 눈 깜짝할 새 벌어진 기괴망측한 사태에 뭐라고 반응을 보여야 할지, 관치가 사용한 처음 보는 무공이 어떤 무리(武理)를 바탕으로 이룩된 것인지조차 파악해낼 수가 없었다.

 관치의 움직임은 근종의 경지에 도달한 제갈곽조차도 파악하지 못할 정도로 빠르고 기괴했기에, 다른 이들의 눈으로 그의 능력을 판단하고 이해한다는 것은 불가능한 상태였다.

 뭔가 황당한 일이 벌어졌다는 것은 모두가 느끼고 있었지만, 눈앞에 벌어진 사건은 말 그대로 황당 그 자체였기에 사람들은 관치가 보인 능력에 대해 '무섭다.'든가, '피해야 한다.'는 등의 현명한 판단을 내릴 수가 없게 되어버렸다.

 "주, 죽어라!"

 "어디서 사술을 쓰는 것이냐!"

 "이놈!"

 자신들의 검에 동료가 목숨을 잃고 부상을 당하자 무인으로서 수치심과 격분을 느낀 제갈가의 무사들은, 어디 또 한 번 해보라는 식으로 맹목적인 분노를 쏟아내기 시작했다.

 늦게나마 관치가 선보인 해석 불가의 능력이 근종에 이른 자신의 능력으로도 쉽사리 파악할 수 없는 상승의 경지임을 깨달은 제갈곽이 무사들의 공격을 멈추려 했지만 이미 한 호흡 늦어버리고 말았다.

"머, 멈춰라! 그자에게 다가가지 마라!"

다급하게, 그리고 간절하게 울려 퍼진 제갈곽의 음성이었지만, 이미 검날을 바로 하고 관치의 목을 다시 한 번 노리고 있던 무사들의 움직임은 방금 전 벌어졌던 일들을 그대로 반복하고 있었다. 각각의 검날이 연인이라도 된 듯 한데 모여들더니, 날아들던 속도는 비교도 되지 않을 정도로 빠르게 튕겨져 나가 또다시 동료의 몸에 상처를 낸 것이다.

"크윽!"

"컥!"

그나마 다행이라면 첫 교전 때처럼 다섯이 넘는 비명이 터지지 않았다는 정도랄까?

그러나 단 두 번의 공격으로 일곱이 넘는 이들이 무력하게 쓰러지자, 겁 없이 덤벼들던 제갈가의 무사들 역시 뭔가 잘못됐다는 생각이 들었는지 주춤거리며 관치와 거리를 벌리기 시작했다.

"물러서라! 물러서란 말이다!"

제갈곽은 다급한 음성으로 명령을 내리며 급히 세가의 무사들을 뒤로 물렸다.

연이어 두 번씩이나 같은 결과를 목도한 제갈곽이 관치가 보여 준 한 수 속에 이화접목은 물론, 공간을 격하고 물체에 힘을 전할 수 있는 격물타력과, 그 안에 담은 힘을 요동치게 만들어 상대가 불어넣은 기운을 충돌시켜 내부에 충격을 주는 상승의 묘리까지 숨겨져 있음을 알아낸 것이다.

'어떻게 이런 일이 가능하단 말인가? 저 단순한 동작에 어떻게 이 많은 상승의 묘리가 녹아들 수가 있단 말인가!'

제갈곽은 자신의 눈으로 직접 보고 있으면서도 쉽사리 인정할 수 없는 관치의 능력에 머리가 지끈거렸다.

외부로 터져 나오는 격렬함은 없었지만, 자신이 알고 있는 그 어떤 무공보다도 효율적이고 체계적인 움직임.

제갈곽은 처음 관치를 볼 때부터 뭔가 꺼려지는 느낌을 받기는 했지만, 그것이 이런 식으로 나타날 줄은 꿈에도 생각지 못했던 것이다.

제갈가의 가주 제갈선 역시 선뜻 공격 명령을 내리지 못하긴 마찬가지였다. 동생 제갈곽에 비해서 무공이 약하긴 했지만, 사물을 꿰뚫어 보고 이치를 찾아가는 공부는 동생 곽과 비슷하면 비슷했지, 결코 낮은 실력이 아니었기 때문이다.

관치는 제갈가의 공격이 주춤거리자 시선을 제갈선에게 고정시켰다.

"이쯤에서 서로 물러서는 게 어떻겠소?"

"……"

"나는 어차피 잃을 게 없는 사람이오. 그러나 잃을 게 없다고 해서 앞뒤 재지 않고 막 나가는 사람이 되고 싶지는 않소. 이대로 양보하는 부분을 심각하게 고민해줬으면 좋겠소."

관치는 자세를 풀고 팔짱을 끼더니 짐짓 여유로운 표정을 보였다. 계속해봤자 손해는 내가 아니라 제갈가에서 볼 것 같은데 어떻게 하겠냐는 무언의 표시였다.
 관치의 태도에 제갈선이 입을 열었다.
 "이대로 물러서 달라……. 말이 된다고 생각하느냐?"
 "말이 안 될 건 또 무엇이오?"
 관치는 서로 간에 피해는 이쯤에서 줄이자는 것이 잘못되었냐는 듯 제갈선을 바라보았다.
 "놈! 운 좋게 한 수 이득 본 것을 가지고 기고만장이구나!"
 제갈선은 관치의 능력이 아무리 대단하다고 해도 그를 제압할 방법은 얼마든지 있다는 표정을 보였다.
 "기고만장하고 싶은 생각은 추호도 없소. 서로 간에 더 이상 문제를 일으키지 말자는 뜻이라는 걸 모르는 것이오?"
 "흥! 네놈이 뭔가 단단히 착각을 하고 있구나. 제갈가의 능력은 본시 무공에 있지 않음을 똑똑히 보여 주마."
 관치는 여전히 기세등등한 제갈선의 태도에 불안한 마음이 들었다. 관치 역시 제갈가가 무공으로 무림에 이름을 떨치지 않았음을 잘 알고 있었다. 시간을 끌수록 결국에는 불리한 입장에 놓이게 될 것이다. 직접 손발을 섞는 게 위험하다면, 그렇지 않고 자신을 압박하는 방법을 얼마든지 찾아낼 이들이 제갈가의 사람들인 것이다.
 "무슨 생각을 하는지 모르겠지만 쉽지는 않을 것이오."

"쉽든 쉽지 않든 그것은 중요한 것이 아니다. 네놈은 물론이고, 당가의 여식들까지 오늘 이곳에서 절대 살아나가지 못할 것이다. 진공, 어찌 되어가느냐?"

제갈선은 차남 제갈진공에게 이미 뭔가 지시를 내려놨는지 곧바로 질문을 던졌다.

"일다경 정도면 정리가 될 것입니다."

관치는 제갈진공이라는 자가 기문진식에 탁월한 능력이 있다고 했던 말이 떠올랐다. 그의 예상대로 직접적 마찰이 아니라 우회적 포획을 준비하고 있는 것 같았다.

'일단 저들에게 일행이 이미 빠져나갔다는 인식을 심어주어야 한다.'

관치는 자신을 제외하곤 이미 나머지 일행이 제갈가를 빠져나갔다는 점을 강조해야만 저들의 판단력을 흐트러뜨릴 수 있다는 생각이 들었다.

"후후후, 제갈진공이 뭔가를 준비하고 있다면 기문술을 바탕에 두고 있겠군."

제갈선은 여전히 문제 될 게 없다는 식으로 이야기하는 관치의 태도에 눈 끝이 실룩거렸다. 무슨 짓을 하든 실패할 거라는 듯 비아냥거리는 투로 들렸기 때문이다.

"언제까지 웃을 수 있는지 두고 보마."

"언제까지라……. 그렇게 멀리 생각할 필요도 없을 것 같소. 이미 나는 웃고 있고, 또 그것은 당신의 모든 계획이 실패로 돌아갔다는 것을 알려 줄 수 있으니 말이오."

"무슨 뜻이냐?"

"아직도 모르겠소?"

무슨 뜻이냐는 제갈선의 말에 관치는 빙글빙글 웃음을 보일 뿐, 더 이상 설명을 늘어놓지 않았다.

관치의 의도를 파악하고자 잠시 머리를 굴리던 제갈선은 아직도 모르겠냐는 말에 '아차!' 하는 표정을 지었고, 그의 표정을 확인한 관치는 그 순간을 놓치지 않고 다시 입을 열었다.

"이제야 깨달은 것이오? 나는 모르겠지만, 이미 다른 사람들은 제갈가를 빠져나간 지 오래요. 나는 단지 시간을 끌기 위해 이곳에 남아 있을 뿐."

관치는 이제야 깨달았냐는 듯 킥킥거리며 웃음을 터트렸다.

"말도 안 되는 소리!"

"아직도 그런 말을 꺼내놓다니, 이젠 의구심마저 드는군. 이곳이 정말 제갈세가가 맞는 것이오?"

"시간적 여유가……."

"여유가 없다고 느낀 것은 당신네들이지, 우리가 아니오. 우리를 뒤쫓아 왔던 자들에게 엉덩이를 얻어맞더니 바보라도 된 것이오? 그리 많은 시간이 필요하지도 않았소. 당신들의 시선이 흑의인들에 몰려 있던 그 잠깐이면 충분했으니 말이오."

 관치는 확인하고 싶으면 얼마든지 하라는 듯 전각 앞에서 몸을 비켰다.

 제갈선은 '설마' 하면서도 '혹시나' 하는 마음에 결국에는 전각 안을 살펴보라는 명령을 내리고 말았다.

 관치는 제갈선의 손짓에 전각 안으로 들어가는 무사들을 바라보며 이미 늦었다는 듯 고개를 흔들었다.

 제갈선은 물론이고, 제갈가의 사람들에게 사람을 그렇게 못 믿느냐는 표정을 지어주는 것 역시 잊지 않은 관치였다.

 아무리 작은 것이라도 한번 의구심이 들기 시작하면 걷잡을 수 없게 변해가는 것처럼, 제갈선의 마음속에 다른 일행은 이미 이곳을 빠져나갔음이 진실로 각인되어야 했다.

 제갈선은 전각 안으로 달려 들어갔던 무사들이 다시 모습을 드러내자 눈빛이 크게 흔들렸다. 무사들이 보고를 하기도 전에 그들의 표정에서 낭패감을 읽어낸 것이다.

 관치는 제갈선의 얼굴에 당혹감이 서리는 순간 그대로 몸을 날리며 도주를 시작했다. 제갈가의 집중력이 떨어지자 빈틈을 파고든 것이다.

 "내가 더 이상 이곳에 있을 이유가 없어졌으니 그만 가봐야겠소!"

 관치는 있는 힘껏 도망을 치면서도 싸울 이유가 왜 없는지 당연히 알 거라는 듯 한마디 더 남겨 주는 것을 잊지 않았다. 제갈가 사람들에게 자신을 제외한 나머지 사람들은 이미 그물을 빠져나간 물고기가 되었음을 다시 한 번 상기시킨 것이다.

"쫓아라! 놈을 놓쳐서는 아니 된다!"

제갈가의 사람들은 당미란을 비롯한 다른 이들이 모두 사라졌다는 말에 '어떻게?'라는 의문을 제대로 떠올리기도 전에 관치마저 도주를 선택하자, '정말 나머지 일행이 빠져나갔는가?'라는 합리적 판단은 저만큼 뒤로 밀려 버리고 말았다. 관치마저 빠져나가고 만다면 정말 아무것도 남는 게 없는 최악의 장사가 되어버릴 수도 있기 때문이었다.

"곽."

"네, 가주."

"무림맹으로 떠날 준비를 하거라."

"네?"

제갈곽은 난데없이 무림맹으로 떠나라는 제갈선의 말에 의아한 표정을 지었다.

"당가의 계집들이 몸을 비빌 곳은 무림맹뿐이다. 만에 하나 우리가 벌인 일이 다른 이들의 귀에 들어간다면 문제가 심각해질 수도 있단 말이다."

"그 말씀은……."

"우리가 먼저 무림맹에 도착을 해야 한다는 뜻이다."

"알겠습니다."

"부러진 팔은 어떻느냐?"

"말 그대로 부러진 것뿐입니다. 맹에 도착해 며칠 요양을 하면 될 것입니다."

제갈선은 팔이 부러진 것을 제외하곤 딱히 큰 피해가 없다는 말에 고개를 끄덕였다.

"현지야."

"네, 아버님."

"너는 저 관치라는 자에 대해서 조사를 해오거라. 놈과 관련된 일이라면 아무리 사소한 것이라도 하나도 빠트려서는 아니 된다."

"알겠습니다."

제갈현지는 제갈선의 말이 아니더라도 이미 마음의 준비를 하고 있는 상태였다.

어지간한 무림 명부는 모조리 머릿속에 외우고 있던 제갈현지였지만, 관치란 사내는 도무지 어디서 튀어나온 것인지 파악이 되지 않았기 때문이다. 그저 그런 평범한 사내라면 관심을 둘 이유가 없었지만, 짧은 시간 안에 그가 보인 여러 가지 능력들은 결코 무시할 수 없는 지경인 것이다.

◈ ◈ ◈

관치를 잡기 위해 추격을 시작한 제갈가는 관치가 움직이는 반대 방향으로도 일부 인원을 배정하여 당미란 등을 찾도록 지시했다. 관치란 자의 행동거지가 다른 일행들의 보호에 있었음을 상기한 결과였다.

물론 당미란 등이 정말 세가를 빠져나왔다면 옳은 판단이라고 할 수 있겠지만, 지금 상황에서는 오히려 관치에게 도움이 되고 있었다. 최대한 제갈가의 시선을 흩트려 놓고 완벽하게 도망갔다는 인상을 심어준 뒤에 다시 제갈가로 숨어들어야 하는 입장이었기 때문이다. 포위망이 조금이라도 약해져야만 관치의 움직임이 자유로워질 수 있었다.

"이쪽이군."

관치의 추격을 맡은 제갈현선은 관치가 남긴 흔적을 확인하며 조금씩 포위망을 좁혀 가고 있었다. 이 상태라면 아무리 길어도 반 시진 안에 관치를 궁지에 몰아넣을 수 있을 것이라 판단했다.

사로잡지 못할 상황이라면 죽여서라도 데려오라는 가주의 명령으로 인해 제갈현선이 이끌고 있는 추격대는 모두 12개의 죽통을 팔뚝에 매달고 있었다.

본래 암기나 독을 이야기하면 당문세가를 제일로 치곤 하지만, 제갈가 역시 기관진식의 달인들이 모여 있다 보니 당문 못지않은 기물들을 만들어내기도 했었다.

제갈현선이 이끄는 추격대가 가지고 있는 물건은 그런 기물들 중에 하나였고, 5장 거리에 들어선 대상은 언제든 요격이 가능한 무서운 물건이었다. 그리고 아직 나이는 많지 않다 할지라도, 그녀는 그런 기괴한 물건을 만들어내고 운용하는 데 있어선 제갈세가의 일인자였다.

 사실 오늘 적들을 상대하는 데 자신이 개발한 죽통을 사용했으면 하는 마음이 있었지만, 가문이 절체절명의 위기에 처하지 않는 한 사용을 금한다는 가주의 결정 때문에 봉인이 되다시피 한 물건이었다.

 물론 수량이 많지 않아 마구잡이로 사용하기 어려운 점도 있었지만, 제작 기술 자체가 문제시될 수도 있었기 때문에 더욱 조심스러울 수밖에 없었다.

 그런데 평소에는 그토록 사용을 반대하던 물건을 선뜻 내주며 사로잡지 못할 경우에는 아예 죽여서라도 입을 막으라는 명령이 떨어진 것이다.

 총 20개밖에 존재하지 않는 물건을 12개나 내준 것은 오늘 가문에서 벌어진 일들이 가주에게 얼마나 중요한지 잘 알 수 있는 대목이었다.

 관치는 되도록이면 제갈세가와 충돌을 일으키지 않는 범위 내에서 그들의 추격을 따돌리고 싶었다.

 물론 원인과 결과를 놓고 본다면 그들을 공격해 숫자를 줄이는 것도 중요했지만, 그렇게 될수록 제갈세가와 당문, 그리고 자신의 관계는 악화일로로 빠져들 뿐이었다.

"하지만 자꾸 궁지로 몰아넣는다면……."

아무리 자신의 마음이 그렇다 할지라도 제갈가의 대응이 독한 방향으로 진행된다면, 자신이 부처의 마음으로 목을 내놓지 않는 이상 문제가 해결된다는 보장도 없는 상태였다.

관치는 도망치는 중에도 의도적으로 자신의 흔적을 남겨놓으며 추격대가 뒤를 따라오도록 만들고 있었다.

전력을 다해 도망을 친다면 그들의 추격을 따돌릴 수도 있겠지만, 아직은 시간적으로 간격을 더 벌려야 할 상황이었다. 밖으로 빠져나온 인원이 최대한 밖에서 떠돌아야 자신이 다시 제갈가로 숨어들었을 때 일행을 구해 도망치기가 수월했기 때문이다.

그러나 아무리 완벽한 계획이라 할지라도 빈틈이 생기기 마련이고, 또 뒤를 쫓는 자의 능력이 생각보다 월등할 때는 그 빈틈이 더욱 커지기 마련이었다. 관치를 쫓고 있는 제갈현선은 관치가 원치 않는 능력을 지닌 상태였고, 혹시나 하는 불안감은 결국 현실로 드러나고 말았다.

관치의 도주 방향과 궤도를 계산해낸 제갈현선이 추격대 일부를 지름길로 보내 관치의 앞을 막아선 것이다. 제갈현선이 말했던 것처럼 정확히 반 시진이 지났을 때 관치는 움직임을 멈추고 제갈가의 추격대와 대치 상황이 되어버렸다.

"여기까지다."

관치는 길을 막아선 채 잔뜩 우울한 기운을 뿜어내고 있는 제갈가의 무인들을 발견하더니 아쉽다는 듯 입맛을 다셨다. 설마 자신이 움직일 방향을 예측하고 앞질러온 자들이 있을 거라고는 미처 생각지 못했던 것이다.

 '하긴 이쪽 지방은 이들에겐 손바닥 들여다보는 것 같을 테니······.'

 제갈가가 있는 지방은 초행길이나 다름없는 관치였기에 지리 정보에서 문제를 드러낸 것이다.

 '속전속결뿐이다.'

 관치는 자신의 뒤를 따르고 있는 추격자들이 도착하기 전에 앞을 막아선 자들을 해치우고 빠져나가는 것이 최선임을 깨달았다.

 그러나 또다시 관치의 예상을 벗어난 것이 있었으니, 그것은 제갈가의 무사들이 팔목에 착용하고 있는 한 자 길이의 죽통이었다.

 관치가 선공을 취하려 하자 제갈가의 무사 10인이 동시에 팔을 들어올린 것이다.

 아무리 암기에 문외한이라 할지라도 무림인들이 사용하는 특이한 기물에 대해서는 이미 무인각에서 상당한 지식을 쌓은 관치였기에, 그들의 팔에 장착된 죽통이 보통의 물건이 아님을 파악했다.

 관치는 곧바로 몸을 움직이기 어렵다는 생각이 들자 잠시 고민하는가 싶더니 10장 정도 뒤로 물러서버렸다.

 제갈가의 무인들은 관치가 물러선 만큼 조심스럽게 접근을 해왔다.

 "제갈가에서 암기를 사용하다니, 놀랍다고 해야 하나?"

 관치는 정말 세상에 알려진 제갈세가가 맞느냐는 듯 입을 열었다.

 "당문이 암기의 종주라는 생각이 그런 편견을 만들어낸 거겠지."

 제갈가의 무인 중 하나가 제갈가는 기관진식만 손대고 살아야 하냐며 오히려 관치의 말에 반박을 했다.

 "나를 죽이는 게 목적인가?"

 "순순히 포박을 당한다면 죽음은 면할 것이다."

 "흠… 거부한다면?"

 "죽여서 데려가야겠지."

 당연한 질문을 한다는 듯 관치를 바라보던 제갈가의 무인은 어떻게 하겠냐는 듯 눈짓을 했다.

 "순순히 잡혀가도 살려 줄 것 같진 않은데……."

 관치는 자신이 순순히 포박에 응한다 해도 결국에는 목숨을 구하지 못하는 것 아니냐며 툴툴거렸다.

 "그 부분은 내가 판단할 게 아닌 것 같군. 하지만 이왕이면 살려서 데려오라는 명령이 있었으니 잠시나마 기회를 주는 것뿐이다."

"이왕이면이라……. 여의치 못할 땐 죽이란 말이군."
"어떻게 할 것이냐?"
"시간적 차이가 있기는 해도 결국에는 죽을 것 같은데 순순히 응할 이유가 있나?"
"그렇다면 죽어야겠지."
 제갈가의 무인들은 죽통이 장착된 왼팔을 들어올리더니, 죽통 뒤쪽에 매달린 줄을 잡고 관치를 조준했다.
"이거야, 원……."
 관치는 10개의 암기 통이 자신을 조준하자 방법이 없다는 듯 손을 들어버렸다.
 제갈가의 무인들은 관치가 손을 들고 기권을 선언하자 그럴 줄 알았다는 듯 웃음을 보였다. 금강불괴가 아닌 이상 동시에 쏟아지는 수백 발의 암기를 막아낼 자는 무림에 존재하지 않았기 때문이다.
"포박해라."
 제갈가의 무인 중 하나가 동료들에게 손짓을 하자 다섯 사람은 그대로 암기를 조준하고, 나머지 다섯 사람이 밧줄을 들고 관치에게 다가왔다.
"허튼짓을 했다간 고슴도치가 될 것이다."
 사내들은 관치가 엉뚱한 행동을 하지 않도록 경고를 날리며 천천히 거리를 좁혀 왔다.
 관치는 자신에게 다가온 이들이 손을 내밀어 혈도를 제압하려 하자, 한 걸음 뒤로 물러나며 다시 입을 열었다.

"잠깐만!"

제갈가의 사내들은 관치가 잠깐을 외치며 뒤로 물러서자, 곧바로 죽통을 들어올려 암기를 쏘아낼 준비를 했다.

"혹시 이런 거 본 적이 있나?"

관치는 양손을 들어올려 제갈가의 무인들에게 뭔가를 보여 주었다.

"뭘 말하는 것이냐?"

제갈가의 무인들은 관치가 빈손을 들어올리며 엉뚱한 소리를 하자, 헛소리하지 말라며 금방이라도 암기를 쏘아댈 태세가 되었다.

"정말 안 보이는 건가?"

관치는 손가락을 움직여 자신의 손에 가느다란 선이 매달려 있음을 천천히 확인시켰다.

"그게 무슨……."

제갈가의 무인들은 관치의 손끝에서 미세하게 반짝거리는 뭔가를 발견하더니 긴장된 표정이 되었다.

"양패구상이라는 말을 모르진 않겠지?"

"……."

"발밑을 살펴보면… 아, 그렇다고 그렇게 대놓고 움직이진 말았으면 좋겠군."

관치는 발밑을 살펴보라는 자신의 말에 급히 몸을 빼려는 제갈가의 무인들에게 급히 경고를 던졌다.

"무슨 짓을 한 것이냐?"

"무슨 짓은. 혼자 죽기는 억울하고, 이왕이면 저승길 동무가 있는 게 좋겠다고 생각한 것이지."

제갈가의 무인들은 자신들의 발목에 가느다란 은사가 감겨 있는 것을 발견하더니 얼굴이 굳어졌다. 하지만 여전히 관치는 혼자였고, 자신들은 10배가 넘는 숫자였기에 언제 긴장을 했냐는 듯 얼굴이 본래의 빛을 되찾았다.

"잔재주를 부렸다만, 우리 모두를 길동무로 데려가지는 못할 것이다. 그리고 네가 아무리 빠르다 해도 우리가 쏘아낸 암기보다 빠를까?"

관치는 바로 그 말을 기다렸다는 듯 제갈가의 무인들이 안도의 한숨을 내쉬는 순간 양팔을 휘저으며 그대로 몸을 날렸다. 언제든 암기를 쏘아낼 수 있다는 자신감에 차 있던 제갈가의 무인들은 기습적으로 몸을 날리는 관치의 움직임에 반 호흡 늦은 반응을 보였고, 관치를 향해 조준했던 죽통을 작동시키려는 순간 자신들의 발목에 감겨 있던 은사가 팽팽히 조여지며 끔찍한 고통이 머리를 관통했다.

"크아악!"

"내 발목!"

"주, 죽어라!"

관치와 가까이 있던 제갈가의 무인들은 은사에 발목이 날아가며 그대로 주저앉았고, 그나마 거리를 벌리고 있던 무인들은 쓰러지는 와중에도 죽통에 매달린 줄을 잡아당기며 관치를 향해 암기를 쏘아냈다.

"펑! 펑! 펑!

모두 3개의 죽통이 발화를 하며 손톱만 한 쇳조각들이 비산하듯 쏟아져 나왔고, 암기 조각은 순식간에 10여 장 공간을 가득 메워버렸다.

"크윽!"

관치는 재빨리 가까이 있던 제갈가 무인의 몸을 방패 삼아 움직였지만, 자잘한 암기 조각 두어 개가 어깨와 옆구리를 스치고 지나갔다.

다행히 독이 발라져 있지는 않은 것 같았지만, 뾰족한 쇳조각이 피부를 뚫고 들어오는 느낌은 결코 만만하게 볼 수가 없는 것이었다. 그나마 쓰러지는 와중에 암기를 발사하는 통에 정확도가 많이 떨어졌고, 앞으로 다가와 있던 제갈가 무인들을 방패 삼아 몸을 움직였기에 치명상을 피할 수 있었다.

"젠장!"

관치의 입에서 짜증스런 음성이 흘러나왔다. 쇳조각의 형태가 일정치 않아 옆구리가 불규칙하게 찢긴 것이다. 그나마 어깨는 근육이 탄탄해 암기가 반쯤 박히다 말았지만, 옆구리는 암기가 훑고 지나가는 바람에 세 치 정도 찢어져 핏물이 주르륵 쏟아져 내렸다. 혈도를 눌러 지혈을 하긴 했지만, 상태를 봐선 출혈이 쉽게 멈추지 않을 것 같았다. 찢어진 부위가 지혈이 원활하지 않은 데다, 차분히 상처를 치료할 만큼 여유롭지도 않았기 때문이다.

"화약을 이용한 암기라니……. 소리를 듣고 후발대가 곧바로 달려오겠군."

관치는 죽통에 설치된 암기가 설마 화약의 폭발력을 이용한 것이라고는 생각지 못했었기에 더욱 마음이 다급해졌다. 펑펑거리는 소리가 상당히 먼 곳까지 들렸을 테니, 뒤쫓고 있던 제갈가의 추격대에게는 이정표가 되었을 것이다.

관치의 뒤를 쫓아 속도를 내고 있던 제갈현선은 멀지 않은 곳에서 자신의 암기가 작동된 소리를 감지하자 더욱 속도를 높였다. 지름길로 돌아갔던 선발대가 관치와 마주친 것이다.

"아무리 그자의 능력이 파악되지 않았다 하지만 무려 열 개입니다. 금강불괴가 아닌 이상 살아남지 못할 것입니다."

제갈현선을 보좌하는 무인 하나가 지금쯤 시체가 되었을 거라며 의미심장한 미소를 지었다.

"네 말대로라면 최소한 다섯 번 이상의 폭음이 들려야 했다."

제갈현선은 사로잡을 수 없다면 암기를 모두 격발시킬지

라도 기필코 관치를 죽여야 한다고 지시를 했었다.

그런데 그녀의 귀에 들린 격발음은 모두 세 번. 왠지 불안한 기분이 들었다.

"아무리 대단한 고수라 할지라도 정면에서 격발시켰다면 피하지 못했을 겁니다."

사내는 심각한 표정을 짓는 제갈현선에게 너무 걱정하지 말라는 듯 다시 입을 열었다.

"일단 확인이 우선이다. 체력이 바닥나는 한이 있더라도 전력으로 움직인다."

제갈현선은 방심은 금물이라는 듯 부하들을 더욱 재촉했다. 자칫 관치를 놓치기라도 하는 날에는 제갈가의 위신이 바닥에 곤두박질칠 수도 있는 상황이었다.

제2장. 오리무중(五里霧中)

오리무중(五里霧中)

-사방(四方) 오 리에 안개가 덮여 있는 속이라는 뜻으로,
 사물의 행방이나 사태의 추이를 알 길이 없음을 비유

　제갈현선은 선발대가 있던 곳에 도착함과 동시에 일이 틀어졌음을 바로 확인할 수 있었다.
　'불길한 예측은 왜 이렇게 피해가지 못하는 것일까.'
　제갈현선은 잘되는 확률보다 언제나 그 반대 상황의 확률이 월등히 높은 것에 짜증이 솟구쳤다.
　"모두 당한 것 같습니다."
　너무 걱정하지 말라던 사내는 침통한 표정으로 보고를 했다.
　"관치 그자의 행적은?"
　"확인 중입니다."
　"어떤 상황이 벌어진 것인지는 파악이 된 건가?"

제갈현선은 자신이 만든 암기가 3개나 사용되었음에도 관치 그자를 막지 못했다는 점 때문에 신경이 곤두선 상태였다. 살상력만 따지고 보자면 무림에 이 정도 파괴력을 지닌 암기는 거의 전무하다고 봐야 했다.

"날카로운 무기에 발목이 절단되었습니다. 일부는 뒤에서 쏘아진 암기에 당한 것 같습니다. 그런데 이상하게도 시체가 아홉 구밖에 없습니다."

"상황을 봐선 멀지 않은 곳에 시체가 존재할 것이다. 찾아내라."

"알겠습니다."

"그리고 관치 그자가 상처를 입었을까?"

"상황을 재현해본 결과, 관치 그자가 있었을 곳으로 판단된 위치에 상당한 혈흔이 남아 있습니다. 완벽하게 피해낸 것은 아닌 것 같습니다."

완벽하지 않다 할지라도 1 대 10의 대결에서, 그것도 근접한 거리에서 발사된 암기를 피해냈다는 것은 관치란 사내의 능력을 완전히 재평가해야 한다는 결론이 내려졌다.

"흔적을 지워라. 화약이 사용된 흔적이 남아서는 안 된다."

화약은 예나 지금이나 나라에서 관리를 하는 물건이었기 때문에, 사가에서 임의로 살상을 위해 사용되었다는 증거가 남아서는 안 됐다.

"알겠습니다. 모두 시체를 치운다. 우리가 이곳에 있었던 증거가 남아서는 안 될 것이다."

사내는 부하들에게 곧바로 사태를 수습하도록 명령을 내렸다.

"저쪽에 시체가 하나 더 있는 것 같습니다."

총 10구의 시체가 모두 발견되었다는 말에 제갈현선은 길게 한숨을 내쉬었다. 혹시나 관치 그자의 뒤를 쫓으며 표식을 남겨 놓지 않았을까 하는 기대감마저 완전히 사라진 것이다.

그때, 시체들을 한곳에 모으던 곳에서 익숙한 폭발음이 터져 나왔다.

펑!

"크악!"

"어억!"

"내 눈! 내 눈!"

"무슨 일이냐!"

제갈현선은 부하들 여섯이 동시에 나자빠지며 비명을 토해내자 다급히 몸을 날렸다.

"관치 그자가 함정을 설치해놨던 모양입니다!"

제갈현선이 급히 다가오자 부하들의 상처를 살피던 부관이 침통한 표정을 지었다.

제갈현선은 자신이 만든 암기에 자신의 부하들이 계속해

서 희생되는 상황이 벌어지자 어이없는 표정이 되고 말았다. 시체를 치우려 하면 격발 줄이 당겨져 죽통이 폭발하도록 함정을 설치해놓았던 것이다.

"으드득! 지옥 끝까지라도 쫓아가 사지를 조각내 버릴 것이다!"

제갈현선은 관치를 향해 저주 어린 음성을 쏟아냈다.

"또 다른 함정이 있을지 모르니 죽통을 잘 살펴 수습해라. 이곳에 넷을 남기고, 나머지는 관치 그자를 다시 뒤쫓는다. 함정을 설치한 것을 보면 이곳을 떠난 지 얼마 되지 않았다는 뜻이 된다. 상처를 입은 상태이니 멀리 가지는 못했을 것이다."

"존명!"

서른의 추격대가 순식간에 열넷으로 줄어버리자, 제갈현선의 고운 얼굴이 표독스럽게 변해가기 시작했다.

추격대와의 거리를 확인하고자 암기가 격발되도록 설치를 해놓았던 관치는, 펑 소리가 들려오자 대략적으로 자신과 추격대와의 시간적 차이를 가늠했다.

"아무리 길게 잡아도 일다경이 안 되는 거리에 있었군."

관치는 옷을 찢어 옆구리를 동여매더니 다시 몸을 일으켰다. 암기가 격발되면서 몇이나 더 줄어들었을지는 확인할 길이 없었지만, 자신의 뒤를 쫓는 자들은 독이 오를 대로 오른 상태일 것이다.

"이성을 잃고 쫓아와 준다면 나야 고마울 뿐이지."

어지간하면 피를 보지 않고 일이 해결되길 바랐지만, 이미 그런 바람은 물거품이 된 지 오래였다. 이젠 자신이 죽든지, 아니면 제갈세가가 죽든지 둘 중에 하나는 죽어야 끝나는 싸움이 된 것이다.

"지금부터는 흔적을 남기지 않고 움직여야겠군."

의도적으로 세가와 추격대의 거리를 벌려 놓기 위해 흔적을 만들어놓았던 관치였지만, 지금부터는 자신이 다시 세가로 돌아가고 있다는 것을 들켜서는 안 되는 상황이었다. 자신을 찾기 위해 그들이 맴돌면 맴돌수록 자신이 일행을 구해 제갈가의 영역을 빠져나가는 데 도움이 될 것이다.

관치는 몸에 감추고 있던 장비들을 하나씩 점검하더니 조심스럽게 이동을 시작했다.

혹시나 하는 마음에 흥신소에 보관되어 있던 물건들을 챙겨서 나온 것이 위기의 상황을 벗어나게 해주자, 나머지 물건들의 효용성도 만만치 않을 거라는 생각이 든 것이다.

팔목에 감고 있던 은사야 본래 무림에서도 나름 명성을 얻은 물건이라 쓸 일이 있겠다 싶었지만, 나머지 물건들은 아직도 정확한 사용처를 확인하지 못한 상태였다.

"아버지가 쓰던 물건들이 내 손에 들어오리라곤 생각지 못했었는데, 이걸 운명이라고 해야 할지 운이 좋다고 해야 할지 모르겠군. 글이나 읽으며 세월을 낚는 분이라 생각했었거늘. 휴! 어머니는 이런 사실들을 알고 시집을 오신 건지……."

 관치는 명문가의 여인처럼 언제나 바르고 차분한 모습만 보이던 어머니를 떠올리며 한숨을 내쉬었다. 아무리 생각해도 사기를 당하지 않고서야 어머니가 정상적으로 아버지에게 시집을 왔을 리가 없다는 생각이 들었다.

 거기다 무인각의 기록만 놓고 본다면 자신이 속한 문파가 대대로 무림을 위험에서 구해냈다는 이야기가 되는데, 너무 황당한 내용도 많고 횡설수설에 가까운 기록들이어서 그 진실성을 심각하게 의심했던 관치였다.

"기록 말미에 적혀 있던 글귀가 은근히 신경 쓰이기 시작하는군."

 관치는 무인각에 보관되어 있던 문파의 역사와 사건 사고가 적혀 있던 서책 끝 부분에 '평정문의 제자는 싫든 좋든 고생길이 훤하다.'라는 문구가 떠오르자, 지금 자신의 신세와 무관하지 않다는 생각이 들었다. 처음에는 별 황당한 소리를 다한다며 웃어버렸던 부분이지만, 언제부턴가 그 마지막 글귀가 저주 비슷한 것일 수도 있다는 망상까지 들기 시작한 것이다.

"아니야. 그럴 리가 없지. 솔직히 말이 안 되잖아."

 남겨진 기록들 자체가 워낙 두서없이 적혀 있었기에 누가 적은 글인지는 알 수 없었지만, 평정문의 역사와 일인전승이라는 특이점을 생각해본다면 어차피 글귀의 주인은 두 사람 중 하나일 것이다. 자신의 아버지이거나, 아니면 아버지의 스승이자 할아버지가 남긴 것이 분명했다.
"아무리 그래도 그렇지. 평정문의 제자는 싫든 좋든 고생길이 훤하다니. 재수 없게시리."
 관치는 옆구리와 어깨에서 전해지는 후끈거리는 통증 때문에 더 이상 생각이 이어지지 않았다. 지금은 소리 소문 없이 왔던 길을 되돌아가는 데 정신을 집중하기도 버거운 상황인 것이다.

"흔적이 끊겼습니다."
 제갈현선은 더 이상 관치의 흔적을 확인하기 어렵다는 보고에 이해가 되지 않는 표정을 지었다. 멀쩡했을 때도 흔적을 지우지 못하던 자가 상처까지 입은 상태에서 은밀하게 이동을 하고 있는 것이다.
"뭔가 이상해."
 제갈현선은 지도를 빼내더니 다시 한 번 관치의 이동 경로를 확인하기 시작했다.
 당가의 생존자들은 이미 세가를 빠져나갔다 했으니, 관치는 그들과 합류하기 위해 노력할 게 분명했다. 하지만 관치의 이동 경로만 따져 본다면 도무지 감이 잡히지 않고 있었다.

자신이 알기로 관치 일행은 분명히 무림맹을 향하던 중이었다. 자신들의 추격을 피하기 위해 진로를 바꿔서 움직인다고 해도 방향은 무한을 향해야 하는데, 관치의 진행 방향은 전혀 그렇지 못했기 때문이다.

"우리를 당가의 생존자들과 떼어놓기 위해 반대로 움직인다고 가정을 한다 해도… 역시 이상해."

세갈현신은 관치의 목적이 합류가 아니라 자신들과 당가의 거리를 벌리기 위한 방안으로 도주를 하고 있다고 해도 여전히 의문이 남았다. 분명히 무한과는 반대되는 방향으로 움직이고 있기는 했지만, 그렇다고 딱히 세가의 영역을 빠져나가지 않고 있는 것이다. 마치 제갈가의 영향력이 미치는 지역을 빙글 도는 듯한 기분이 들었다.

"관치 그자가 땅으로 꺼지지 않은 이상 아무리 미세하다 해도 흔적을 남겼을 것이다. 주변을 샅샅이 뒤져서라도 흔적을 찾아내!"

"알겠습니다."

제갈현선은 관치의 흔적이 옅어질 때마다 둘 사이의 거리가 점점 더 벌어지는 것 같아 속이 타기 시작했다.

세가에서 당가의 생존자들을 잡고 문제를 일으켰다는 점이 알려지는 것도 문제였지만, 더 심각한 부분은 자신이 만든 암기가 관에서 금기시하는 화약이 동원되었다는 것이 알려지게 될까 더욱 조바심이 일었다.

막상 과거에는 만들어만 놓고 사용을 금기해버린 가주의 결정에 불만을 토로하던 제갈현선이었지만, 상황이 이렇게 되고 보니 아예 가지고 나오지 않는 게 좋았을지도 모른다는 생각이 들기 시작했다.

그렇지 않아도 관부의 힘이 강세인 요즘, 무림의 세가가 사사로이 화약을 이용해 살상 무기를 만들었다는 것이 알려지기라도 하는 날에는 심각한 위기를 맞이할 수도 있었기 때문이다.

"쳇! 왜 이렇게 일이 꼬이는 거야."

관치는 자신을 추적하는 자의 능력이 만만치 않음을 인정해야만 했다. 최대한 조심하며 흔적을 지우고 있었지만, 상대는 끈질기게 자신의 뒤를 쫓고 있었다.

"대단하군. 어떻게 흔적을 찾은 거지?"

관치는 멀리서 주변을 살피고 있는 제갈가의 추격대를 바라보며 안타까운 표정이 되었다.

흔적을 지우고 이동하느라 움직임이 더뎌졌다곤 하지만, 일다경의 시간차를 좁히고 가시거리까지 추격을 해왔다는 것은 추격대를 지휘하는 인물의 능력이 출중함을 보여 준 것이다. 자신의 이동 경로를 예측해 선발대를 보낸 것도 지금 지휘를 맡고 있는 자의 지시였음이 분명했다.

"이 상태로는 제갈세가로 돌아가는 게 불가능하겠군."

관치는 전각 바닥에 숨어서 자신을 기다리고 있을 일행을 생각하면 단숨에 달려가 그들을 구해내고 싶었지만, 자칫하면 그들이 몸을 숨기고 있다는 사실이 알려져 더욱 위험한 상황에 처할 수도 있었다.

"이대로는 안 되겠군. 뭔가 결정을 내려야겠어."

관치는 추격대를 지휘하고 있는 자를 제거하지 않는 한 일행을 구해내는 일이 불가능해질 수도 있다는 생각이 들었다.

"일단 어두워질 때까지 은신을 해야겠군."

관치는 날이 어두워지면 자신을 쫓는 게 더욱 힘들어질 거란 생각에 일단 이동보다는 은신에 집중하기로 했다. 저들도 시야 확보가 어려워지면 추격이 더뎌질 것이고, 그사이 기회를 얻어 지휘자를 제거하는 쪽으로 결정을 내린 것이다.

제갈현선은 그녀대로 머리가 지끈거리기 시작했다. 최대한 근접해왔다고 생각했는데, 아무리 미세란 흔적이라도 모조리 찾아가며 쫓아왔다고 생각했는데 바로 코앞에서 관치가 종적을 감춰버린 것이다.

"한 시진 후면 날이 어두워진다. 분명히 근방에 은신하고 있으니 빨리 찾아라!"

"알겠습니다. 그런데 발견하면 어떻게……."

"바로 죽여 버려. 위험한 자다."

"존명!"

제갈현선은 물어볼 걸 물어보라는 듯 짜증스런 목소리가 되었다.

관치는 제갈세가의 움직임이 부산스럽게 변하자 입 안이 바짝 타올랐다. 자신을 발견하면 가차 없이 그 암기 통을 격발시킬 게 분명했다. 이미 한 번 당한 터라 제갈가의 암기가 얼마나 무서운지, 또 얼마나 위력적인지 잘 알고 있었기에 관치의 얼굴에 난감한 기색이 어렸다.

그는 배를 땅에 붙이고 수풀 사이로 기어 들어갔다. 한 시진이면 해가 떨어질 것이니, 그때까지만 어떻게든 버텨 낼 생각이었다.

'재수가 없어 걸려든다면 상대가 암기 통을 격발시키기 전에 제압을 해야 한다. 다른 이들과는 거리가 떨어져 있으니, 내가 발견된다고 해도 어느 정도 시간을 벌 수 있을 것이다.'

관치는 격발 암기의 특성상 거리의 제한이 있을 거라는 생각을 했다. 만에 하나 이 예측마저 빗나간다면 자신의 운은 이쯤에서 막을 내리겠지만, 거리와 위력이 반비례한다면 어느 정도 희망을 품어볼 수가 있었다.

관치는 자신이 숨어 있는 쪽으로 한 사람이 다가서기 시작하자 손에 쥐고 있던 돌멩이를 어루만졌다. 까칠하고 차가운 감촉이 그대로 손끝에 전해졌다.

'조금만 더… 조금만 더 다가와라.'

예상대로 자신의 뒤를 쫓아온 이들 역시 왼쪽 팔목에 죽통이 달려 있었다. 발견 즉시 사살하라는 명령이 떨어졌는지 죽통을 앞쪽으로 하고, 오른손은 격발 줄을 잡고 있었다.

'일 장만 더…….'

관치는 사내와의 거리가 1장 정도로 가까워지자, 수풀 사이로 바람이 불기를 기다렸다가 손에 쥐고 있던 돌멩이를 반대편으로 던져 넣었다.

사내는 툭 소리와 함께 수풀을 건드리는 소리가 흘러나오자 반사적으로 몸을 돌리며 격발 장치를 잡아당겼다. 애초부터 대상을 확인할 생각조차 없는 상황이었다.

펑!

사내의 죽통에서 쏟아져 나간 암기 조각들이 사방 5장여를 쓸어버리며, 돌멩이가 떨어졌던 부위를 완전히 갈아엎었다.

'이런, 미친! 기척만 보여도 쏴?'

관치는 화약을 이용해 암기 장치를 만든 것 때문에 그나마 조심스럽게 행동하지 않을까 생각했지만, 애초부터 그런 것 따위는 안중에도 없다는 것이 확인되자 식은땀이 주르륵 흘러내렸다.

'제기랄! 까딱했으면 억 소리도 못 내고 죽을 뻔했다.'

관치는 목숨이 오락가락하는 상황이 계속해서 연출되자

점차 고약한 심성이 올라오기 시작했다. 과거 무인각에 갇혔을 때 그랬던 것처럼 발악이라고 불러도 될 성격이 튀어나오려 한 것이다. 당장에라도 달려 나가 상황 자체를 무시하고 덤벼들 뻔했다.

'마음을 가라앉혀야 한다. 여기서 성질을 이기지 못하면 정말 최악이 될 수도 있다.'

"무슨 일이냐!"

제갈현선은 격발음이 들린 쪽으로 곧바로 몸을 날려 왔다.

"기척이 느껴져서……."

사내는 제갈현선이 달려오자 더듬더듬 말을 이었다.

"최소한 대상은 파악해야……."

제갈현선은 어이가 없었는지 사내를 바라보다가, 다시 생각을 바꿨는지 부관에게 고개를 돌렸다.

"지금 죽통이 몇 개나 남았지?"

"총 열두 개에서 다섯 개가 사용됐습니다."

"아직 일곱 개는 멀쩡하다는 말이군."

"그렇습니다."

"이인 일조로 움직인다. 기척이 느껴지면 죽통이 없는 사람이 대상을 확인해라. 오 장 이내에서 격발해야 한다는 것을 잊지 말고!"

"알겠습니다."

부하들은 2인 1조로 다니라는 말에는 기색이 밝아졌다가,

오리무중(五里霧中) • 55

죽통이 없는 사람은 관치 그자가 맞는지 확인 작업을 거치라는 말에 표정이 푸르딩딩해졌다.

제갈현선은 대놓고 죽통을 터트리는 부하나, 대상을 확인하라는 말에 표정이 굳어지는 부하들을 보며 마음이 착잡해졌다. 언제부턴가 부하들 사이에 관치 그자의 등장을 꺼려하는 분위기가 생겨난 것이다.

아예 이대로 관치가 숨어버렸으면 하는 마음을 노골적으로 드러내지 않는 것만으로도 다행이라고 할 정도였다. 어느 순간 다들 관치의 능력에 두려움을 느끼기 시작한 것이다. 언제 함정에 빠져 횡사할지 모른다 생각하니 당연한 반응이었다.

'어떻게든 놈을 죽여야 한다.'

제갈현선은 부하들의 사기를 높이기 위해서라도 관치 그자를 기필코 잡아야 한다고 생각했다. 이대로 세가로 돌아가야 한다면 한 사람에게 유린당한 기억은 두고두고 세가를 괴롭힐 게 분명했다.

수풀 사이에 바짝 달라붙어 은신을 하고 있던 관치는 제갈현선의 말에 중요한 정보를 얻었다는 듯 미소를 지었다.

'일단 오 장 거리가 한계라 이거군.'

관치는 죽통의 남은 개수와 사정거리에 대한 정보가 흘러들어오자 다시 머리를 굴리기 시작했다.

'다른 하나가 대상 확인을 한다고 해도… 만약 내가 확인이 된다고 하면 죽통을 지닌 놈은 무조건 격발부터 시킬 것이다. 제갈현선 저 여인의 성격을 봐선 비밀리에 죽통을 지닌 부하들에게 그런 명령을 내렸을 것 같아.'

 관치는 자신이 궁지에 몰린 것처럼 제갈현선 역시 궁지에 몰려 있음을 느꼈다. 그녀 역시 화약으로 작동되는 암기 장치의 은폐는 물론이고, 부하들의 사기까지 문제가 되자 모든 것을 만회하기 위해서 어떻게든 자신을 잡아 죽이려 발을 구를 것이다. 자신이나 그녀나 서로 시간이 없기는 마찬가지인 것이다.

 제갈현선의 부하들은 2인 1조로 사람을 나누더니, 관치가 있던 곳을 중심으로 흩어지기 시작했다.

 관치는 자신이 있는 곳에서 사방으로 흩어지기 시작하자, 모 아니면 도라는 생각으로 마음을 독하게 먹었다.

 '만에 하나 은신이 발각된다면 적을 방패 삼아 싸워야 한다. 운 좋게 내가 있는 곳은 건드리지 않고 지나가게 된다면 부관이라는 자와 제갈현선만 남게 되니······.'

 관치는 숨까지 죽인 채 제갈현선의 부하들이 자신의 곁을 스쳐 지나가길 기도했다. 사내들도 설마 관치가 자신들 바로 곁에 은신하고 있을 거라곤 생각하지 못했는지 일정 거리는 크게 살피지 않고 지나가는 것 같았다.

 '좋아, 하늘이 돕는구나!'

 관치는 조마조마한 마음을 진정시키며 제갈현선과 부하들

의 거리가 최대한 멀어지기를 기다렸다.

 처음에는 제갈현선을 죽이는 것이 목적이었지만, 그랬다간 이성을 잃은 부하들이 죽통을 북 치듯 두들길 수도 있었기에 제갈현선을 인질로 삼는 게 가장 안전하게 이곳을 빠져나가는 방법이라는 판단이 든 것이다.

 '부관을 제압함과 동시에 제갈현선의 혈을 움켜쥐어야 한다. 기회는 한 번뿐이니 참을 때까지 참다가……'

 관치는 주변을 거닐며 생각에 잠겨 있는 제갈현선을 보며 그녀가 자신의 곁으로 다가오기를 기다렸다.

 이미 그녀의 부하들은 20장 이상 거리를 벌리고 있었기에 기회만 포착되면 움직여도 무방한 상태가 되었다. 분위기를 보니 부관이라는 자는 상당한 고수인 것 같았지만, 제갈현선은 무공보다 머리를 쓰는 쪽으로 발달이 되었는지 강한 기운이 느껴지지 않았다.

 제갈현선의 움직임을 따라 부관이 걸음을 옮기는 순간, 관치의 몸이 용수철 튕기듯 솟구쳐 올랐다.

 "뭐냐!"

 제갈현선의 부관은 갑자기 적대적인 기운이 엄습하자 곧바로 검을 뽑아들며 관치 쪽으로 공격을 퍼부었다.

 처음에는 관치 하나 잡는 게 무슨 대수냐며 투덜거리던 부관이었지만, 시간이 흐를수록 그 역시 관치의 신출함에 혀를 내두르던 중이었다. 당연히 긴장을 늦출 수가 없었고, 행여 관치가 반격을 할 수도 있다는 생각에 언제든 검을 뽑을 수 있도록 기운을 돌리고 있었다.

"크윽!"

방심하고 있을 것이라 생각했던 관치는 자신의 앞섶을 가르고 지나가는 검기에 그대로 노출되면서 다시 상처를 입고 말았다. 그러나 물러설 마음은 추호도 없었다. 급작스럽게 검을 휘둘러 검의 궤적이 크게 움직이자 관치에게도 기회가 생긴 것이다. 일단 기습의 효과는 톡톡히 본 것이다.

"관치가 이곳에 있다!"

부관은 검을 회수해 다시 관치를 공격하며 부하들을 향해 고함을 질렀다.

"이미 늦었다!"

관치는 팔 하나 정도는 내줄지라도 기필코 상대를 제압하겠다고 마음먹었기에 거침없이 공격을 퍼부었다. 지금껏 수세적 입장에서 손을 썼던 것과는 달리 처음으로 선공을 취한 것이다.

부관은 관치가 부릅뜬 눈으로 자신을 노려보며 공격을 감행하자, 미처 인식하기도 전에 한 걸음 물러서는 실수를 범하고 말았다. 전각 앞을 막아선 채 부하들을 농락하던 모습이 떠오르자, 혹시나 하는 마음에 일단 후퇴를 선택한 것이다. 자칫 자신의 검이 의지와 무관하게 흔들린다면, 자신의 보호를 받고 있는 제갈현선이 다칠 수도 있다는 생각이 들었다.

'기회다!'

관치는 제갈현선의 부관이 한 걸음 물러서며 방어적 입장을 보이자, 양손에 감겨 있던 은사를 흩뿌리며 그와 제갈현선의 몸을 감아버렸다.

부관은 설마 관치의 손에서 은사가 쏟아질 것이라고는 상상도 못한 데다, 선발대의 발목을 잘라버린 무기가 바로 이 은사임을 깨닫자 심장이 쿵쾅거렸다.

"거기까지! 움직이지 마라."

관치가 양손을 회전시키며 흩뿌렸던 은사를 끌어당기자, 부관과 제갈현선은 날카로운 종이에 손가락을 베인 것처럼 살갗이 따가워지는 통증을 느꼈다.

"나를 토막 살인마로 만들지 마라."

몸을 움직이며 은사를 털어내려던 제갈현선은 토막 살인마라는 관치의 말에 그대로 굳어버렸다. 그녀 역시 발목이 날아간 채 죽어 있던 부하들의 모습이 떠오른 것이다.

"이놈! 어찌 이런 악독한 물건을!"

제갈현선은 관치의 은사를 보며 표독스런 표정이 되었다.

"그런 말할 처지는 아닌 것 같은데. 그대가 가지고 온 죽통이 더 악독하면 악독했지, 절대 부족하지는 않은 것 같던데?"

관치는 말도 안 되는 소리라며 고개를 저었다.

"네놈은 절대 이곳을 빠져나가지 못할 것이다."

"물론이오. 그대가 나와 함께 죽기를 바란다면 나는 이곳에서 빠져나가지 못하겠지."

"……."

"하지만."

함께 죽는 것 외엔 방법이 없다는 관치의 말에 입을 다물었던 제갈현선은 '하지만'이라는 조건부가 흘러나오자 눈빛이 반짝거렸다.

"무슨 의미지?"

"하지만 둘 다 살 수 있는 방법도 있지."

"흥! 웃기지 마라. 나 하나 정도는 얼마든지 희생할 수 있다. 절대 네놈의 꾐에 넘어가지 않을 것이다."

"뭐, 싫다면 어쩔 수 없고. 당신 부하들이 달려오는 게 보이는데, 이쯤에서 토막 살인으로 마무리를 지어야겠군."

관치는 협상의 여지가 없다면 제갈현선과 부관을 죽이는 것으로 만족하겠다는 표정을 지었다.

"오 장 거리만 떨어지면 죽통의 위력도 고만고만한 것 같으니……."

그리고는 죽통의 성능을 떠들어대며 은사를 잡아당기기 시작했다.

"자, 잠깐!"

부관은 팔목을 파고드는 은사의 질감에 진저리 나는지 급히 입을 열었다.

"협상의 여지가 없는데 잠깐이 무슨 소용이 있는지."

관치는 잠깐이든 아니든 그냥 죽이는 게 빠르다며 다시 손을 들어올렸다.

부관의 외침에도 꿈쩍도 하지 않던 제갈현선이었지만, 그녀 역시 은사가 몸을 파고들기 시작하자 얼굴이 핼쑥해졌다. 아무렇지도 않은 척 강단을 부리고 있었지만, 죽음 앞에서는 그녀도 20대 중반의 여인에 불과했다.

"조건이 무엇이냐! 조건을 말해라!"

제갈현선은 이대로 허망하게 죽느니 어떻게든 기회를 얻어 복수라도 하는 게 맞다는 생각에 결국 입을 열었다.

"나와 함께 움직여야겠어. 내 목적이 마무리되면 풀어주도록 하지."

"목적?"

제갈현선은 관치의 입에서 목적이라는 말이 흘러나오자 다시 반문했다.

"아직 마무리가 안 된 일이 하나 있는데 그걸 끝내야 하거든."

"……."

"그대는 독하게 마음먹고 가문을 위해서 희생을 선택할 수 있을지 모르겠지만, 그대의 부하들은 절대 제갈세가의 핏줄을 향해 암기를 날리지는 못할 것이다."

관치는 모두가 아는 것을 부정하지 말라며 제갈현선을 바라보았다.

-아가씨, 저도 데려가십시오.

부관은 어떻게 할지 판단을 내리지 못하고 있는 제갈현선에게 급히 전음을 날렸다. 일단 살고 봐야 다음이 있지 않겠는가.

"나도 조건이 있다."

관치는 얼마든지 들어는 주겠다며 고개를 끄덕였다.

"내 부관을 동행케 해다오."

"응?"

관치는 '그걸 말이라고 하는 거요?' 라는 표정을 지었다.

"혼자서 가느니 이대로 죽음을 선택하겠다."

"당신 하나 데리고 가는 것도 모험에 가까운데, 거기다 언제 검을 빼들지 모르는 혹까지 붙이고 움직이라고?"

"당신 목적이 무엇인지는 모르겠지만, 내 조건이 성립되지 않는 한 더 이상 협상은 없다."

"그렇게는 안 되지."

관치는 웃기지 말라는 듯 손을 들어올렸다.

"혈도를 제압하고 무기는 모두 빼앗으면 될 것 아니냐!"

"흠……"

"하지만 무공을 익힌 이상 언제든 나를 죽일 수 있는 능력이 있다는 데는 변함이 없지 않나?"

관치는 혈도를 제압하는 게 무슨 의미가 있겠냐며 고개를 저었다. 이미 관치와 두 사람 주변에는 부하들이 몰려들어 진을 치고 있었기에 제갈현선의 표정은 처음보다 많이 안정이 된 것 같았다.

"무인의 이름을 걸고 약조를 하마!"

관치는 개인의 이름 따윈 개나 주라는 듯 시큰둥한 표정을 보이다가 다시 입을 열었다.

"무인 따위의 이름에 목숨을 걸 생각은 없고, 다른 걸 걸면 어떨까?"

"다른 것이라니, 무엇 말이냐?"

"나는 혼자인 데다 약자고, 무공도 약한 데다 의심도 많은 사람이니 최대한 목숨을 부지할 수 있는 가능성을 높이는 게 좋을 것 같아서 말이지."

사람들은 스스로 약자라고 하는 관치의 말에 이를 바득바득 갈아댔지만, 현재 상황에서는 어떤 행동도 취할 수가 없었다.

제3장. 남귤북지(南橘北枳)

남귤북지(南橘北枳)

-회수의 남쪽인 회남의 귤나무를 회수의 북쪽인 회북에 옮겨 심으면 탱자나무로 변해버린다. 처지가 달라짐에 따라 사람의 기질도 변한다는 뜻

"정확히 뭘 원하는 것이냐?"

"내가 하는 말에 동의를 한다면 제갈현선 당신은 물론이고 당신의 부관도 데려가 주지."

제갈현선과 그녀의 부관은 동의라는 절차만 따르면 문제 삼지 않겠다는 말에 당장 고개를 끄덕였다.

"좋아. 먼저 이 조건을 충실히 이행하면 내 일이 끝나고 두 사람을 바로 풀어주도록 하지."

"경청하도록 하지. 말해라."

제갈현선은 군자의 복수는 10년이 지나도 늦지 않다는 말을 떠올리며, 지금은 얼마든지 동의해주겠다는 듯 관치를 바라보았다.

"일단 두 사람은 나와 함께 있는 동안엔 반항 같은 것을 해서는 안 돼."

제갈현선은 이미 그 정도는 예상했다는 듯 고개를 끄덕였다.

"또 다른 건?"

"뭐, 함께 다니는데 내 말에 따르겠다는 정도면 충분한 거 아닌가? 혈도도 잡지 않도록 하지. 움직이는 데 불편할 수도 있으니 말이야."

관치는 오히려 여기서 뭐가 더 필요하겠냐는 듯 오히려 반문을 했다.

제갈현선은 자신들을 제압하지 않고 다니겠다는 말에 의중을 알 수 없다는 듯 관치를 바라보았다.

"대신 서로 간에 약속은 확실히 지켜야 하니 문건을 작성하는 게 좋겠지?"

"문건이라니……."

제갈현선은 갑자기 자료를 남기겠다는 관치의 말에 어리둥절한 표정이 되었다.

"세상에 믿을 게 없어서 사람 말을 믿나?"

"뭐라고?"

"하지만 아무리 거짓부렁으로 가득한 사람도 일단 증빙 자료가 첨부되면 별수 없는 것 같아서 말이야."

제갈현선은 물론이고 그의 부하들까지 황당한 표정을 지

었지만, 관치는 괘념치 않는 듯 봇짐에서 붓과 종이를 빼들었다.

제갈현선은 관치가 적어 내리는 글귀를 보며 '이 정도야.' 하는 표정을 지었지만, 내용이 조금씩 추가될수록 얼굴이 하얗게 질려 갔다.

〈제갈현선은 제일홍신소 소장 소관치가 무한에 도착할 때까지 동행할 것이니, 동행하는 동안에 들어가는 제반 경비를 책임지도록 한다.

제갈현선의 부관은 무한에 이를 때까지 두 사람의 안전을 책임지도록 한다.

제갈현선과 그의 부관은 소관치의 말에 무조건적으로 복종한다.

위 사항이 정상적으로 마무리될 경우, 무한에 도착함과 동시에 두 사람과의 관계는 깨끗이 청산한다.

두 사람은 위의 내용을 정확히 지킬 것을 약속하며, 만에 하나 이 내용이 지켜지지 않을 경우 치명적 상황에 처할 수 있음을 명심한다.

이 약조는 제갈가의 시조 제갈공명의 이름을 걸고 지켜질 것이다. 만약 약조가 이뤄지지 않는다면 제갈현선은 스스로 자신의 조상을 개자식이라고 욕하는 꼴이 될 것이고, 또 호래 자식임을 인정한다.

 모든 내용이 정상적으로 이뤄진다는 가정하에 화약을 이용한 암기가 존재함은 함구하겠음.〉

"서명해."
 관치는 아무렇지도 않게 쓱쓱 내용을 적어내리더니 두 사람 앞에 내밀었다.
"지금 무슨 짓을 했는지 아느냐?"
"무슨 짓이라니?"
"너는 이 한 장의 종잇조각 때문에 제갈세가와 영원히 적이 될 거란 소리다."
 관치는 자신을 잡아먹을 듯 노려보는 제갈현선의 모습에 껄껄 웃음을 터트렸다.
 "약속을 안 지키면 스스로 조상을 개자식으로 인정한다는 것이 되나, 그것이 아니라면 아무런 문제도 되지 않는 것 아닌가? 그리고 내가 알기론 이미 제갈가와는 관계가 좋지 않은 상황인데, 새삼스럽게 그게 무슨 의미가 있는지 모르겠군. 거기다 제갈가에 위험을 불러올 물건에 대해 함구까지 하겠다는데 뭐가 문제야?"
 관치는 웃기는 소리는 그만 하라며 제갈현선의 손에 붓을 들려 줬다.

"당신도 한 줄 추가해!"

"응?"

"당신도 약속을 지키지 않을 경우엔 아비가 개자식이라고 한 줄 써넣으란 말이야!"

제갈현선은 서로 간에 똑같은 조건을 인정해야 서명을 하겠다며 고함을 질렀다.

"그렇게 하지. 그게 뭐가 어렵다고. 그저 약속은 지키면 그만인 것을."

관치는 별것도 아니라는 듯 현선이 원하는 내용을 적어 넣었다. 제갈현선은 관치가 별다른 반응 없이 내용을 추가하자, 이걸로는 안 되겠다 싶었는지 그의 아비는 물론 조상들까지 모조리 적어 넣기를 다시 요구했다.

"그것참… 자, 다 적었다. 이제 되었지? 서명해."

관치는 문제 될 게 뭐가 있겠냐며 쓱쓱 써 내리더니 종이를 제갈현선에게 내밀었다.

제갈현선은 더 이상 방법이 없다 생각했는지 결국에는 서명을 하고, 수결을 찍어야만 했다.

"부관 나리도 서명하시지."

"끙!"

관치는 두 사람의 서명을 받자 자신의 수결을 추가해 협정서를 마무리했다.

"이 문건은 내가 잘 아는 곳에 보관해놓도록 하지. 서로 간의 약조가 마무리되면 자동으로 소각될 거야."

"그걸 어떻게 믿지?"

"아니, 그럼 이걸 일부러 퍼트리기라도 하라는 거야, 뭐야?"

관치는 어이없다는 듯 제갈현선을 바라보았다.

"나도 개자식이 되기는 싫다는 뜻이다."

"……"

"일단 부하들부터 물려야겠지?"

관치의 말에 제갈현선이 그게 아니라는 듯 고개를 흔들었다.

"먼저 은사부터 풀어주는 게 맞지 않을까?"

"하하하! 무슨 그런 섭섭한 소릴. 이 협정서는 안전한 곳에 보관이 되어야만 실효가 있는 거지. 여기서 은사를 풀어줬다가 두 사람이 돌변하면 나만 병신 되는 것 아닌가?"

"서로 약속을 했으니 지킬 것이다."

"쯧쯧쯧, 말도 안 되는 소리 그만 하고 부하들부터 빼. 거리는 최소한 백 장. 이곳에서 하루를 보내고 세가로 돌아가야 한다."

제갈현선은 금방이라도 터질 듯 얼굴이 달아올랐지만, 은사에 몸이 묶여 있는 한 관치의 말을 따를 수밖에 없었다.

"모두 물러나라. 그리고 이자의 말대로 해."

"아가씨!"

세가의 무사들은 현선의 말에 그럴 수 없다며 아가씨를 외쳐 댔다.

관치는 제갈현선과 부하들 사이에 일어나고 있는 감동적인 장면은 관심도 없다는 듯 다시 은사를 잡아당겼다.

"내가 토막이 나야 말을 들을 거야!"

제갈현선은 은사가 다시 몸을 파고들기 시작하자 버럭 소리를 질렀다.

"크읔! 조금만 기다리십시오! 저희가 기필코 구해드리겠습니다!"

제갈현선의 부하들은 어쩔 수 없다는 듯 물러서기 시작하더니, 1백 장 정도 떨어져 나갔다.

"이제 은사를 풀어줄 때가 되지 않았나?"

제갈현선은 약속을 지키라며 관치를 바라보았다. 관치는 당연히 그렇게 하겠다며 고개를 끄덕이더니 제갈현선과 부관의 마혈을 제압했다.

"이게 무슨 짓… 읍!"

혈도를 제압하지 않고 다니겠다던 말과는 달리 자신들의 혈을 제압하자 제갈현선이 당장 언성을 높였다. 그리고 그와 동시에 뭔가 자신의 목구멍 안으로 날아들자 급히 말을 멈췄다.

"독?"

제갈현선은 이게 무슨 짓이냐는 듯 관치를 노려보았다.

"혈을 제압하지 않겠다고 했지, 독을 쓰지 않겠다고 한 적은 없다. 하지만 걱정하지 마. 무한에 가면 해약을 넘겨줄 테니까."

관치는 그 말을 끝으로 은사를 풀고 두 사람의 마혈 역시 풀어주었다.

"가지."

"이 악독한 놈아! 나에게 무슨 독을 먹인 것이냐?"

제갈현선은 은사의 제약에서 벗어나자 바로 독기 오른 표정이 되었다.

"하루에 한 번씩 특제 약을 먹으면 얼굴이 썩지 않을 정도?"

"뭐, 뭐라고?"

"내가 바보 같아? 당신들이 얼마나 신의 없는 인간들인지는 이미 수없이 증명해 보였잖아. 최소한의 안전장치는 해두어야 등을 보일 수 있는 거니까."

관치는 그러게 뭐 하러 물어보냐며 모르는 게 약일 수도 있다는 말을 중얼거리더니, 앞서 발걸음을 옮기다가 깜빡했다는 듯 제갈현선의 부관을 바라보았다.

"부관 나리 것은 아래쪽이 썩는 거니 잘 참고하시길 바라오."

얼굴 정도는 얼마든지 희생할 수 있다는 듯 결단 어린 표정을 짓고 있던 부관의 얼굴에 경악과 공포가 동시에 엄습

했다.

"이번에도 말을 듣지 않으면 좋은 꼴 보기 어려울 텐데……."

관치는 가자는 말에도 움직이지 않고 있는 두 사람을 보며 은근한 협박을 늘어놓았다.

두 사람은 설마 그런 독이 있을까 하는 반문을 가져 보기도 했지만, 계속된 관치의 기행과 자신만만한 태도는 슬그머니 머리를 처들던 의구심을 잔인하게 밟아버렸다.

"흥! 누가 가지 않는다고 했느냐! 부관, 움직여라."

"존명!"

두 사람은 어쩔 수 없이 관치가 움직이는 방향으로 뒤를 따르기 시작했다.

◎   ◎   ◎

처음에는 입을 꾹 다문 채 관치의 뒤를 따르던 제갈현선이었지만, 그가 가고 있는 방향이 세가 쪽임을 깨달은 뒤로는 입을 열지 않을 수가 없었다.

"지금 어디로 가는 것이냐?"

"당신 집으로 가는 중이지."

"그게 무슨 소리냐?"

기껏 도망쳐 나온 곳으로 다시 돌아간다는 관치의 말에 제갈현선은 무슨 소리를 하는지 모르겠다며 고개를 갸웃거렸다.

"너무 궁금해하지 마. 결국에는 알게 될 테니까."

관치는 세가로 돌아가는 이유는 말할 수 없다며 입을 다물어버렸다.

"만에 하나 세가에 피해를 입힐 생각이라면 내 목숨을 내놓는 한이 있더라도 침지 않을 것이다."

관치는 그거야 당연한 것 아니냐며 고개를 끄덕이더니 다시 속도를 높이기 시작했다.

제갈현선은 관치가 무슨 생각을 하는지 감을 잡지 못하자 더욱 답답한 표정이 되었다.

관치와 인질(?) 2명이 세가의 담을 넘은 것은 해(亥)시가 끝나가는 무렵이었다. 구름이 낮게 깔려 달빛도 들지 않는 데다, 상당수의 사람들이 세가를 나가 있는 상황이라 경계가 많이 약해진 상태였다.

제갈현선은 자신의 집을 몰래 월담해야 하는 신세가 어이없었지만, 관치의 태도를 보아 세가에 피해를 입힐 것 같지는 않았기에 아직까지는 돌발 행동을 하지 않고 있었다.

사실 죽는 것은 두렵지 않다고 해도, 얼굴이 썩어 들어간다는 말은 묘한 공포심을 유발시켰다.

"이곳은?"

제갈현선은 관치가 숨어든 곳이 어딘지 확인하자 다시 고개를 갸웃거렸다.

'설마 중요한 물건이라도 숨겨 놨던 것인가?'

기껏 도망갔다가 다시 돌아오더니 관치가 찾은 곳은 그가 일행들과 숙소로 묵었던 전각이었다.

"두 사람 다 조용히 하는 게 좋을 거야. 괜히 사람을 끌어모아 봤자 또다시 피만 볼 뿐이니까. 이번에는 나도 그냥 넘어가지 않을 거야."

관치는 두 사람에게 엉뚱한 짓을 해봤자 좋을 게 없다는 듯 경고를 하더니, 전각 바닥에 설치된 기관을 작동시켰다. 그러자 그르릉 소리가 흘러나오며 금세 함정이 모습을 드러냈다.

"으응?"

관치는 당연히 함정 안에 숨어 있어야 할 일행이 보이지 않자 당황스런 표정이 되었다. 버팀목 위에서 기다리고 있어야 할 사람들이 모두 사라진 것이다.

"왜 그런 표정을 짓는 거지?"

제갈현선은 관치의 얼굴에서 뭔가 일이 틀어졌음을 느끼고 질문을 던졌다.

"알 것 없다."

관치는 자신도 모르게 일행이 없어졌다는 말을 꺼낼 뻔했지만, 가까스로 실수를 막아내며 알 바 아니라는 듯 고개를 저었다.

'어떻게 된 거지? 제갈세가는 이곳에 숨어 있다는 것을 알아낼 틈이 없었을 텐데……'

관치는 최대한 머리를 굴리며 일행이 함정에서 나올 수 있는 경우의 수를 계산했다.

'누군가 기관을 작동시켰다는 뜻인데……. 하지만 제갈가에 사로잡혔다면 경계가 이렇게 허술할 리가 없잖아.'

관치는 일행이 붙잡혔다면 세가의 분위기가 이렇게 침울하지 않아야 한다는 생각이 들었다.

'설마 나를 불러들이기 위해 함정을 판 것인가?'

또한 이곳이 제갈세가임을 떠올리며 충분히 가능한 일이라고 생각했다.

'젠장! 일단 빠져나가는 게 급선무군.'

관치는 결정을 내리자 지체 없이 몸을 움직이기 시작했다. 만약 자신의 월담을 세가에서 눈치 채고 있다면 자신을 막아서는 자들이 생겨날 것이고, 그게 아니라면 일행은 다른 방법을 통해 이곳에서 사라졌다는 결론이 될 것이다.

현선은 관치의 움직임이 다급하다 여겼는지 다시 질문을 던졌다.

"무슨 일이지? 세가에 문제라도 생긴 것이냐?"

"문제가 있다면 나에게 생긴 거겠지. 당신 집은 멀쩡한 것 같으니 걱정하지 않아도 될 것 같군."

관치는 도란도란 대화나 나누고 있을 때가 아니라는 듯 곧바로 몸을 날려 세가를 빠져나가기 시작했다.

'이상하네.'

관치는 다시 월담을 통해 세가를 빠져나올 때까지 자신을 막아서는 자가 없자 또다시 고개를 갸웃거렸다.

'그렇다면 일행이 세가에 잡혀 있지 않다는 결론인데… 도대체 뭐가 어떻게 돌아가는 거야.'

그리고는 머리가 지끈거리는지 머리를 움켜쥐며 다시 고민에 빠졌다.

'일단 미란과 민영의 목적지는 무림맹이다. 다른 누군가에게 잡힌 게 아니라면 분명히 무한으로 움직이고 있을 텐데……'

관치는 계속 고민만 하고 있을 수 없다 생각했는지 다시 몸을 일으켜 달리기 시작했다.

"이봐! 도대체 무슨 일이야?"

제갈현선은 관치의 행동에 불안함을 느꼈는지 연방 질문을 던졌다. 허술하기 짝이 없는 세가의 반응은 물론이고, 관치가 그 부분에 문제를 삼는 것처럼 보이자 신경이 쓰이기 시작한 것이다.

"아무 일도 아니다. 단지 내가 해야 할 일에 문제가 생겼을 뿐이다. 당신 집엔 별일 없는 것 같으니 걱정하지 않아도 될 거야."

"좋아, 세가엔 문제가 없다고 하니 당신 말을 믿어보지. 이

제 어떻게 할 거지?"

"무한으로 간다. 그리고 그곳에 도착하면 우리 관계는 자동으로 정리가 될 것이니, 독이나 문서에 대해서는 걱정하지 않아도 될 것이다."

제갈현선은 단호한 음성으로 약속 이행을 확인시켜 주는 관치의 태도에, 혹시나 하는 마음이 어느 정도 안정이 되었다. 짧은 시간이었지만 관치라는 사내의 행동 방식을 대충이나마 이해하기 시작한 것이다.

'이 인간… 약속 제일주의로군.'

제갈현선은 관치의 지금 행동 역시 누군가와 약속을 했기 때문에 일어난 것임을 감 잡은 것이다.

'관치 이자의 행동을 보면 당가의 생존자들을 보호하는 것과 연관이 있는 것 같은데……. 이런! 설마 보표로 채용이 된 거였나?'

완벽한 예측은 아니었지만, 그녀의 예상은 일부 합당한 결론을 유추해내기 시작했다.

'거기다 협정서에 적힌 이름이… 소관치라. 그리고 제일흥신소라고 했던가?'

제갈현선은 흥신소라는 이름을 쓰는 곳이 대충 어떤 곳인지 알고 있었다. 결국 관치, 아니 소관치라는 자는 응당한 대가를 받고 일을 처리해주는 해결사 쪽 출신이라는 뜻이었다.

'하지만 해결사치곤……'

그녀가 알고 있는 해결사들은 대부분 무림에 관련되어 있기보다는 양민들과 밀접한 인연을 맺고 살아가는 자들이었다. 고리대금업자의 환금 작업을 도와준다든지, 누군가의 뒷조사를 해가며 살아가는 족속들인 것이다. 그런데 관치라는 자는 자신이 알고 있는 범주를 넘어섬은 물론이고, 몸에 지닌바 재주 역시 쉽게 판단을 내릴 수가 없었다.

'소관치, 제일흥신소, 해결사. 지금까지 밝혀진 것은 이게 전부인 거야? 도대체 당신 정체가 뭐야! 거기다 무공을 익힌 것 같지도 않은데, 지금 이 이동 속도는 무엇으로 설명한단 말인가!'

제갈현선은 앞에서 걸음을 옮기고 있는 관치를 바라보며 점점 미궁 속으로 빠져드는 느낌을 받았다. 관치는 걷고 있는 게 분명한데, 자신들은 내력까지 사용하며 뛰고 있는 현실이 더욱 관치란 사내를 알 수 없게 만들어버렸다.

'그런데 이쯤에서 우리를 놔준다 해도 문제가 되지 않을 텐데… 왜 기어코 끌고 다니는 거지?'

제갈현선은 정말 모르겠다는 듯 고개를 흔들어버렸다. 언제든 목숨을 버릴 수 있는 자들이 바로 무림인들이었다. 관치 정도의 사내가 그런 사실을 모르지는 않을 것인데도 자신들을 데리고 다니고 있지 않은가.

'설마 이것도 약속을 지키기 위해서?'

제갈현선은 설마 하는 생각이 들면서도, 어쩌면 정말 그것 때문에 자신들을 기어코 끌고 다니는 것인지도 모르겠다는 생각이 들기 시작했다.

'연구 대상이군. 만약 약속 때문에 이 모든 일이 벌어지고 있는 거라면 적당한 기회를 봐서 또 다른 약속을 이끌어내야겠군.'

제갈현선은 관치의 능력이 일반적인 무림인들과 다른 부분에서 발휘된다는 생각이 들자, 어떻게 하면 관치를 이용해먹을 수 있는지 고민하기 시작했다.

'무한까지는 아직 시간이 필요하니 방법을 찾을 수 있을 거야.'

기회만 되면 관치와 대화를 나누고자 이런저런 핑계를 만들어내며 입을 열던 제갈현선은 무한에 가까워질수록 마음이 급해지기 시작했다.

며칠간 바로 곁에서 그를 겪어본 결과, 그녀의 생각과 달리 관치는 말수가 굉장히 적은 사람이었다. 필요할 때를 제외하곤 입이 열리는 꼴을 못 본 것이다.

"정말 너무하는 것 아닌가요?"

"……."

"이것 봐요!"

"두 시진 후면 무한이다. 지금쯤 체력이 바닥났을 텐데 말을 아끼는 게 좋지 않을까?"

"지금 당장 한 걸음도 못 움직이겠단 말이다! 네가 사람이냐?"

제갈현선은 정말 질린다는 표정을 지었다. 어떻게 땀 한 방울 흘리지 않고 그 먼 거리를 꾸준히 걸어올 수 있단 말인가. 자신과 부관은 당장이라도 기절이라도 하고 싶을 정도였다. 내력은 물론 체력까지 완전히 바닥을 드러냈기 때문이다.

"당신… 정체가 뭐야? 어떻게 사람의 탈을 쓰고 그런 속도로 땀 한 방울 흘리지 않고 움직이느냔 말이야!"

제갈현선은 말을 하는 와중에도 구역질이 올라오는지 중간 중간 말을 멈춰야 했다.

"그냥 걷는 법에 따라 움직였을 뿐이다."

"그러니까 그 걷는 법이라는 게 도대체 뭐냐고!"

"이미 설명하지 않았던가?"

관치는 과거에도 비슷한 질문을 받은 적이 있었기에 아무렇지도 않게 걷는 법에 대해 설명해주었었다.

"이런, 망할!"

제갈현선은 매번 똑같은 대답만 되풀이하는 관치의 태도에 결국 화를 참지 못하고 욕설이 튀어나오고 말았다.

"시간이 없다. 움직여라."

관치는 더 이상 경공을 사용하지 못하겠다며 허리를 굽히고 헉헉거리는 두 사람을 향해 냉정한 면모를 보였다.
"가고 싶으면 당신 혼자 가!"
"흠… 정말 그래도 되는 건가?"
"그래, 가버려! 이 괴물 같은 작자야!"
"그것참. 좋아, 그럼 가도록 하지. 나중에 얼굴에 문제가 생겨도 나에게 원한을 품지 말도록."
관치는 그 말을 끝으로 다시 걸음을 옮기기 시작했다.
"자, 잠깐! 잠깐만!"
현선은 급히 손을 내저으며 관치를 불러 세웠다. 고달픈 몸과 마음 때문에 자신의 몸에 얼굴을 썩게 만드는 독이 심어져 있음을 잠시 망각한 것이다.
"서로가 무한에서 마무리를 하자고 약속했음을 잊지 마라."
관치는 더 이상 할 말이 없다는 듯 무한으로 다시 이동을 시작했다.
"망할 놈의 자식! 그래, 누가 이기나 보자!"
제갈현선은 후들거리는 다리를 몇 차례 내리치더니, 다시 관치의 뒤를 따르기 시작했다.
"아가씨, 함께 가요!"
제갈현선의 부관 역시 잔뜩 인상을 쓰고 숨을 고르고 있다가, 밑이 썩는다는 관치의 말을 떠올리며 부지런히 발을 움직여야만 했다.

관치는 두 사람이 따라오든 낙오하든 관심도 없다는 듯 무림맹을 향해 끝없이 걸음을 옮겼다.

 만에 하나 당미란 일행이 제갈가를 탈출한 것이라면, 그리고 제갈가에서 자신들의 치부를 덮기 위해 발 빠르게 움직였다면 무림맹은 도움을 받을 곳이 아니라 오히려 사지(死地)가 될 수도 있었다.

 만약의 경우지만 당미란 일행이 정체불명의 복면인들에게 공격을 당할 수도 있었고, 제갈가가 그랬던 것처럼 누군가 도움을 가장한 공격을 시도했을 수도 있었다.

 어떤 상황에 처해 있든지 모두 안전을 보장하기 어려운 상태였기에, 한시라도 빨리 무림맹에 도착해 당미란을 찾아야만 했다.

 '만약 미란과 민영의 신변에 좋지 않은 일이 발생했다면… 그 대상이 누구든 간에 가만두지 않을 것이다.'

 관치는 그 대상이 무림 전체라 할지라도 물러서지 않을 것임을 스스로 다짐했다. 세상이 독종을 요구한다면 독해질 것이며, 악마를 찾는다면 악마가 되어줄 생각이었다.

 '더 이상은 방관자 입장이 되지 않을 것이다. 더 이상은!'

제4장. 점입가경(漸入佳境)

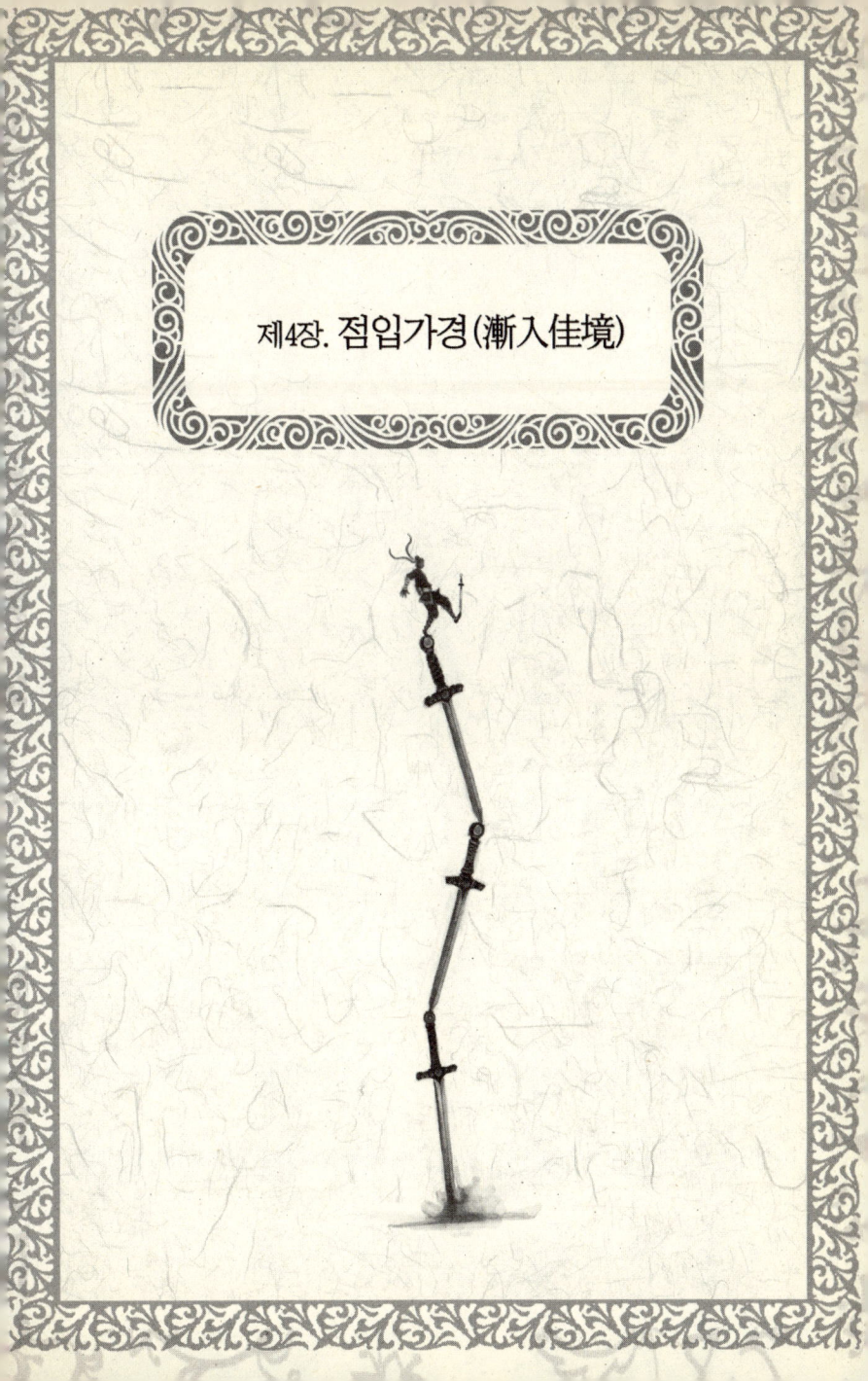

점입가경(漸入佳境)

-일이 점점 더 재미있는 지경으로 들어가는 것을 비유하는 말로 쓰임

 관치는 무한에 도착함과 동시에 휴식을 취할 수 있는 객잔을 잡았다. 물론 비용 지출은 제갈현선이 처리했다.
 관치는 기록으로 남긴 문구에 대해서는 한 치의 양보도 보이지 않고 있었다. 막상 자신이 모든 비용을 처리하고 협조를 하기로 약속하긴 했지만, 제갈현선 입장에서는 관치의 그런 태도가 매몰차고 냉정하게 느껴졌다.
 "해약이다."
 관치는 제갈현선과 그의 부관에게 작은 환약 2알을 넘겨주었다.
 "이걸 먹으면 독의 위험은 완전히 사라지는 건가요?"
 제갈현선은 환약을 들어 냄새를 맡더니 해약이 분명한지

다시 한 번 확인했다.

"물론."

"믿겠어요."

제갈현선과 그의 부관은 환약을 입 안에 털어 넣더니 다시 입을 열었다.

"이제 어떻게 할 생각이죠?"

"무슨 뜻이지?"

"숨이 넘어가도록 무한에 왔을 땐 뭔가 이유가 있을 거 아니냔 말이죠."

관치는 왜 그걸 이야기해야 하는지 모르겠다는 표정을 지었다.

"당신과의 조건부 동행은 이제 끝이 났다. 서로 간에 새롭게 원한을 맺지 않는 한 볼일이 없을 것 같은데……"

관치는 서로 볼일이 끝났으니 각자 갈 길을 가자며 관계 정리를 선언했다.

"정말 너무하는군요."

"그건 또 무슨 뜻이지?"

"좋아요. 일단 서로 간의 관계가 결코 좋지 않게 시작되었음은 저 역시 인정해요. 하지만 당신의 말대로 서로 간에 은원을 묻지 않기로 한 이상, 모든 게 아무 일도 없었던 것으로 돌아간 셈 아닌가요?"

"당신이 그렇게 생각해준다니 고마울 따름이군."

"다시 말해 모든 게 무(無)로 돌아갔으니, 지금 이 순간은 새롭게 인연을 시작하는 것과 같다는 거죠."

관치는 의도를 모르겠다는 듯 '그래서 뭘 어쩌자는 거지?'라는 표정을 지으며 제갈현선을 바라보았다.

"서로 간에 필요한 부분을 나누자는 뜻이죠."

"내가 당신에게 필요로 할 게 있을까?"

"당신이 무한에 온 이유는 이번에 무림맹에서 열리는 대회에 참석하기 위해서겠죠?"

"그래서?"

"무림맹에 편하게 들어갈 수 있도록 도와주죠."

"편하게?"

관치는 무슨 소리를 하는지 모르겠다며 여전히 똥한 표정을 지었다.

"그래요. 당신도 알다시피 이번 대회는 무림인들을 위한 무림인만의 회합이죠."

"내가 무림인이 아니기 때문에 이번 대회에 참석하기 어려울 것이란 뜻인가?"

"이해가 빠르군요."

제갈현선은 자신의 신분과 위치를 이용해 관치가 하고자 하는 일에 도움을 주겠다는 의사를 표현했지만, 관치는 여전히 '왜?' 라는 표정을 지우지 않았다.

"난 사람을 찾으러 온 거지, 무림 대회에 참가하기 위해서

온 것이 아니다. 그러니 당신의 말은 못 들은 걸로 하지."

"정말 답답하군요. 당신의 불확실한 신분이 사람 찾는 일에 도움이 될 거라 생각하는 건가요? 무림맹은 그렇게 녹록한 곳이 아님을 이해했으면 좋겠군요."

"오히려 내가 할 소리군. 난 무림인들과 엮이고 싶은 생각도 없을뿐더러, 무림맹에 들어가 나를 나타내고 싶은 생각도 없는 사람이오. 당신은 자신의 입장에서만 모든 걸 바라보려고 하는군."

"그게 무슨 소리죠? 무림과 엮이고 싶지 않다니……."

제갈현선은 관치의 능력이면 충분히 두각을 나타낼 수 있음에도 그러지 않겠다고 하는 그의 태도가 더욱 이해하기 힘들었다.

"당문은 물론이고, 당신의 제갈세가까지 지금껏 좋은 기억이 하나도 없다는 뜻이지. 매번 얽힐 때마다 목숨을 잃을 뻔하거나 엉뚱한 일에 휘말려 남 좋은 일만 하게 되는데, 내가 왜 무림에 마음을 쓸 거라 생각하는지 정말 모르겠군. 당신이야말로 가문과 능력을 등에 업고 편하게 살면 그만일 것을, 왜 엉뚱한 일에 발을 담그고 싶어 하는지 모르겠군. 여전히 당가의 생존자들을 쫓고 싶은 건가?"

"당가의 생존자들이라……. 아쉽게도 난 그런 쪽에는 관심이 없군요. 내가 직접 나서게 된 것은 당신을 잡기 위해서였지, 당가의 계집들에게 뭔가를 얻기 위해서는 아니었어요."

"나를 잡고 싶었다기보다는 죽통에 담긴 암기의 위력을 실전에서 확인해보고 싶었던 거겠지. 만들어놓기만 하고 사용은 못해봤던 것 같으니 말이야."

관치는 말을 바로 하자며 현선을 바라보았다.

"음… 그 부분은… 그래요. 그랬다 쳐요. 하지만 이미 지난 일은 서로 묻어두기로 하지 않았나요?"

"난 과거의 은원을 문제 삼는 게 아니라 당신의 목적이 그랬다는 것을 이야기했을 뿐이오. 그래서 지금도 굳이 싫다는데도 친절을 베풀고자 하는 당신의 의도가 순수하지 못하다는 말을 하고 싶은 것이오. 아시겠소?"

제갈현선은 자신의 친절이 순수의 발로가 아닌 특정 이득을 취하기 위한 목적에 불과하다는 말에 얼굴이 붉게 달아올랐다.

"나는 충분히 거부 의사를 밝힌 것 같으니 당신은 이제 돌아가시오."

"좋아요. 그렇게까지 말하는데 계속해서 내 생각만 이야기한다면 또 다른 문제를 만들어낼 수도 있겠군요. 하지만 한 가지 궁금한 부분은 이야기해줬으면 좋겠군요."

"뭘 말이지?"

관치는 아직도 궁금한 게 남았냐는 듯 그녀를 보았다.

"당신이 나를 인질로 잡은 것은 내 부하들과 암기의 위협에서 벗어나기 위한 거였죠?"

관치는 당연한 것을 물어본다는 듯 귀찮은 표정을 지었다.
"그런데 이상하더군요."
"정말 말 많은 아가씨군."
관치는 슬슬 짜증이 났다.
"이미 위협에서 벗어나 자유롭게 움직일 수 있었을 텐데, 왜 우리를 무한까지 데려온 거죠?"

제갈현선은 자신의 신분이나 능력이 차후 일을 처리하는데 필요하다는 계산을 깔고 데려온 게 아니냐며 관치를 몰아세웠다. 한마디로 관치를 돕겠다는 자신의 의도가 순수하지 못하다는 말은 어불성설이 아니냔 뜻이었다.

관치는 마치 취조라도 하듯 자신을 바라보는 제갈현선의 모습에 고개를 저어버렸다.
"관계를 끝내는 마지막 행위가 정리되지 못해서 괜한 의심을 사는 것 같군."

관치는 가슴에서 약속을 지키지 않으면 개자식이라는 문구가 담긴 협약서를 꺼내들더니 그대로 불태워버렸다.
"적힌 대로 행동하고, 약속한 대로 지켰을 뿐이오. 그러니 이쯤에서 돌아가는 게 좋겠군."

그리고는 더 이상 상종하고 싶지 않다는 듯 자리에서 일어났다.

제갈현선은 관치의 쌀쌀한 태도에 잠시 굳은 표정을 짓더니 결국에는 몸을 일으켰다.

"그렇게 원한다면 돌아가죠."

관치는 부관과 함께 막 객방을 나서는 제갈현선의 뒤통수에 슬쩍 한마디 던져 주는 것을 잊지 않았다.

"언제고 다시 보게 된다면 당신 말대로 서로 도움이 되는 관계가 되길 바라지."

그 말에 잠시 걸음을 멈췄던 제갈현선은 고개를 돌려 관치를 바라보았다.

"과연 그렇게 될지 모르겠군요."

"인생사 모두 알고 나면 무슨 재미로 살겠나. 두고 보면 알겠지."

제갈현선은 말로는 해볼 방법이 없다 생각했는지, 관치의 뒤통수를 한 차례 노려보고서 부관과 함께 모습을 감췄다.

관치는 두 사람이 객잔 밖으로 완전히 나가는 것을 확인하자 조심스럽게 객방을 나섰다.

"아가씨."

"말해."

"왜 그러신 겁니까? 관치 그자는 가문의 적인 데다……."

"그만. 어차피 물 건너갔으니 다른 사람들 앞에서는 아무 말 하지 마."

제갈현선은 부관의 질문에 고개를 저으며 오늘 일은 다른 사람들이 알지 못하도록 명령을 내렸다.

"저야 아가씨 사람이니 뜻에 따를 것입니다."

"그리고 명심해. 가문이 저자에게 적대적인 행동을 보이면 적극적인 협조도, 그렇다고 반대도 하지 마. 그저 방관자 입장에서 그를 바라보도록 해."

"관치 그자의 능력을 어떻게 판단하셨기에……."

"아직은 한마디로 정의하기엔 어려운 사내야. 하지만 지켜보면 언제고 모든 걸 알게 되겠지. 그자는 스스로 은원을 만들고자 사건을 일으키는 성격이 아니야. 오히려 도움을 받으면 그에 합당한 혜택을 내주는 사람이지."

"그렇군요. 그래서 도움을 주고자 하신 거군요."

"하지만 부관도 봤다시피 어지간해서는 도움 같은 것은 필요하지 않은 사람 같더군."

부관은 잠시 생각하는가 싶더니 다시 입을 열었다.

"지금껏 무림에 관치 같은 자가 없었던 것은 아니지 않습니까. 홀로 우뚝 선 것처럼 독불하던 자들 말입니다."

제갈현선 역시 알고 있다는 듯 고개를 끄덕였다.

"하지만 그런 자들 대부분이 결국에는 단체에 몸을 의탁하거나, 비명횡사했던 것을 생각하면 어차피 홀로 움직이는 자들은 한계가 있기 마련입니다."

"그것도 틀린 말은 아니지."

"그런데 왜 이토록 신경을 쓰시는 겁니까?"

"그자는 스스로 무림인이 아니라고 했다."

"네?"

"스스로 무림인이 아니지만 무림인과 얽히면 죽을 고생을 하게 된다는군."

"그거야 일반인 입장에선 그럴 수밖에······."

"그런데 이상하지 않아? 무림인을 만나서 죽을 고생을 했다는데 지금껏 살아 있는 것을 보면?"

제갈현선은 과연 그것이 우연이라고 치부해버려도 상관이 없는 것인지 한 번쯤 고민해봐야 하지 않겠냔 표정을 지었다.

"운이 좋았을 수도 있지 않습니까."

"운이라······. 제갈세가를 홀로 상대하고도 저렇게 멀쩡히 걸어 다니는 게 운이란 말이지."

부관은 제갈현선의 마지막 말에는 뭐라고 대답해야 할지 선뜻 판단이 서지 않았다.

"생각해봐. 무림인과 얽히면 죽을 만큼 고생을 한다고 했어. 그런데 저 정도 능력을 지닌 자가 죽을 고생을 했다고 말한다면 과연 어떤 일들을 겪어왔다는 걸까? 우리 세가와 얽힌 일 역시 그런 일 중에 하나로 치부하는 인상을 받았다면 내가 너무 과민한 걸까?"

"아닙니다. 생각해보니 그자는 관심 있게 지켜봐야 할 대상이 맞는 것 같습니다."

제갈현선은 당연히 그럴 수밖에 없다는 듯 고개를 끄덕였다.

"일단 무림맹으로 간다."

"세가로 돌아가는 게 아니었습니까?"

"당가의 계집들이 멀쩡히 살아 있다면 그들이 도움을 청할 곳이 어디겠어?"

부관은 현 무림의 상황을 곰곰이 떠올려 보더니, 결국 무림맹 외에는 억울함을 호소할 곳이 없다는 결론에 도달했다.

"아마 아버님과 숙부님은 이미 맹에 도착했을 거야. 당가의 계집들이 헛소리를 하기 전에 연막을 쳐야 할 테니까."

"그럴 수도 있겠군요. 그렇다면 맹으로 가실 게 아니라 무한 분타로 가시는 게 빠를 것 같습니다. 한두 명이 움직인 거라면 맹에 머무르시겠지만, 그런 목적을 가지고 무한에 오셨다면 아마 분타에 머무르고 계실 겁니다."

대외적으로 활동이 많았던 부관은 맹보다는 분타를 먼저 들러보는 게 좋겠다는 의견을 냈다.

"좋아, 그렇게 하지."

형제들 중 기물을 만들고, 그것을 가지고 놀기 좋아한다는 평가를 받는 제갈현선이었지만, 그녀의 능력을 한 번이라도 겪어본 사람들은 세간의 평가가 완전히 잘못되어 있음을 인정해야만 했다.

◈ ◈ ◈

땔감을 한 묶음 짊어진 관치는 누가 봐도 장작더미를 배달하는 장정처럼 보였다.

관치가 느낀 제갈현선은 상황 판단이 빠르고, 그에 맞게 행동할 줄 아는 여인이었다. 자신이 당미란과 민영의 신상에 대해 고민하는 것처럼 제갈현선은 자신의 가문을 위해 고민할 줄 아는 여인이었다.

제갈세가가 당문의 생존자들을 감금하고 위협한 사건이 무림에 알려지면 적지 않은 타격을 입을 게 분명했다.

제갈현선은 어떤 식으로든 가문에 도움이 되고자 노력할 것이고, 그러기 위해서는 사천이 아니라 무한에 남을 수밖에 없었다. 제갈가 역시 다른 세력과 마찬가지로 그들만의 활동을 위해 안전 가옥을 만들어놨을 것이다. 관치는 제갈현선을 통해 그 장소를 확인하고 싶었던 것이다.

아니나 다를까 그녀는 자신의 부관과 함께 관치를 제갈가의 분타로 안내했다.

"그냥 세가로 돌아가면 어쩌나 했는데, 확실히 실망을 주지 않는군. 가끔은 너무 영리해도 문제인 거지. 경험이 빠진 영악함은 밑을 보이기 마련이니까."

관치는 어두워지길 기다렸다가 제갈현선이 안내해준 분타에 모습을 나타냈다.

만약 자신의 일행이 제갈가의 손에 걸려들었다면(그들은 어떻게든 당미란 등이 무림맹에 들어가지 못하도록 막을 게 분명했으니까) 분명히 이곳에 감금을 하고 있을 것이다.

"하지만 이곳에도 없다면……."

관치는 일행이 아예 제갈가에 붙잡혔기를 바라는 마음이 더 컸다. 행불 처리되거나, 당문을 멸망시킨 흑의인들 손에 들어갔다면 당장 자신이 할 수 있는 일이 아무것도 없게 되기 때문이다.

다행히 제갈세가의 본가보다는 경계가 약한 편이었고, 무림맹이 있는 무한에 함께 자리하고 있기 때문인지 평화로운 기운이 감돌았다.

덕분에 관치의 야행은 어렵지 않게 이루어졌고, 곳곳을 살피며 누군가 갇혀 있지는 않은지 확인해볼 수가 있었다.

그러나 그것은 어디까지나 외관을 살피는 것에 지나지 않았기에, 결국은 누군가를 붙잡아 분타의 상황을 확인해보는 게 가장 빠르고 정확하다는 결론에 도달했다.

"억!"

막 순찰을 돌고 자신의 방으로 돌아가던 마봉은 자신의 목을 움켜쥐고 입을 틀어막는 행위에 심장이 떨어질 듯 충격을 받았다.

"쉿! 조용히 내가 묻는 말에만 대답한다면 목숨을 빼앗진 않을 것이다. 알겠느냐?"

마봉은 제발 살려 달라는 듯 고개를 끄덕거렸다.

관치는 마봉의 마혈을 짚더니 한쪽에 세워놓고 하나씩 질문을 던지기 시작했다.

"본가에서 사람들이 왔을 것이다."

"그, 그렇습니다."

"몇 사람이나 온 것이냐?"

"가주님과 제갈곽 대협, 그리고 제갈진공 공자와 세가의 무사 십여 명입니다."

마봉은 자신이 아는 것은 이게 다라는 듯 애처롭게 관치를 바라보았다.

"마지막으로 한 가지만 더 물어보지. 혹시 며칠 사이에 누군가 잡혀오거나 감금되었다는 소식을 들은 적이 있느냐?"

"아닙니다. 어제 본가에서 사람들이 왔을 뿐, 그 외에는 특별한 일이 없었습니다."

단지 본가의 사람들이 찾아왔을 뿐, 특별한 사항은 없었다는 말에 관치의 표정이 침울해졌다. 일행의 흔적을 찾기가 더욱 요원해진 것이다.

'도대체 내가 없는 사이에 무슨 일이 벌어진 것이냐.'

관치는 몰래 상황을 지켜보고 있던 제삼의 인물이 개입됐을 수도 있다는 생각이 들자 머리가 지끈거리기 시작했다.

"나는 이대로 사라질 것이다."

"그, 그렇습니까?"

"나는 너에게 어떤 피해도 주지 않고 떠날 것이니, 너 역시 오늘 나를 만났다는 사실을 잊는 게 좋을 것이다. 만에 하나 엉뚱한 소리를 놀렸다간 다음에 만날 사람은 염라대왕이 될 것이니 말이다."

"여, 여부가 있겠습니까?"

관치는 마봉의 혈을 풀어줌과 동시에 뒷목을 내리쳐 기절을 시키더니, 사람들 눈에 잘 띄지 않는 곳에 던져 놓았다.

제갈가에선 더 이상 얻을 정보가 없음이 확실해지자 관치는 다음 목표로 무림맹을 설정했다. 누군가 일행을 돕는 자가 있어 무림맹에 몰래 들어갔다면 보이지 않는 곳에서 몸을 숨기고 있을 수도 있기 때문이다.

'무림맹에서조차 그들을 찾을 수 없다면 정말 난감해지겠군.'

그는 다시 객방으로 돌아와 야행복을 벗고 본래 옷으로 갈아입었다.

무림맹에 들어갈 수 있는 방법은 자신이 알기론 3가지뿐이었다. 무림맹의 무사가 되거나, 아니면 맹을 구성하고 있는 문파의 제자이거나, 마지막 다른 하나는 무림맹에서 허드렛일을 하는 일꾼으로 들어가는 방법이었다.

'앞의 두 가지는 문제가 될 소지가 있으니 일단은 일꾼 쪽을 알아봐야겠군.'

관치는 날이 밝을 때까지 잠시 눈을 붙이기 시작했다.

◈　◈　◈

"어젯밤 그자가 다녀간 것 같습니다."
"그자라면 관치를 말하는 것이냐?"
제갈현선은 부관의 보고에 '설마' 하는 표정이 되었다.
"어제 순찰을 돌았던 마봉이라는 자가 풀숲에서 발견되었답니다."
"죽은 것인가?"
"너무 피곤해서 방으로 가기도 전에 그곳에서 잠이 들었다는데, 자꾸 목을 움켜쥐는 게 아무래도 붙잡혀 심문을 당하고 버려진 것 같아서 말입니다."
제갈현선은 정확히 확인해봐야겠다며 마봉이라는 자를 데려오라고 했다.

"부르셨습니까?"
"이쪽으로 앉거라."
"네, 아가씨."
마봉은 갑자기 둘째 아가씨가 자신을 호출했다는 말에 긴장된 표정을 감추지 못했다.
"지금부터 내가 질문을 할 것이다. 거짓을 고한다면 죽음을 면치 못할 것이고, 사실대로 말한다면 상을 내릴 것이다."
"어이쿠! 아가씨, 저는 아는 게 없습니다. 그저 이곳에 고용되어 순찰을 도는 일을 할 뿐입니다."

마봉은 지레 겁을 먹고 설레발을 떨기 시작했다.

제갈현선은 부관의 보고대로 어젯밤 관치가 다녀갔다는 생각이 더욱 확실해졌다.

"어젯밤, 너를 찾아온 사람이 있었을 것이다."

"저를 찾아오다니요……."

"그 사람이 뭘 물어봤는지, 그것만 이야기하면 너는 아무 일도 없었던 것처럼 다시 네 일상으로 돌아갈 것이다. 그러나 거짓을 고한다면 결코 용서받지 못할 것이다."

"아이고! 아가씨, 저는 그 사람이 저를 죽인다고 하기에 그저 몇 마디 해줬을 뿐입니다. 정말입니다."

"너를 벌하고자 부른 것이 아니라고 하지 않더냐. 걱정하지 말고, 그자가 너에게 무엇을 물어봤는지 그것만 말하면 된다."

본래 심약한 성격을 가지고 있던 마봉은 잔뜩 겁을 집어먹고, 어제 관치가 물어봤던 내용과 자신이 답한 것들을 줄줄이 불어버렸다.

"누군가 잡혀오거나 감금되어 있지 않느냐고 물어봤다고?"

"네, 그렇습니다."

제갈현선은 관치의 질문을 통해 당가의 계집들이 그와 만나지 못하고 있음을 확신하게 되었다.

'어쩌면 애초부터 그들이 가문을 탈출하지 못했던 것은 아

닐까.'

 제갈현선은 위험을 무릅쓰고 다시 세가로 숨어들었던 관치의 행동을 떠올리며 고개를 끄덕였다. 관치는 모두 빠져나간 것처럼 연극을 했음이 분명해진 것이다.

 "좋다. 너는 이대로 돌아가 아무 일도 없던 것처럼 생활을 하거라. 어제 너를 찾아왔던 사람은 물론이고, 오늘 나와 대화를 나눈 것 역시 무덤까지 가지고 들어가야 할 것이다."

 "무, 물론입니다."

 제갈현선은 마봉에게 은자를 던져 주며 나가보라고 손짓을 했다.

 "부관의 말이 맞았군. 어쩐지 쉽게 보내준다 했더니, 결국에는 이곳의 위치를 알아내고자 그랬던 거였어. 이거 한 방 먹었는걸."

 제갈현선은 설마 관치가 자신의 뒤를 밟았을 거라곤 생각지 못했기에 분한 표정을 지었다. 그렇게 냉정한 말투로 자신을 쫓아낸 이유가 이해된 것이다.

 "어떻게 하실 겁니까? 그자를 찾아가실 겁니까?"

 "일단 만나보는 게 좋겠지. 약은 수로 나를 골탕 먹인 것이나 다름없으니, 이대로 넘어간다면 체면이 서질 않겠어."

 어느 누구에게도 휘둘리지 않고 살아온 제갈현선에게는 관치의 존재 자체가 재미와 불편을 동시에 느끼게 만들고 있었다.

"애들을 풀어. 관치 그자가 어디로 튀는지 구경 한번 해봐야겠어."

"알겠습니다."

◈   ◈   ◈

무림맹으로 걸음을 옮기던 관치는 언제부턴가 끈적거리는 시선이 자신을 감싸고 있는 느낌을 받기 시작했다. 누군가 자신의 움직임을 예의 주시하고 있다는 뜻이었다.

'제갈가의 아가씨가 움직여 주는 건가. 예상보다 조금 늦었군.'

관치는 당연히 그럴 줄 알았다는 듯 고개를 끄덕였지만, 외관상으로는 어떤 의심도 하지 않는 모습을 보였다. 오히려 저잣거리를 지나칠 땐 그들이 자신의 뒤를 놓치지 않게 속도를 줄여 주는 예의 있는 모습도 보여 줬다.

그러나 무림맹 근처에 다가서자 자신의 뒤를 쫓던 시선이 얇아지기 시작했고, 안으로 들어서자 자신을 따르던 눈빛을 더 이상 느끼기 어려워졌다.

'뭐야? 겨우 이 정도로 미행을 끝내는 것인가?'

관치는 실망했다는 듯 혀를 차더니, 인부를 관리하는 곳으로 걸음을 옮겼다.

"실례합니다."

"무슨 일이오?"

인부들을 관리하고 알선하는 직책에 있는 한주충은 덩치 큰 사내가 안으로 들어오자 고개를 돌렸다.

"이곳에 오면 일자리를 얻을 수 있다기에 찾아왔습니다."

"흠… 일자리를 구하는 거라면 맞게 찾아오긴 했지만… 맞는 일이 있는지는 모르겠소."

한주충은 딱 봐도 허드렛일에는 어울리지 않을 허우대를 보며 고민스런 표정을 지었다.

"그래, 잘하는 일이 뭐가 있소?"

"한동안 장작 패는 일로 연명을 했었습니다."

"장작 패는 일?"

"그렇습니다."

"우리는 그런 쪽에는 사람이 필요가 없는데……."

일반적인 곳이라면 있을 법한 일이었지만, 무림맹은 수련 무사들이 훈련 삼아 그 일을 대신하고 있었기에 딱히 필요가 없었다.

"지게도 잘 집니다."

한주충은 지게도 잘 진다는 관치의 말에 이번에도 고개를 저어버렸다.

"뭐라도 좋으니 할 만한 일이 없겠습니까?"

관치는 애걸하듯 한주충에게 매달렸다.

"어허! 이거 왜 이러시나. 일이라는 게 궁합이 맞아야 잘 돌아가는데 자네는 딱히 할 만한 일이… 음? 생각해보니 있을 것도 같고 말이야."

한주충은 자신의 옷자락 안에 묵직한 물건이 흘러들자 험험거리며 고민하는 표정이 되었다.

"어떻게 안 되겠습니까? 제가 가진 모든 것입니다. 어떻게든 일자리를 찾지 못하면 굶어죽게 생겼단 말입니다."

"자네의 처지가 딱하긴 한데……."

한주충이 뭘 시켜야 할지 판단이 서지 않아 말끝을 흐리는 순간, 누군가 안으로 들어서며 입을 열었다.

"내가 고용하지."

"응?"

"네?"

한주충과 관치는 난데없이 고용주가 되겠다는 사람이 나타나자 동시에 의아한 표정을 지었다.

'젠장! 어쩐지 지켜보는 눈들이 사라졌다 했다.'

그렇게 일자리가 급하다면 얼마든지 일을 시켜 주겠다는 표정으로 자신을 바라보는 제갈현선을 발견하고, 관치는 얼굴이 와락 구겨졌다.

"어디의 누구신지?"

한주충은 난데없이 무림맹 잡부에 나타나 사람을 고용하겠다는 여인을 보며 고개를 갸웃거렸다.

"제갈세가의 사람이다. 이번에 일이 있어 맹에 왔는데 시종이 필요해서 찾아왔다."

"아, 제갈세가라면……."

한주충은 '누군데 내 일거리를 빼앗는 것이냐?'라는 표정을 짓고 있다가, 제갈세가라는 말에 금세 허리를 굽실거렸다.

"안 된다고 하지는 않겠지?"

"아이쿠! 안 되기는요. 안 그래도 이 사람이 굶어죽게 생겼다며 일자리를 찾고 있었는데 잘되었습니다. 이 사람을 데려가십시오."

한주충은 이미 주머니 속에 은자가 들어온 데다, 대신 일자리를 주겠다는 사람까지 나타났으니 더 이상 고민할 필요가 없어졌다.

'젠장! 이자가 지금 누굴 팔아먹는 거야!'

관치는 당장 화를 내고 싶었지만, 얼굴은 구명지은이라도 얻은 듯 해맑은 표정을 지으며 제갈현선을 바라봐야 했다.

-어쩌자는 것이오?

관치는 자신의 일에 상관하지 말라며 전음을 날렸다.

-호! 전음도 사용할 줄 아는군요. 이거 만날 때마다 놀라게 되는걸요.

"급여는 일주일에 은자 한 냥으로 하지."

제갈현선은 웃기지 말라는 듯 바로 액수를 불러버렸다.

"무슨 일인지라도 알아야……."

―은자 한 냥 같은 소리 하고 있네.

관치는 당장 그만두라는 듯 다시 한 번 전음을 날렸다.

"일은 아주 쉬우니 부담 갖지 않아도 된다. 시종이라는 직책 자체가 소일거리나 하며 심부름을 다니는 것이니."

―심부름 핑계로 이곳저곳 돌아다닐 수 있는데, 이 정도면 쓸 만한 일 아닌가요?

"아이쿠! 저는 그런 일은 할 줄 모릅니다. 글도 모르는 데다, 장작이나 패던 사람이 어떻게 아가씨의 시종을 한단 말입니까."

―끝까지 이럴 것이오?

"걱정하지 마라. 글을 알면 시종을 하기 힘들지. 아예 아무것도 모르는 게 일하기 편할 것이다."

―어젯밤 저희 분타에 다녀가셨더군요. 계속 이렇게 나온다면 일을 확대시키고 싶다는 뜻으로 알죠.

"그, 그렇다면야."

―좋아, 이번엔 내가 양보를 하지. 하지만 이번 한 번뿐이다.

관치는 제갈현선이 은연중 자신을 곁에 묶어두려 하자 짜증스런 표정을 지었다.

"따라오거라."

"그, 그럴까요……."

제갈현선은 흐뭇한 표정을 하고 관치를 개 끌듯 데리고 나가버렸다. 본격적으로 관치의 정체를 밝힐 생각을 하니 흡족해진 것이다.

 물론 제갈현선의 뒤를 따르는 관치 입장에서는 머리싸움을 해야 하는 상대와 함께 다녀야 한다는 생각에 두통이 일기 시작했다.

제5장. 견문발검(見蚊拔劍)

견문발검(見蚊拔劍)

-모기를 보고 칼을 뺌. 조그만 일에도 성을 내는 소견 좁은 행동

 무림맹은 구파일방과 무림 세가 각 지역의 중소 문파들이 연판장을 작성해 만든 곳이었다. 물론 최근까지는 존재하지 않았지만, 황제의 무림 억제 정책이 일부 완화되자 무림인들은 얼씨구나 하는 마음으로 무림맹부터 만들고 본 것이다.

 일단 무림에 맹(盟)이 존재한다는 것은 다시 과거의 무림처럼 세상에 어느 정도 영향력을 행사할 수 있게 되었다는 것을 뜻했고, 그것은 지역 간의 문제나 관의 손길이 미치지 못하는 곳까지 손을 뻗칠 수 있어 다양한 이윤 사업에 뛰어들 수 있다는 것을 의미했다.

 제갈세가 역시 그 이윤 사업에 한 발 담그고 있는 데다, 대

대로 맹의 지낭 역할을 해왔던 가문이었기에 나름대로 영향력을 지닌 상태였다. 제갈현선이 무림맹 내부를 제집 드나들듯 할 수 있는 부분도 무림맹 총사의 자리에 자신의 숙부가 올라 있는 데다, 나름대로 스스로 무림에 이름을 얻은 상태였기에 별다른 제재를 받지 않고 있었다.

"이쪽이다."

제갈현선은 진짜로 관치를 몸종처럼 부리며 무림맹 안을 돌아다니고 있었다.

자신을 하인 부리듯 할 때마다 관치의 얼굴에 핏줄이 솟구쳤지만, 그렇다고 대놓고 화도 못 내는 어중간한 입장이 되어 있었다. 사람들이 아예 없는 곳이라면 모를까, 교묘하게 무림인들이 모여 있는 곳을 찾아다니며 인사를 하는 것이다. 그리고 그럴 때마다 관치를 자신의 몸종으로 소개하며, 급할 때는 언제든 데려다 써도 된다고 떠들어대니 속이 바싹 타들어가고 있었다.

-제갈 아가씨, 참는 데도 한계가 있는 거야. 이쯤에서 멈추는 게 어때?

"어머! 남궁세가 사람이네."

-싫으면 언제든 때려치울 수 있는 사람은 당신 아니던가요? 누가 보면 진짜 나에게 종속이라도 된 줄 알겠군요.

제갈현선은 중이 싫으면 절을 떠나면 되지, 왜 자꾸 절을 바꾸려 드느냐며 관치의 속을 박박 긁어댔다.

-계속 이런 식이면······.

-잊었나 보군요. 관치 당신의 정체를 아는 것은 제갈세가 뿐이라는 걸. 당신이 다른 이들의 눈에 띄지 않게 일을 보고 싶다면 내 도움이 절실하다는 것을 잊지 말아야 할 거예요. 난 언제든 마음이 돌아서면 사내를 버릴 수 있는 그런 여자라는 점 명심해주시길 바랍니다.

"남궁 공자, 오랜만이군요."

"아, 제갈가의 둘째 소저가 아니십니까? 세가 밖으로 나오지 않기로 유명한 분을 이곳에서 뵙다니 의외로군요."

남궁세가의 차남 남궁보륜은 반가운 표정을 감추지 않았다. 제갈현선에게 잘 보이면 그 대상이 누가 되었든 병장기의 완성도를 높일 수 있다고 소문이 났기 때문이다.

거기다 나이는 어렸지만, 자신에겐 고모뻘 되는 제갈현선이었으니 어느 정도는 예의를 보여야 했다.

남궁가와 제갈가의 현 가주는 망년지교라 부를 만큼 오래된 친구 사이였는데, 자신은 가주 남궁철의 손자였지만 제갈현선은 제갈선의 딸이었기 때문이다.

물론 적당한 선에서 대우를 해주곤 있지만, 그렇다고 진짜 고모뻘로 생각한 적은 한 번도 없었다. 아무리 암묵적 서열 관계가 있다고 하지만, 제갈가와 남궁가가 한집안이 아닌 이상 눈치껏 상대를 하면 그만이었다.

그것은 제갈현선도 마찬가지였는데, 자신의 또래들이 자신을 서열로 대하는 게 그다지 달갑지 않았다. 제갈현선이 집 밖으로 나와 다른 세가의 사람들과 잘 어울리지 않는 것도 껄끄러운 분위기를 피하고 싶었기 때문이다.

물론 당가의 막내딸인 당미란 역시 자신과 비슷한 처지에 있기는 했지만, 그녀는 오히려 그것을 즐기고 누리는 성격인 반면에 자신은 어색하고 불편하기만 했다.

"제가 이곳에 있는 것이 그렇게 신기한 일인지는 오늘 처음 알았네요. 보는 사람마다 전부 똑같은 이야기를 하시는군요."

"이런, 저 말고도 그런 이야기를 하는 사람이 또 있었단 말입니까?"

"그러게요. 남궁 공자 말고도 만나는 사람마다 집 밖으로 나오지 않던 사람이 웬일이냐고 묻더군요."

제갈현선은 배시시 웃음을 보이며 남궁보륜의 말에 맞장구를 쳤다.

제갈현선이 무림에 이름난 여인처럼 아름다운 외모를 지닌 것은 아니었지만, 나름대로 귀여운 외모를 지니고 있었기에 그녀의 미소는 사내들의 얼굴에 웃음꽃을 피게 만드는 재주가 있었다.

"그런데 저분은……."

남궁보륜은 시큰둥한 표정으로 제갈현선 뒤에 서 있는 관치를 보며 자연스럽게 소개를 부탁했다.

"아, 제 시종이에요."

"시종이요?"

남궁보륜은 그냥 시종으로만 보기에는 문제가 있다고 느꼈는지 의아한 표정을 지었다.

"하! 정말 오늘은 신기한 날이라고밖에는 못하겠네요."

"아니, 또 왜 그러십니까?"

"다들 웬일로 밖에 나왔냐고 물어본 다음에는 약속이나 한 듯 제 시종을 보고 의아한 표정을 지으니 그렇죠."

"그, 그랬습니까?"

남궁보륜은 남들이 다 했던 행동을 반복해서 하고 있다는 제갈현선의 말에 떨떠름한 표정을 지었다.

"그냥 시종이에요. 글도 모르고 딱히 잘하는 것도 없는 데다, 성격이 좀 모난 괴상한 시종이라는 게 다르긴 하지만."

"아니, 글도 모르는 자를 시종으로 쓰신단 말입니까?"

보통 무림 세가의 후기지수들이 데리고 다니는 시종은 말이 시종이지, 거의 호위 무사나 다름없었기에 더욱 신기한 표정으로 관치를 바라보았다.

"어쩌다 보니 그렇게 되었네요. 당장 먹고살 길이 막막해 여기저기 구걸을 하고 있기에……."

"이런, 측은지심이 발동하신 거군요."

"호호호, 측은지심이라고 말하기엔 좀 부끄럽군요."

"아닙니다. 소저의 아름다운 마음이 그대로 전해지는 것 같아 제 기분이 다 좋아지는군요."

"그래서 말인데, 언제든지 급히 사람을 부릴 일이 있으면 제 시종에게도 일 좀 나눠주세요. 남궁 공자도 아시다시피 제 일에 관련해서는 딱히 시종을 부릴 만한 것이 없어서 말이죠."

"물론입니다. 제갈 소저의 부탁이라면 언제든 환영 아니겠습니까. 하하하하!"

관치는 또다시 반복되는 제갈현선의 언변에 슬슬 질린 표정이 되어갔다. 거기다 남궁가라면 어머니의 가문이 아닌가. 남궁보륜의 나이를 보니 아무리 높게 잡는다 해도 자신의 이종사촌이거나, 아니면 조카가 될 수도 있었다. 한마디로 집안 어르신이나 다름없는 자신을 종으로 부리게 되었으니, 인연이 얽혀도 정말 고약하게 얽힌 것이다.

'대놓고 누구라고 할 수는 없지만, 부탁이니 나를 건들지 않기를 바란다.'

관치는 재미있다는 듯 자신을 바라보는 남궁보륜을 보며 씁쓸한 표정을 지었다.

"그런데 시종치곤 확실히 표정 관리가 안 되는 성격 같습니다. 저렇게 대놓고 불편한 얼굴을 하고 다니다간, 쥐도 새도 모르게 사라질 수도 있지 않겠습니까?"

남궁보륜은 걱정이 된다는 듯 제갈현선에게 말을 건넸다.

"설마요. 그래서 이렇게 모든 사람들에게 소개를 하고 다니는 건데."

"아, 그런 깊은 뜻이 있었군요. 하긴 제갈 소저의 시종임이 알려지면 불편하긴 해도 섣불리 건드릴 자는 없겠죠."

-잘들 논다.

관치는 호호, 하하거리며 대화를 나누는 제갈현선에게 한마디 툭 던졌다.

-중이 싫으면 절을 떠나면 된다고 했죠? 그렇게 불만이면 그만두면 될 것 아닌가요?

제갈현선은 동네방네 소문이란 소문은 다 내놓고 이제 와서 절이 싫으면 중이 떠나라고 하니, 관치의 속은 더욱 부글부글 끓어올랐다.

제갈현선은 무한으로 오는 동안 먼지를 뒤집어쓴 채 기절 직전까지 몰렸던 자신을 생각하면 이 정도는 약과라는 생각을 했다. 마음 같아선 아예 인생이 꼬이게 만들어버리고 싶었지만, 그랬다간 어느 정도 후환이 두려운 부분도 있었기에 적당한 선에서 자신의 화를 풀고 있는 중이었다.

관치 역시 제갈현선의 그런 마음을 어느 정도 알고 있었기에 투덜거리면서 참고 있는 것이었지만 슬슬 한계에 다다랐다.

-좋아, 중이 떠나면 그만이라니 이쯤에서 그만두지.

관치는 그렇게 하겠다며 전음을 날리더니 성큼성큼 다른

곳으로 걸어가 버렸다. 그러자 의기양양한 표정으로 장난을 치고 있던 제갈현선의 얼굴에 당혹감이 드러났다. 설마 정말로 자신을 떠나버릴 것이라고는 생각지 못한 것이다.

"응? 소저의 시종이 그냥 가버리는군요."

남궁보륜은 짜증난다는 듯 인상을 쓰고 있던 관치가 등을 돌리고 가버리자 황당하다는 표정을 지었다.

"뭐 하는 짓이냐!"

제갈현선은 속이 바짝 타면서도 겉으로는 여전히 위엄 있는 주인 행세를 하려 했다. 그러나 이미 마음이 떠나버린 상대에게 그다지 효용성 있는 방법은 아닌 것 같았다.

"거기 서지 못해!"

제갈현선은 관치가 떠들든 말든 상관치 않겠다는 듯 계속 걸어가 버리자 결국에는 언성을 높이고 말았다.

"지금 소저의 시종이 반항을 하는 것 같습니다만……."

남궁보륜은 '혼 좀 내줄까요?' 하는 표정으로 제갈현선을 바라보았다.

"그래, 이 멍청아! 그렇게 마음대로 돌아다니다가 그냥 콱 죽어버려라!"

제갈현선은 자신도 모르게 감정이 담긴 목소리로 소리를 질러버렸다.

"이런, 안 되겠습니다."

남궁보륜은 제갈현선의 얼굴을 살피더니 직접 나서는 게

좋겠다는 생각이 들었다. 그에 몸을 날려 관치의 앞을 막아선 그는 어린애 나무라듯 말을 건넸다.

"주인의 말이 들리지 않는 것이냐?"

"비……."

"뭐라고?"

"비켜!"

관치는 제갈현선의 장난에 장단을 맞출 생각도, 무림맹에 어슬렁거리는 무림인들의 제재를 받고 싶은 생각도 없었다.

우성각 뒤뜰에서 여유를 즐기며 인생을 보내고 있던 자신이 어쩌다 이런 신세가 되었는지 불쑥 화가 치솟은 상태라, 저도 모르게 가슴 깊은 곳에 눌러놓았던 자신의 또 다른 모습을 불러내고 말았다.

"지금 뭐라고 한 것이냐?"

"늦지 않았다. 지금이라도 비켜 주면 과거의 인연을 생각해서 그냥 보내주지."

무인각에서 지내는 동안 성격 파탄이라 불러도 이상하지 않을 정도로 기민하게 변해버린 관치의 성격.

스스로도 그것을 감당하기 힘들어 도라도 닦는 것처럼 자신을 누르고, 또 눌러왔었다.

그런데 최근 들어 계속해서 문제에 노출이 되는가 하면, 지켜 주기로 약속했던 미란과 민영은 종적을 찾을 수가 없게 되었다. 그것만으로도 머리가 지끈거리는데, 제갈현선의 장난기 짙은 농담질이 관치의 성질을 건드리고 만 것이다.

관치는 하루라도 빨리 미란과 민영을 찾아 조용한 곳으로 사라져 버리고 싶은 마음뿐이었기에, 거치적거리는 것은 모조리 치워버리고 싶은 욕망이 머리를 쳐들었다.

"이놈! 내가 누군 줄 알고!"

관치는 당장 검을 뽑아들며 자신에게 검극을 들이대는 남궁보륜의 모습에 큭큭거리며 웃음을 흘렸다.

어딜 가나 무림인이라 자처하는 자들의 반응은 백이면 백 변화가 없었다. 자신들의 마음에 들지 않으면 일단 힘으로 누르고자 하는 자들.

"제갈현선!"

관치의 시선이 제갈현선에게 향하며 그녀의 이름이 툭 튀어나왔다.

"네, 네?"

"네가 벌인 일이다."

"아, 잠시만요, 남궁 공자. 검을 거두세요."

"네? 그게 무슨 소립니까?"

남궁보륜은 난데없이 시종이 주인의 이름을 마구 불러대자 황당함을 넘어 기가 막힌다는 표정을 지었다.

"자세한 설명은 나중에 해드릴게요. 그냥 그분을 보내주세요. 부탁드려요."

제갈현선은 관치의 또 다른 모습을 발견했다는 생각에 은근히 기쁜 마음도 들긴 했지만, 왠지 엉뚱한 것을 건드렸다는 두려움이 동반됐다. 이쯤에서 어떻게든 정리를 하는 것이 최선이라는 생각이 든 것이다.

"제갈 소저는 지금 나를 놀리는 것이오? 나 남궁보륜을?"

제갈현선은 남궁보륜마저 감정이 크게 상해버리자 진퇴양난에 빠지게 되었다. 적당한 선에서 그만뒀으면 넘어갔을 것을, 조금만 더 조금만 더를 외치다가 사단이 나고 만 것이다.

"아니에요. 그럴 리가 있겠습니까. 단지 오해가 생겨서……."

"오해라. 그래, 오해라고 해두죠. 하지만 이자를 그냥 보낼 수는 없습니다."

남궁보륜은 비키면 그냥 보내주겠다는 관치의 말에 울컥 기분이 상해버린 뒤였다. 그러자 관치가 다시 입을 열었다.

"견문발검이라는 말을 아나?"

"견문발검이라면… 지금 내가 모기를 보고도 칼을 빼들었단 말이냐?"

속이 좁아 작은 일에도 화를 낸다는 말에 남궁보륜의 얼굴은 붉다 못해 파랗게 질려 버렸다.

"누가 너에게 견문발검이라고 했느냐?"

"그럼 아니란 말이냐?"

관치는 남궁보륜의 질문엔 관심도 없다는 듯 제갈현선 쪽으로 고개를 돌렸다.

"크크크! 제갈현선 네가 무엇 때문에 이러는지는 모르겠다만, 오늘 이 한 가지는 정확히 알게 되겠군."

제갈현선은 관치의 눈빛이 칙칙하게 가라앉자 움찔한 표정으로 어깨를 움츠렸다.

"그리고 남궁보륜이라고 했나?"

"그렇다!"

"견문발검이라는 말은 바로 나를 두고 하는 말이니 그렇게 열 받아 할 필요 없다."

남궁보륜은 스스로 속좁고 집요한 인간이라 말하는 관치의 태도에 더 큰 모멸감을 느꼈다. 돌려서 생각하면 견문발검 같은 자에게 자신이 말려든 꼴이 된 것이다.

"이런, 미친!"

남궁보륜은 더 이상 참을 수 없다는 듯 관치를 향해 그대로 검을 찔러 넣었다. 이미 무림의 후기지수들 중에서도 상당한 경지에 오른 남궁보륜이었기에, 그가 찔러 넣은 검은 그 위력이 범상치 않았다.

"유극(流極)의 형이 있으니, 그것을 체술(體術)의 화(和:서로 응하다)라고 한다."

"으억?"

남궁보륜의 검은 관치의 손을 따라 움직이더니 기괴한 방향으로 궤적이 틀어져 버렸다.

"화(和)를 이루면 제(擠)가 있으니, 이것은 힘을 모아 힘을 내는 묘용을 얻을 수 있다."

검의 궤적을 본래로 되돌리고, 잔뜩 내기를 끌어올렸던 남궁보륜은 검을 당기던 힘이 고스란히 자신을 향해 돌아오자 자신의 검에 자신이 찔릴 위기에 놓였다.

"크윽!"

"제(擠)가 중복되고 또다시 중첩이 되면 더 이상 밀어낼 수가 없어 결국은 결(決)로 이어져 충격이 넘쳐나니, 힘의 주인은 힘으로 망할 것이며 검의 주인은 검으로 망할 것이다."

쩡! 쩌정!

남궁보륜은 자신의 검이 요란한 소리를 내며 쩍쩍 금이 가자, 더 이상 검을 잡고 있지 못하고 검병을 놓아버렸다.

그와 동시에 사방으로 비산하는 검의 파편들.

남궁보륜은 헛바람을 들이켜며 부리나케 뒤로 물러났다. 그러나 맹렬한 속도로 쏟아져 나오는 검편들이 남궁보륜을 피해갈 리가 없었다. 급히 방어를 하기는 했지만, 곳곳이 찢겨 나가며 자잘한 상처가 그의 몸을 뒤덮었다.

"이게… 무슨……."

남궁보륜은 박살 나버린 자신의 검보다 순식간에 자신의 검을 요동치게 만들어버린 관치의 능력에 경악 섞인 표정을 지었다.

반면, 관치의 뒤에서 그가 펼친 무공을 보고 있던 제갈현선은 이 가공할 능력을 뭐라고 표현해야 할지 판단이 서지 않아 입만 벌리고 있을 뿐이었다. 제갈세가에서 수십의 검수에 둘러싸인 상태에서도 물러섬 없이 검수들의 검을 가지고 놀았던 그 능력을 바로 눈앞에서 지켜본 것이다.

"세가에선… 그나마……."

제갈현선은 관치가 세가에선 그나마 힘을 모두 쓰지 않았음을 알게 되자 온몸에 소름이 돋아났다.

듣도 보도 못한 기괴한 무공.

"아직도 앞을 막아설 생각이 있는 것이냐?"

"아, 아닙니다."

남궁보륜은 시종이라 불렸던 사내가 사실은 무시무시한 능력을 지닌 무인임을 알게 되자 자신이 큰 실수를 했음을 깨달았다. 목숨을 걸 만큼 은원이 있는 것도 아니고, 검 자체의 운용을 뺏어가는 자를 무슨 수로 막아선단 말인가.

◎　◎　◎

"잠깐!"

관치의 이야기를 듣고 있던 용문진이 울컥한 목소리로 이야기를 끊어버렸다.

"왜 그러십니까?"

"그게 말이 된다고 생각해?"

"뭐가 말입니까?"

"관치가 보인 무공 말이야. 상식적으로 그게 말이 되냔 말이야. 내가 알기로 남궁보륜이라면 개화(開花)를 이룬 고수라고. 그런데 그런 고수가 근접에서 찔러 넣은 검을 실컷 가지고 놀다가 부숴버렸다고?"

용문진은 아무리 이야기라지만 너무한 것 아니냐며 관치의 활약상에 제동을 걸었다.

"이보시오, 종남파 검객 양반, 검을 쓰는 사람 입장에서 검이 부서졌다는 부분은 상당히 마음이 아프긴 하지만, 그렇다고 그런 무공은 존재할 수 없다며 부정하는 것은 너무 성급한 행동 아니오?"

진하석은 너무 과민 반응을 보이는 것 같다며 그냥 넘어가자고 했다.

"아니, 어떻게 이걸 그냥 넘어간단 말이오? 검객이 검을 제어하지 못한 것도 황당한데, 거기다 자신의 검을 놓고 물러섰다니, 남궁보륜이 이곳에 있었다면 당장 사단이 날 이야기요."

"그렇게 따지면 화산검협 연준하 부분에서는 왜 아무 말도 하지 않은 것이오? 화산검협 입장에서 보면 정말 무안한 상황이 한두 번이 아니었는데."

"그건 화산검협의 행동이 문제가 된 것이지, 무공에 대한 이야기가 아니지 않았소."

용문진은 직접 바보 같은 행동을 한 사람과 검객이 검을 버린 이야기는 격이 다르다며 언성을 높였다.

"지금 그걸 말이라고 하는 것이오? 뭐, 화산검협은 행동 자체가 바보스러워서 어쩔 수가 없는 거라고?"

자칭 화산검협이라며 자신을 소개했던 연준하는 용문진의 말에 버럭 소리를 질렀다.

"아니, 당사자도 아니면서 왜 그렇게 발끈하는 것이오?"

당사자도 아니라는 말에 연준하의 언성은 더욱 거칠어졌다.

"그렇게 따지면 종남 검객도 마찬가지 아니오? 당신이 남궁보륜도 아닌데 왜 그렇게 흥분을 하는 것이오?"

"그만, 거기까지. 두 사람은 그만두시오. 어차피 무공에 대한 부분이 나왔을 때는 이미 훌륭한 조언자가 도움을 주고 있지 않소."

진하석은 용문진과 연준하를 제지하며 아미검객 임표표를 바라보았다. 언제나 중립적인 위치에서 어려운 부분을 풀어 주던 임표표였기에, 아무리 기세등등한 용문진이나 연준하라고 해도 입을 다물 수밖에 없었다. 이야기를 듣고 있는 대부분의 사람들이 가장 높이 쳐주는 사람이 현재로서는 임표표 한 사람밖에 없었기 때문이다.

"끙! 좋소. 어디 임 소저의 말을 한번 들어봅시다."

용문진은 임표표의 의견이라면 어느 정도 양보할 생각이

있다는 듯 연준하를 바라보았다.

"나 역시 임 소저의 말이라면 충분히 양보가 가능하지. 좋소, 한번 들어봅시다."

진하석은 용문진과 연준하 두 사람 모두 임표표의 말에는 인정할 수 있다는 표정을 짓자, 이번에도 도움을 줘야겠다는 듯 시선을 임표표에게 돌렸다. 그러자 이야기를 듣고 있던 사람들의 시선이 동시에 그녀에게로 집중되었다.

임표표는 잠시 고민스런 표정을 짓더니 특유의 차분한 음성으로 입을 열었다.

"어려운 문제로군요."

"임 소저 역시 어렵다는군."

"무슨 소리. 어렵다고 했지, 불가능하다고 하지는 않았다."

용문진과 연준하는 각자 자신에게 유리한 쪽으로 해석하며 다시 으르렁댔다.

"일단 먼저 선행되어야 할 부분이 있군요. 관치 당신이 대답을 해주세요."

한참 신나서 이야기를 하고 있다가 어이없는 딴죽이 걸려 맥이 끊긴 관치는 임표표가 자신에게 말을 걸어오자 기쁜 표정을 지었다.

"뭐든지 물어보시죠."

"일단 이야기 속의 관치가 익히고 있는 무공에 대해서입니다."

무작정 된다, 안 된다 하는 것이 아니라 그것을 확인할 수 있는 기본부터 찾아 들어가는 임표표의 모습은 이번에도 어김없이 사람들에게 무궁한 신뢰를 심어주었다.

 "나중에 나올 이야기까지 관련된 부분은 말할 수 없지만, 현재 관치가 사용하는 능력은 체술이라고 들었습니다."

 "체술이라면 손과 발을 이용해 상대를 제압하는 무예로군요."

 "그렇죠. 사실 무공이라기보다는 무예라는 말을 붙이는 게 더 어울리는 그런 능력입니다."

 "좋아요. 이야기 속에서 관치가 읊었던 내용을 기억합니까?"

 "네? 어떤……."

 "남궁보륜의 검을 막아낼 때 읊었던 구결을 말하는 겁니다."

 "아, 그것 말씀이군요."

 "네. 처음부터 쭉 이야기를 해주시면 도움이 되겠군요."

 관치는 뭐가 어렵겠냐는 듯 이야기 속 관치가 읊었던 구결을 반복해서 들려주기 시작했다.

 [유극(流極)의 형이 있으니, 그것을 체술(體術)의 화(和)라고 한다.]

"모두들 기본적인 말은 이해를 하실 겁니다. 여기서 유극이란 부드러움의 극치를 뜻한다는 것은 굳이 설명을 하지 않아도 될 것 같군요. 부드러움을 따지는 무공이라면 무당파의 태극과 관련된 무공과 비슷한데 무당에서는 검과 장을 기본으로 유극을 따르고 있죠."

사람들은 임표표의 설명에 고개를 끄덕이며 다시 귀를 기울였다.

"그런데 관치는 유극으로 끝나지 않고, 거기에 형이 있다는 부분이 추가되었군요. 보통 형은 초식으로 보기도 하지만, 존재 자체를 의미하기도 합니다. 관치가 말했던 유극의 형은 초식이 아니라 존재 자체를 의미한다고 봐야 어울릴 것 같습니다. 그것을 체술의 화라고 한다는 부분은 의외로 어려운 구결이 아니군요. 말 그대로 체술은 몸을 이용한 무예를 말하는 것이고, 화는 어떤 무공이든 상승의 경지에 이르게 될 때 자연스럽게 깨닫는 부분입니다. 깨닫는 부분이라고 말하는 것은 초식이나 구결로 배울 수 있는 경지가 아니기 때문입니다. 이화접목이라는 말은 모두가 들어보셨을 겁니다. 보통 태극의 묘리와 통하기도 하는데 힘을 이어붙이고, 이어붙인 힘을 자유자재로 이동시킬 수 있는 것을 뜻하죠. 하지만 관치가 말한 화는 조금 다른 의미로 설명해야 할 것 같습니다."

임표표는 길게 이야기를 늘어놓자 목이 마른지 가볍게 목을 축이고 다시 말을 이었다.

"유극의 형이 있으니 그것을 체술의 화라고 한다는 말은, 부드러움을 극치로 하는 '어떤 것'이 있고, 그것을 체술의 화라고 한다고 읽으면 비슷해질 것 같습니다. 대신 일상적으로 사용되는 이화접목과 태극의 묘리를 말하는 화가 아니라, 이 부분에서는 힘을 흘리는 것을 의미하는 것 같군요. 보통 화를 말하면 융화시키는 것을 의미하는데, 다른 부분에선 이것을 흘린다고 표현하기도 합니다. 상대의 기운을 흩어버리거나, 상대의 무기를 본래 있어야 할 위치에서 밀어내 다른 위치, 또는 다른 궤도로 바꿔버리는 것 역시 이화(和)에 속합니다."

임표표가 관치의 구결을 일반론에 입각해 설명하자 바로 질문이 터져 나오기 시작했다.

"그렇다면 관치 그 친구가 읊은 구결이 검의 궤적을 흔들어놓거나 바꾸는 것을 목표로 하고 있다는 뜻이군요."

"물론입니다. 하지만 모든 무공이 그렇듯이 구결만으론 그 안에 담겨 있는 이치를 모두 파악하기가 어렵습니다. 구결은 당연히 이뤄야 할 지침에 가까운 것이기 때문에, 나머지는 스승의 사사를 통해 정확한 길을 찾을 수 있게 되는 거죠."

임표표의 말에 용문진이 바로 입을 열었다.

"이야기 속 관치는 딱히 스승이라고 부를 만한 사람이 없다고 하지 않았나. 이십 년이 넘도록 동굴에 갇혀 있다가 나왔다고 했으니, 그 역시 구결만으론 이런 능력을 얻을 수 없다는 게 증명이 되었군."

"그 부분은 조금 더 생각을 해봐야 합니다. 무림의 역사를 돌이켜 보면 꼭 스승이 있어야 높은 경지에 이르거나, 스승이 없이 혼자만의 공부를 통해 상상하지 못할 경지에 이른 이들도 분명히 존재했으니까요."

이번에는 연준하가 말을 받았다.

"그러니까 관치 그 사람이 혼자만의 공부를 통해 경지에 이를 가능성도 있다는 뜻이군요."

"물론입니다. 그런데 이야기의 주제가 잠시 엇나간 것 같군요. 여러분들이 물어본 것은 관치가 이야기 속에서 보였던 능력이 실존할 수 있느냐 하는 것 아니었던가요? 그것을 익히고, 못 익히고는 다른 문제 같군요."

"아, 물론입니다. 다른 구결도 이야기를 해주십시오. 경청하겠습니다."

임표표에게 은근히 마음을 빼앗긴 진하석은 그녀가 하는 말이라면 쌍수를 들고 환영했다.

[화(和)를 이루면 제(擠)가 있으니, 이것은 힘을 모아 힘을 내는 모용을 얻을 수 있다.]

"제가 이화접목에 대해선 이미 말씀을 드렸을 겁니다. 그리고 첫 번째 구결에 등장한 화와는 조금 다른 의미로 해석이 될 수도 있다고 했는데, 이 두 번째 구결에 나타난 화는 이화접목의 화와 유사하게 해석이 됩니다. 거기다 제가 있다는 구결은 태극의 이치와 부합된다고 보면 거의 확실할 것 같군요. 이야기 속에서 등장하는 짧은 구결들이라 관치가 익히고 있는 체술의 전체를 들여다보기는 어렵지만, 최소한 그가 어떤 무공을 사용하는지 정도는 판단할 수가 있습니다. 화를 이루면 제가 있다. 다시 말해 이화접목의 묘리를 사용해 힘을 이어붙일 수 있으면 태극에서 말하는 순환계에 다다를 수 있다는 뜻이 됩니다. 힘을 모아 힘을 내는 모용이 바로 이것을 뜻하고 있기 때문입니다."

용문진은 임표표의 강변에 곰곰이 생각에 잠긴 표정이 되었다. 그것은 연준하 역시 마찬가지였는데, 두 사람 모두 뭔가 심각한 고민에 빠진 듯 임표표의 말이 끝났음에도 입을 열지 않았다.

"계속 이야기해주시죠."

진하석은 두 사람이 고민을 하든 말든 관심도 없다는 듯 임표표에게 다음 부분을 설명해달라고 요청했다.

[제(擠)가 중복되고 또다시 중첩이 되면 더 이상 밀어낼 수가 없어 결국은 결(決)로 이어져 충격이 넘쳐나니, 힘의 주

인은 힘으로 망할 것이며 검의 주인은 검으로 망할 것이다.]

"이제 길게 설명하지 않아도 대충 이해가 될 거라 생각이 드는군요. 제가 중복된다는 뜻은 태극이 무극(無極)에 도달했다는 의미가 되고, 결로 이어져 충격이 나타난다는 것은 무극에서 비롯된 혼돈을 뜻하고 있습니다. 사실 이렇게 단조롭게 이야기할 수 있는 것이 아니지만, 그나마 간략하게 구결을 풀어본다면 무극의 혼돈 상태를 의미하는 것처럼 보입니다. 힘은 힘으로, 검은 검으로라는 뜻은 자신은 아무런 힘을 쓰지 않아도 상대방 스스로가 몰락할 것을 의미하는군요……."

임표표는 관치의 구결을 부분 부분 짚어가며 설명을 하다 말고 경악한 표정이 되었다.

"마, 말도 안 돼!"

"임 소저도 방금 우리와 같은 생각을 하신 것 같습니다."

용문진과 연준하는 임표표가 경악에 가까운 표정을 짓자 함께 고개를 끄덕였다.

"무리만 따져 본다면 말이 되기는 합니다. 하지만 이것을 실체화시키기 위해선……."

"첫 번째 구결을 설명하며 이미 말씀하셨던 부분이죠. 형은 초식을 의미하는 게 아니라 실존하는 그 이상의 것을 의미한다."

용문진은 진지한 표정으로 임표표를 바라보았다.

"하지만……."

"물론 그래서 관치가 사용한 무공은 불가능하다는 겁니다. 일반론을 대입해 생각해보죠. 새가 하늘을 나는 것은 날개가 있기 때문입니다. 그러나 인간은 날개가 없기 때문에 하늘을 날 수가 없죠. 이것은 진실입니다."

"그렇죠. 인간이 하늘을 날고자 한다면 날개가 있어야 하는데, 인간은 날개를 가질 수 없으니 결국은 하늘을 날 수 없다. 그러나 하늘을 나는 방법마저 모르는 것은 아니다."

이번에는 연준하가 부연 설명을 했다.

진하석은 임표표와 연준하, 그리고 용문진이 무슨 말을 하는지 모르겠다며 어리둥절한 표정을 지었다.

"저기… 임 소저, 우리들도 알아들을 수 있게 설명 좀 해주시면 안 되겠습니까?"

임표표는 진하석의 요청에 고개를 끄덕이더니 다시 말을 이었다.

"이야기 속에서 관치가 사용한 능력은 실존할 수 있는 것입니다."

"에? 그렇다면 정말 저런 무공이 가능하다는 말입니까?"

"물론입니다. 하지만 알고 있다고 해서 그것을 실천에 옮길 수는 없다는 뜻이죠. 새가 하늘을 나는 것은 날개가 있기 때문입니다. 이건 상식에 속하죠. 그러나 인간은 하늘을 날 수 없습니다. 날개가 없기 때문이죠. 이것도 상식입니다. 거기다 인간이 하늘을 날기 위해서 뭐가 필요한지도 알고 있을 겁니다."

"날개가 필요하겠죠."

진하석은 당연한 이야기를 한다며 임표표를 바라보았다.

"바로 그 부분입니다. 이야기 속에서 관치가 사용한 무공은 새가 하늘을 나는 것처럼 당연한 능력입니다. 하지만."

"하지만 인간은 날개가 없으니 결국 하늘을 날 수 없다는 뜻입니까?"

"그렇죠. 하지만 하늘을 나는 방법은 이미 알고 있으니, 그것을 실체화시킬 수만 있다면 인간이 하늘을 나는 것 역시 불가능하지 않다는 뜻이 됩니다."

"……."

진하석과 표사들은 그나마 어느 정도 이해를 한 것 같았지만, 쟁자수들은 어느 나라 말인지 구분조차 되지 않는다며 고개를 저어버렸다.

제6장. 금의야행(錦衣夜行)

금의야행(錦衣夜行)

-비단 옷을 입고 밤에 다닌다는 뜻으로,
 성공은 했지만 아무런 효과를 내지 못하는 것

 용문진과 연준하의 싸움으로 시작된 관치의 능력은, 결국 실재하거나 실재하지 않거나를 증명할 수 없다는 결론만 얻고 막을 내렸다. 그 이상의 경지나 그런 과정을 겪어보지 못한 이들로서는 더 이상 떠들어봐야 헛소리 그 이상도 이하도 아니게 되어버린 것이다.
"그런데 말이네… 관치의 성격에 대해서 한 가지 궁금한 게 있는데……."
 쟁자수 한 명이 관치에게 말을 건넸다.
"네, 물어보시죠."
"사실 처음부터 궁금했던 부분이긴 했는데 이제야 물어보게 되네. 사람이 그렇게 오랫동안 동굴에 갇혀 있게 되면 아무리 성격이 좋은 사람이라도 충분히 망가질 수 있는 세월이라고 생각을 했었는데, 이야기 속의 관치는 과묵하면서도 명쾌한 성격을 가지고 있더군."

"그랬죠."

"그런데 그 누구냐. 제갈세가의 둘째 아가씨를 만난 뒤로는 성격이 좀 변해버린 것 같아서 말일세. 어느 것이 진짜 관치의 성격인 건가?"

쟁자수의 질문을 듣고 있던 사람들은 자신들 역시 그것이 궁금하다는 듯 다시 귀를 쫑긋거렸다.

"일단 관치의 본래 성격은 밝고 경쾌하다는 것이 맞겠습니다. 과거 가출 사건을 보면 굉장히 낙천적인 성격도 포함되어 있었다고 봐야겠죠."

"그런데?"

"그런데 오랜 세월 감금이나 다름없는 생활을 하는 동안, 관치는 나름대로 살아남기 위한 방법을 하나 개발해냈습니다."

"응? 살아남기 위한 방법?"

"그렇습니다. 사실 여러분들에게 하루 종일 아무 말도 하지 않고 지내라고 하면 답답증이 생겨 당장 병이 날 분들도 꽤나 많으실 걸로 생각이 됩니다. 이것은 관치 그 사람도 마찬가지였죠. 인간이라면 도저히 피해갈 수 없는 고독과 외로움이었지 않겠습니까."

"일단 과묵한 관치의 성격 역시 본래 성격이 아닌 것으로 알고 있습니다. 세상에 섞이는 과정에 스스로 감당하기 어려운 부분이 많아 그렇게 변해버렸다는 게 정확할 것 같습니다."

"그렇다면 관치 그 친구는 몇 개의 인격을 가지고 사는 건가?"

"본래 성격과 세상에 나와 만든 과묵한 성격, 그리고 아무리 사소한 것이라도 기필코 짚고 넘어가는 집요한 성격, 마지막으로 물불 가리지 않는 과격 그 자체라고 들었습니다. 물론 현재까지 표현된 관치의 성격은 과묵과 집요라고 보면 되겠군요. 자신의 본래 성격은 유년 시절에 제한되어버렸으니 딱히 표현될 일은 없었던 것 같고, 과격한 성격은 무림에 나온 뒤 겨우 억눌렀던 것 같습니다. 하긴 걸리는 족족 때려 부수고 다니는 성격으로는 세상 살기가 어려웠을 겁니다."

"견문발검(見蚊拔劍)이라는 별명은 사소한 것이라도 기필코 짚고 넘어가는 집요함에서 나온 것이겠군."

초 영감은 대충 상상이 된다는 듯 관치가 스스로 말한 별호에 대해 주절주절 말을 늘어놓았다.

관치의 괴이한 성격에 대해 이야기를 듣고 있던 용문진이 불쑥 궁금증 하나를 꺼내놓았다.

"그렇다면 물불 안 가리는 과격한 성격을 보일 때도 별호가 있었나?"

"아, 그렇다고 들었습니다. 뭐라고 하더라. 아, 그렇지. 파황이라고 그랬던 것 같은데……."

관치는 자신의 기억이 정확한지 모르겠다며 '파황'이라는 별호를 주절거렸다.

"우아! 그거 정말 무시무시한 별호일세."

"호! 대단한데."

쟁자수들과 표사들은 파황이라는 별호를 듣자마자 줄줄이 한마디씩 해댔다. 그러나 용문진과 연준하, 임표표의 얼굴은 정말 심각하다 할 정도로 돌변해 있었다.

"아니, 왜 그런 표정을 지으십니까?"

관치는 자신이 뭘 잘못 말했나 싶어 어리둥절한 표정을 지었다. 패황이라는 별호에 거창하기 이를 데 없다며 껄껄거리던 사람들도 분위기가 이상했는지 웃음을 멈추고 세 사람을 바라보았다.

"다시 한 번 생각해보세요. 정말 관치 그 사람의 또 다른 별호가 '패황'이 맞나요?"

임표표는 혹시 잘못 들은 것은 아니냐며 재차 확인하듯 물었다.

"정확하게는 기억하지 못하지만, 대충 그런 별호였다고 들었던 것 같습니다. 패황 또는 패왕 뭐 그런 별호였던 것 같습니다."

관치는 세 사람의 반응에 여전히 왜 그러는지 모르겠다며 재차 대답했다. 그러자 진하석이 입을 열었다.

"별호가 좀 강렬해 보이긴 하지만, 무림에 그런 별호를 가졌다는 사람에 대해 들은 적이 없는 것 같은데… 혹시 그 별호에 얽힌 다른 이야기라도 아시는 게 있는 겁니까?"

진하석의 질문에 이번에는 연준하가 입을 열었다.

"중원 무림에서는 전혀 알려지지 않은 별호이긴 합니다. 하지만 다른 곳에서는 그런 별호를 지닌 자가 잠시 활동을 했던 것으로 들었던 것 같은데……."

연준하는 확신할 수는 없지만, 어디선가 주워들은 기억이 있다는 듯 진하석을 바라보았다.

"다른 곳에서 활동했던 별호라면……."

진하석은 중원 무림이 아니라 다른 곳을 떠올리다 말고 다시 말을 이었다.

"설마 서역 무림이나 뭐 이런 곳을 이야기하는 건 아니겠죠? 사실 서역 쪽은 무림이라고 부르기도 부족한 그런 곳 아닙니까? 변방 무림이라고 해봐야 포달랍궁이 있는 곳을 제외하곤 딱히 활동이 없는 것으로 알고 있는데."

진하석의 말에 이번에는 표사들이 한마디씩 거들었다.

"그러게 말이야. 전설 속에나 등장하는 빙궁이나 대막을 제외하곤 딱히 무림이라고 부를 만한 곳이 없는 것 같은데."

"그렇지? 사실 빙궁은 거의 이야기 속에나 등장하는 그런 미지의 세상이고, 대막이라고 해봤자 서역과 중원을 가르는

메마른 땅의 도적 떼를 그렇게 부른다고 하던데."

임표표는 사람들의 말에 고개를 젓더니 다시 입을 열었다.

"우리가 무림이라고 부르는 곳은 모두가 알다시피 중원 무림을 뜻합니다. 그리고 변방 무림이라고 한다면 포달랍궁이 있는 서장과 대막, 북해와 장백산을 경계로 하는 동이족의 활동 영역이 있죠."

임표표의 설명에 사람들은 고개를 끄덕이며 그녀를 바라보았다. 그녀가 패황이라는 별호를 듣는 순간 표정이 굳어진 이유가 흘러나오기 시작했기 때문이다.

"그중에서도 이쪽에는 거의 알려지지 않은 대막 무림은 사막을 기반으로 활동하는 부족이 주축이 되어 있습니다. 그 대막 무림을 경계로 푸른 눈의 도깨비가 사는 곳이 있는데, 그곳은 우리 중원과는 완전히 다른 세상을 이루고 있다 들은 적이 있습니다."

"푸른 눈의 도깨비 종족이 있는 세상이라면 서역을 말씀하시는 거겠죠?"

"보통 서역이라고 부르기도 하지만, 제가 말하는 곳은 그 서역보다 더 먼 곳입니다. 그곳 사람들은 중원인보다 키가 한 자씩은 더 크다고 알려진 거인국이기도 하죠."

"거인국? 에이, 설마 진짜 그런 곳이 있으려나?"

쟁자수들은 중원인보다 키가 한 자씩은 더 큰 푸른 눈의 사람들이 살고 있다는 나라에 대해 회의적인 표정을 지었다. 말이 안 된다고 생각한 것이다.

"물론 저 역시 직접 본 적은 없습니다. 하지만 대막을 지나 서역을 다녀오는 상인들의 이야기를 통해 매년 새로운 소식이 조금씩 전해지고는 있죠. 예를 들면 그 푸른 눈의 종족들이 전쟁을 일으키거나, 종파 때문에 갈라서는 등의 이야기는 결코 작은 이야기가 아니니까요."

"거인국이든 파란 눈 도깨비든 그곳도 우리랑 비슷하게 사나 보네. 전쟁도 하고 그러는 걸 보면."

쟁자수 하나가 고개를 끄덕이며 한마디 내뱉었다.

"설마 패황이라는 별호가 그렇게 먼 곳에서 흘러왔다는 말씀은 아니겠죠?"

진하석은 혹시나 하는 마음에 질문을 던졌다.

"먼 곳에서 시작해 대막을 거치고, 서장 무림에서 흐지부지되었다고 하면 정확하겠군요."

"네? 그건 또 무슨 말입니까?"

"사실 패황이라는 이름은 서장 무림에 이르러 우리말로 바뀐 별호라 들었습니다. 패황이라는 별호가 되기 전 대막 무림에서는 마황풍(魔皇風)이라고 불렸고, 마황풍이라는 별호로 바뀌기 전에는 베르세르크라는 이름이었다고 하더군요. 물론 서역을 오가는 상인들이 가져온 소식이라 어디까지가 진실인지는 확인할 수 없지만, 한동안 패황이라는 이름이 몇몇 무림인들에게 회자가 된 것은 사실이니까요."

"베… 베… 세크요? 그것참, 발음하기도 어렵네."

"푸른 눈의 도깨비 말이라고 합니다. 베르세르크라고 부른다 하더군요. 우리말로 직역한다면 광마(狂魔) 정도로 바꾸면 비슷하다고 들었습니다."

진하석은 계속되는 임표표의 말에 고개를 갸웃거렸다.

"임 소저의 말대로 그런 별호를 가진 사람이 있었다고 하죠. 하지만 그 별호는 어디까지나 중원이 아닌 변방 무림에서 활동하던 것일 뿐입니다. 우리가 듣고 있는 이야기 속의 관치는 중원인이 분명하고, 또 중원에서 활동하고 있는 사람인데 유사한 별호를 지녔다고 해서 서역의 패황과 동일시시키기에는 문제가 있지 않습니까?"

진하석의 말에 대부분의 사람들이 동조를 하고 나섰다.

"물론입니다. 별호가 비슷하다고 해서 동일 인물로 보기엔 무리가 따를 수도 있죠. 그래서 한 가지 확인이 필요합니다."

임표표는 다시 물어볼 것이 있다며 관치를 바라보았다.

"네? 이번엔 또 뭘 물어보시려고……."

"관치 그 사람이 동굴에서 빠져나온 게 언제쯤이죠?"

"어디 보자. 그러니까 주기진(朱祁鎭)이 영종(英宗) 정통제(正統帝)에 오르고 십구 년 정도가 지났을 때라고 했으니까 약 삼 년 전이군요."

관치는 더듬더듬 기억을 끄집어내 약 3년 전이라고 대답했다.

"혹시 관치가 갇혀 있던 동굴이 어디쯤인지는 알고 있습니까?"

"네? 그런 것까지는 잘 모르는데요."

관치는 자신이 아무리 이야기를 전해들었다 해도 그런 세세한 부분까지는 모르겠다는 표정을 지었다.

그때, 조용히 입을 다물고 있던 용문진이 끼어들었다.

"나 역시 임 소저와 비슷한 경로로 패황이라는 별호에 대해서 들어보긴 했지만, 아무리 생각해봐도 관치가 그 패황이라고 보기엔 무리가 있는 것 같습니다. 서역에서 이곳까지 상인이 오가는 기간은 보통 해를 넘기기 마련이고, 그 정도 기간에 전해진 이야기라면 패황이라는 별호가 최소한 삼 년 전에 만들어졌다고 봐야 합니다. 관치가 동굴에서 나온 지 삼 년밖에 되지 않았다면, 그것도 중원이 아니라 서역에서 활동을 했다고 보는 것은 억측에 가깝다고 생각됩니다."

용문진은 그럴 리가 없다는 듯 자신의 의견을 피력했다. 하지만 반대로 이야기하는 사람도 있었으니, 용문진이 말을 할 때마다 의견에 대립각을 만들고 있던 연준하였다.

"물론 종남 검객의 말도 일리가 있습니다. 하지만 이야기 속에서 관치가 선보였던 여러 가지 능력을 살펴봅시다. 일단 우리 모두가 여전히 의문을 가질 수밖에 없는 관치의 '바르게 걷는 법'을 기억할 겁니다. 관치가 이동을 하거나 움직일 때마다 등장하는 이 바르게 걷는 법의 능력치를 생각한다면 그의 이동 속도가 상상을 불허한다고 봐야 할 겁니다. 그리고 그 속도라면 그가 중원을 가로지르는 데 걸리는 시간은 길어야 두 달가량입니다. 서역이 아무리 멀다고 해도 설마 중원 땅을 가로지를 만큼 먼 거리는 아닐 겁니다."

"그러니까 연준하 당신은 서역의 패황이 관치의 또 다른 별호 패황이 맞다 이건가?"

용문진은 불편한 표정을 지으며 재차 확인하듯 물었다.

"전혀 아니라고 할 수도 없다는 뜻이오. 동굴에서 나와 두세 달이면 충분히 도달할 수 있는 거리이고, 보이는 족족 때려 부수고 박살 내는 성격을 봤을 땐 충분히 광마라는 이름을 얻을 수도 있다고 보는 겁니다. 물론 그쪽 나라 말로는 베베 아무튼 무슨 크라고 부르는 것 같긴 하지만, 일단 뜻이 같다고 하니 의심해볼 만한 문제 아니냔 뜻이죠. 거기다 서역에서 대막을 거쳐 서장 무림에 이어졌다는 부분을 생각해 봅시다. 처음엔 그저 이동을 했지만, 결국 어딘가에서 정착을 시도했을 겁니다. 그러나 비사회적이고 반골적인 성향 때문에 문제가 일어나기 시작했고, 결국은 그곳을 떠나 대막으로, 대막마저도 적응을 하지 못하자 다시 서장으로, 그리고 결국엔 중원으로 들어왔다고 볼 수도 있지 않느냐는 뜻입니다."

연준하는 관치가 패황이 맞는 것 같다며 거의 확신에 찬 표정이 되었다.

"저기 그런데 또 궁금한 게 있어서 그럽니다만, 관치 그 사람이 패황이든 아니든 그건 둘째 치고, 세 분이 들은 바 있다는 패황은 어떤 존재였기에 그렇게 표정들이 좋지 않은 겁니까?"

진하석은 관치가 그 패황인지 아닌지보다 패황이라는 별호가 지닌 무게감이 어느 정도인지에 호기심을 보였다.

"어차피 전해지는 말에는 과장이 붙기 마련이겠지만, 베르세르크라는 이름이 붙여진 곳은 전쟁터였다고 합니다. 거의 백 년에 걸쳐 전쟁이 계속되던 나라가 있었는데, 홀로 백이 넘는 서역 고수들을 베어 넘겼다는 이야기도 있고, 대막에선 광풍사로 불리는 종족이 반나절 만에 모두 팔다리가 부러져 궤멸할 뻔했다고도 하고, 서장에선 그쪽 무림의 서열 십 위권 안에 드는 고수들이 그를 보기만 해도 피해 다녔다는 둥 아무튼 믿기 어려운 말이 태반입니다."

용문진은 자신이 말을 하면서도 이게 말이 되냐는 표정을 지었다.

"거기다 다른 건 둘째 치고라도 서역의 고수들은 거인 같은 몸에 온통 철갑을 두르고 전쟁을 한다는데… 그런 자들을 백 명이나 베어 넘겼다는 것은 솔직히 신뢰가 가지 않는 이야기죠."

용문진은 표사들과 쟁자수들을 보며 그렇지 않느냐는 표정을 지었다.

"저 역시 그 별호와 관련된 이야기를 하나 알고 있어요."

용문진의 이야기가 끝나자 이번에는 임표표가 입을 열었다.

"내가 말한 것 외에 또 다른 것이 있단 말이오?"

용문진은 패황이란 별호가 대략적인 이야기만 전해지지, 그 이외의 이야기는 들어본 적이 없다는 듯 임표표를 바라보았다.

"제가 아는 이야기는 패황이 중원의 변방에 들어왔을 때 벌어진 사건이라고 하더군요. 지금은 거의 사라지다시피 했지만, 원 말기만 하더라도 강성한 힘을 지니고 있던 단체가 하나 있었죠. 보통 마교로 알려진 곳인데, 그들이 사는 지역 외곽에 무슨 문파 하나가 있었다고 합니다."

"무슨 문파라는 건 또 뭡니까?"

진하석은 좀 더 정확한 이름은 없냐며 되물었다.

"그게 그렇다 하더라는 이야기에 속한 것이라……."

"아, 네……."

"아무튼 그 무명의 문파가 외곽에 자리 잡은 것과는 달리 마교도가 강성했던 세월에도 아랑곳하지 않고 그 지역의 주인으로 당당히 버티고 있었다고 하니, 어쩌면 단일 세력으로는 상당히 강력한 힘을 가지고 있었나 봅니다."

"그런데요?"

"어느 날인가 패황이 그 문파와 시비가 붙었는데, 듣기로는 대결에서 진 쪽은 차후 서장 무림에 관여하지 않겠다는 조건이 붙었다고 합니다."

"허허, 서장 무림이라고 해서 작은 곳이 아닌데 그곳을 걸고 대결을 펼쳤단 말입니까?"

진하석은 점점 이야기가 산으로 간다는 기분이 들었는지 거의 신빙성 없는 말로 치부하기 시작했다.

"그러게 말입니다. 하지만 그 대결의 승자는 결국 패황이 되었다고 들었습니다. 이름이 알려지진 않았지만, 서장 무림에 내정간섭을 할 정도로 강력한 힘을 지니고 있던 문파가 단 일인과의 대결에서 물러섰다고 하니, 패황이라는 이름이 지니고 있는 파급력은 몇 마디 말로 설명할 수가 없을 정도죠."

임표표의 그렇다 하더라는 소식통에 표사 하나가 슬그머니 끼어들었다.

"마을 하나를 두고 겨룬 것도 아니고, 서장 무림을 걸고 싸울 정도라면 중원 무림에서도 관심을 두지 않을 수 없는 일이었을 텐데, 왜 그런 일들이 그랬다 하더라 식의 이야기가 되어버린 겁니까?"

"저도 거기까진 잘 모르겠군요."

"거기까진 잘 모르겠다가 아니겠죠. 정말 그런 일이 있었다면 세상이 이렇게 조용할 리가 있겠습니까? 다 호사가들이 지어낸 이야기들이 이리저리 퍼져 다니다가, 그렇게 어이없는 '전설' 적인 이야기가 되어버린 거겠죠."

용문진은 말도 안 되는 소리라며 손을 내저었다. 다른 이들도 용문진의 말에 힘을 실어주며 고개를 끄덕거렸다. 속된 말로 전설 속의 천마나 달마 대사급 이야기에 가까울 정도로 황당하고 허무맹랑한 소식통이었던 것이다.

"관치 이 사람, 한 가지 물어보세."

쟁자수 하나가 이야기를 풀어가고 있던 관치에게 질문을 던졌다.

"네, 말씀하시죠."

"자네가 들려주는 관치 그 친구의 이야기는 어쩌면 여기저기 흩어져 있는 사건들을 하나로 묶어 새롭게 구성한 게 아닌가?"

쟁자수의 질문에 사람들이 '그래, 그런 것인지도 모르겠군.'이라는 표정이 되었다.

"그건 저도 잘 모르겠습니다. 아시다시피 저 역시 전해들은 이야기라……."

관치의 자신 없어 하는 말투에 사람들은 그러면 그렇지 하는 표정이 되었다.

결국 '관치라는 소년이 가출을 했다'로 시작하는 이 이야기는 관치 한 사람의 경험이나 사건이 아니라, 여기저기 흩어져 있는 근거를 확신할 수 없는 소문들을 긁어모으고, 그것을 하나로 묶어 완전히 다른 사람의 인생을 만들어냈다고 생각한 것이다.

"그런데 계속 토론만 하실 겁니까? 두어 시진 후면 날이 밝을 것 같은데… 남은 이야기 마저 들으시죠. 그리고 혹시나 해서 하는 말인데, 이야기 속에 나오는 관치는 여러분들이 어떻게 생각하든 패황이란 별호를 쓰는 게 확실합니다."

"그게 무슨 말인가?"

"패왕인지 패황인지 헷갈리기는 했지만, 관치가 그런 이름으로 불리는 부분이 있으니 하는 말입니다. 그러니 일단 이야기를 계속 들어들 보세요."

관치는 괜히 엉뚱한 부분에서 신경전이나 벌이지 말고 자신의 이야기나 들어달라는 듯 손을 비벼 댔다.

◎   ◎   ◎

남궁보륜은 당장이라도 자신의 얼굴에 주먹을 날릴 것처럼 입 끝을 실룩거리는 관치의 모습에 조심스럽게 한쪽으로 비켜섰다. 무림맹 내부에서 이름도 모르는 무명 사내에게 망신을 당할 거라곤 생각도 못했었지만, 고집과 아집만 있는 망나니 후기지수에 속하진 않았기에 사태 파악이 누구보다도 빠른 남궁보륜이었다.

그러나 그 와중에도 아직 포기하지 않은 사람이 있었으니 바로 제갈현선이었다.

"이봐요!"

"……."
"그냥 그렇게 가면 어떻게 해요!"
우뚝.
"우리 이야기 좀 해요. 네?"
발걸음을 멈춘 관치의 고개가 느릿하게 제갈현선 쪽으로 돌아갔다.
"마지막 경고다. 이쯤에서 물러서라."
"……."
평소 같으면 온갖 문장을 다 동원해서라도 상대방을 굴복시킬 제갈현선이었지만, 마지막 경고라고 읊조리는 관치의 태도에 꿀 먹은 벙어리처럼 뭐라 할 말이 없어졌다. 관치가 말한 마지막 경고는 진짜 마지막일지도 모른다는 생각이 든 것이다.

그러나 마지막 남은 용기를 짜내 겨우겨우 최후 변론을 늘어놔야만 했다.

"하지만… 이대로 가버린다면 남궁 공자의 입을 통해 엉뚱한 소문이 돌 수도 있어요. 그렇게 되면 당신이 원하는 일을 처리하기에 문제가 생기지 않겠어요?"

제갈현선의 외침에 두 사람의 대화를 듣고 있던 남궁보륜의 표정이 핼쑥하게 변해버렸다.

'뭐냐! 제갈현선, 설마 나를 멸구라도 하겠다는 것이냐?'
남궁보륜은 버럭 소리를 지르고 싶었지만, 칙칙한 기운을 쏟아내며 생각에 잠겨 있는 관치 때문에 눈알만 이리저리 굴려 댔다.

"흘려들을 말은 아닌 것 같군."

관치는 어느 정도 흥분이 가라앉았는지 남궁보륜의 검을 부숴버릴 때보다 차분해진 표정이 되었다.

꿀꺽!

남궁보륜은 관치의 입에서 '살인멸구'라는 말이 튀어나올 것 같아 잔뜩 긴장한 표정이 되었다. 만에 하나 자신을 죽이려 든다면 맞서 싸울 수는 없겠지만, 최대한 멀리 도망은 칠 수 있다고 생각했다.

허허벌판에서 맞닥뜨린 것도 아니고, 이곳은 무림맹이 아니던가. 조금만 달려가도 도움을 청할 수 있을 것이다.

"남궁보륜이라고 했던가?"

"아, 네."

"오늘 일을 다른 사람에게 말할 생각인가?"

남궁보륜은 관치의 질문에 세차게 고개를 흔들었다.

"믿지."

"무, 물론입니다!"

남궁보륜은 잔뜩 긴장을 하고 있다가 몇 마디 말로 사태가 진정되어버리자 허탈한 심정이 되었다.

"제갈현선, 아직도 문제가 있나?"

"……."

제갈현선은 대뜸 두어 마디 말로 상황을 정리해버릴 거라
곤 생각지 못했기에 황망한 표정을 지었다. 그러나 자신도
이미 겪었다시피 그냥 말로만 끝내버리기엔 억울한 기분이
들었다.
"요즘 세상에 구두로 약속을 하는 건 바보나 마찬가지죠.
문서로 남기세요."
 남궁보륜은 느닷없이 문서라도 작성하라는 제갈현선의 말
에 눈꼬리가 쭉 치켜 올라갔다.
 ─제갈 소저! 지금 뭐 하자는 것이오?
 남궁보륜은 제갈현선에게 항의의 전음을 날려 보냈다.
 ─남궁 공자, 제 말대로 하는 게 좋을 거예요. 괜히 말실수
한 번으로 목이 날아가느니, 문서라도 작성해서 마음을 다
잡는 게 신상에 이롭다는 뜻이죠.
 ─소저, 도대체 나를 어떻게 생각하기에…….
 남궁보륜은 자신의 신뢰도가 그렇게밖에 되지 않느냐며 따
지려 들었지만, 관치가 입을 열자 오가던 전음이 뚝 그쳤다.
 "보륜."
 "네?"
 남궁보륜은 관치가 대뜸 자신의 이름을 부르자 얼떨떨한
표정이 되었다. 누가 감히 자신의 이름을 마구 부른단 말인
가.
 '하지만 따져 봐야…….'

"꼭 써야 하겠나?"

"아닙니다. 사내가 어찌 한 입으로 두말을 하겠습니까!"

'쓴다고 해야 하나?'

"좋아, 믿지."

"물론입니다!"

'아, 왜 이렇게 불안하지. 지금이라도 쓴다고 해야 하나……'

남궁보륜은 관치의 말에 대답할 때마다 속에선 갈피를 잡지 못해 우왕좌왕 정신을 차리지 못했다. 그러다 관치가 그말을 끝으로 성큼성큼 걸음을 옮기자 뭔가 아쉬운 표정으로 그를 바라보았다.

"존성대명이라도 알려 주십시오."

"관치. 소관치다."

"소 대협, 언제고 제가 능력이 된다면 오늘 일에 책임을 묻고 싶습니다."

남궁보륜은 이대로 물러설 수 없다는 생각에 결국엔 마음속에 감춰뒀던 한마디를 꺼내들었다.

꿀꺽!

그리고 관치가 느닷없이 돌변해 후환을 남기지 않겠다고 외칠까 봐 마른침을 삼켰다.

"단 한 번. 두 번은 없다."

"그, 그렇습니까? 한 번뿐입니까?"

"두 번째는 죽는다."

"……"

남궁보륜은 관치의 차가운 목소리에 머리끝이 쭈뼛거리는 느낌을 받았지만, 어딘지 모르게 멋있다는 생각이 들었다.

'두 번은 없다.'

남궁보륜은 언제고 기회가 되면 꼭 써먹을 말로 머릿속에 저장해두기로 했다.

제갈현선은 잠시 남궁보륜을 노려보더니 관치를 따라 달려가 버렸다.

"뭐야? 오냐오냐해줬더니 정말 저게……."

남궁보륜은 제갈현선의 어이없는 태도에 노기가 올라왔지만, 여자에게 화를 내봤자 자신만 손해라는 생각에 고개를 저어버렸다.

성큼성큼 걸음을 옮기던 관치는 곳곳에 들어서 있는 거대한 전각들을 바라보며 긴 한숨을 쉬었다. 손해 본 느낌은 별로 없지만, 그렇다고 딱히 이득을 본 것도 없는 처지가 된 것이다.

"시간만 낭비한 꼴이 되었군."

관치는 시큰둥한 표정으로 하늘을 올려보다가 세차게 고개를 흔들었다.

"난 지금의 관치가 좋다. 부탁이니 네놈들은 꺼져 버려!"

제7장. 불치하문(不恥下問)

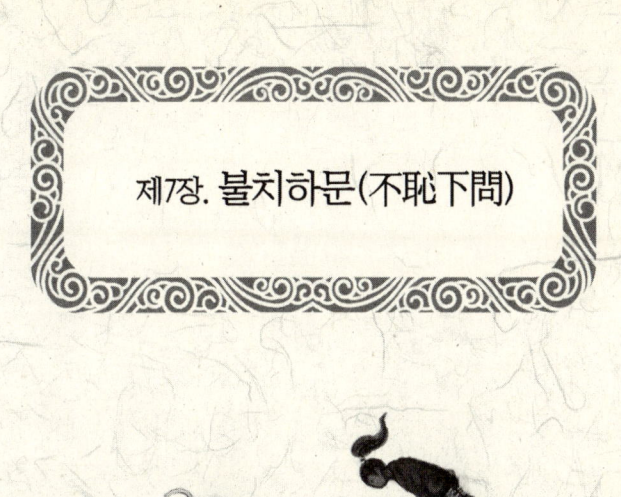

불치하문(不恥下問)

-아랫사람에게 배우는 것을 부끄러이 여기지 않음

 제갈현선은 관치가 다시 잡부를 구하는 곳으로 걸어가 버리자 급하게 길을 막아섰다.
"이봐요, 정말 이럴 거예요?"
 관치는 자신의 앞을 막아서는 제갈현선을 바라보며 천천히 입을 열었다.
"꼬마, 다시는 내 앞을 막지 마라."
 제갈현선은 슬그머니 한쪽으로 발을 빼더니 다시 말을 이었다.
"꼬마라니요!"
"내 나이엔 너 정도 여자는 꼬마 그 이상도 이하도 아니지."

"이익!"

"그리고 네 머릿속에 여우 서너 마리는 들어 있는 걸 알고 있으니, 괜히 귀여운 척 굴지 말고 사라져."

제갈현선은 단호한 음성으로 자신을 밀어내는 관치의 모습에 또다시 얼굴이 붉어졌다. 그를 추격할 때는 물론이고, 무한에 와서까지 계속 무시를 당하고 있다는 생각이 든 것이다.

"내가 그렇게 만만해 보이나요?"

"만만히 볼 생각은 없다. 그러나 제갈세가와 나 사이에 웃고 손을 잡을 만한 사건은 하나도 없다는 것을 잊지 마라."

"그건 모두 잊기로 하지 않았나요?"

"물론 그걸 잊기로 했기에 너와 이 정도 이야기를 나눠주는 것이다. 그러나 네가 아닌 다른 제갈가의 사람들이었다면 지금쯤 복잡한 일이 생겼을 수도 있다. 그걸 부인하는 것은 아니겠지?"

"물론이에요. 제가 이렇게 부지런을 떠는 것도 사실은 세가와 당신과의 관계를 개선시켜 보고자 하는 점이 있다는 것을 부인하지 않겠어요."

"나와의 관계 개선이라. 그게 무슨 의미가 있지? 나는 어차피 내가 찾고 싶은 사람만 찾으면 이곳을 떠날 생각이다. 관계가 개선이 되든 안 되든 차후 아무런 영향력이 없다는 뜻이다."

"아니요. 그건 당신이 잘못 생각하는 거예요. 세상은 좁고, 무림은 더욱 좁은 곳이죠. 다른 곳으로 떠난다고 해봤자 어차피 중원 무림을 벗어나지 못한다는 것을 모르진 않겠죠?"

"후후후, 사람이 중원 말고는 살지 못한단 말인가?"

제갈현선은 관치의 말투에서 중원이 아닌 다른 곳으로 떠날 수도 있다는 것을 파악했다.

"설마… 중원이 아닌 다른 곳으로……."

"그럴 수도 있지."

"아니요. 당신은 절대 그렇게 하지 못해요. 당신이 찾는 사람이 당문의 생존자들이라면 더더욱 불가능하죠. 당문은 이미 사천 지역에서 오랜 역사를 유지해온 명문 세가예요. 아직 당문 멸사의 진실도 밝혀지지 않은 지금, 과연 생존자들이 고향을 버리고 중원을 떠나고 싶어 할까요?"

제갈현선은 말도 안 되는 소리라며 말이 빨라졌다.

"꼬마, 뭔가 착각을 하는 것 같군. 내 목적은 사람을 찾는 것이지, 그들을 데리고 중원을 떠나는 것이 아니다."

"네, 네?"

제갈현선은 그건 또 무슨 소리냐는 듯 관치를 바라보았다.

"내가 왜 너와 이런 이야기를 나눠야 하는지 정말 모르겠다."

관치는 이번에도 제갈현선의 말에 엉키는 바람에 괜한 소리까지 꺼냈음을 깨닫자 멈췄던 걸음을 다시 움직였다.

"제일흥신소!"

제갈현선은 최후의 발악을 하듯 다시 한 번 소리를 높였다.

"저 제일흥신소에 대해서 들어본 적이 있어요. 스스로 제일흥신소 소장이라고 말을 해놓고 그것마저 모른다 하진 않겠죠?"

관치는 꼬맹이 주제에 너무 많은 걸 알고 있다는 생각이 들자, 제갈현선을 어떻게 대해야 할지 선뜻 판단이 서지 않았다.

"다시 한 번 묻겠어요. 고봉팔이라는 사람과는 어떤 관계죠?"

관치는 느닷없는 제갈현선의 질문에 '그건 또 무슨 소리지?'라는 표정이 되었다.

"끝까지 잡아뗄 생각인가요? 감숙성 난주, 제일흥신소, 전임 소장은 사마건. 그리고 그전에는 고봉팔이라는 사람이 운영하던 해결사 사무소. 지금은 소관치라는 사람이 그곳의 소장으로 되어 있군요."

제갈현선의 입에서 제일흥신소의 과거 기록이 와르르 쏟아져 나오자 관치의 눈빛이 날카롭게 변했다.

"대화가 필요하겠군."

"얼마든지 응하고 싶군요."

제갈현선은 관치의 반응에 그럴 줄 알았다는 듯 묘한 미소를 지어 보였다.

◈　◈　◈

"제일홍신소라……."

관치의 이야기를 듣고 있던 초 영감이 추억이라도 떠올리는 듯 제일홍신소의 이름을 읊조렸다.

"어라? 영감님이 아는 곳입니까?"

표사 한 명이 초 영감의 반응에 고개를 갸웃거렸다.

"모른다고 할 수 없겠지."

초 영감의 말에 이번에는 관치도 호기심을 보였다.

"제갈현선이 입에 올릴 정도면 평범한 홍신소는 아닌 것 같은데, 영감님이 어떻게 안다는 겁니까?"

"좀 전에 말했지. 내가 산을 내려와 고약한 인간에게 걸려서 몇 년간 고생한 적이 있다고."

"그러셨죠. 그것 때문에 음흉한 인격이 생겨났다고 하셨죠."

"그래. 바로 그 고약한 인간이 제일홍신소와 관련이 있는 사람이었지."

"네?"

"앵?"

"진짜요?"

사람들은 이야기 속의 제일홍신소가 실재하는 곳이라는 말에 모든 관심사가 초 영감에게 쏠렸다.

"어허! 이 사람들이 속고만 살았나. 내가 언제 거짓말하는 것 봤나?"

"그거야 거짓말이냐고 물어볼 만큼 많은 이야기를 나눠본 적이 없으니 그런 것 아닙니까."

"그랬던가?"

초 영감은 서로 간에 아는 게 많지 않다는 쟁자수들의 말에 머리를 긁적거렸다.

"그 제일홍신소와 관련이 있는 고약한 사람이 혹시 관치 이야기에 등장했습니까?"

"워낙 오래전 일이라. 관치 이야기에 등장할 사람은 아니지."

초 영감은 꿈이라도 꾸는 듯 몽롱한 눈빛을 보이다가 다시 입을 열었다.

"내가 만났던 사람은 봉육이라는 이름을 가지고 있었네."

"봉육이요? 어? 방금 제갈현선이 말했던 이름 중에 봉팔이라는 사람이 있지 않았습니까? 혹시 그 봉육이라는 사람이 봉팔이라는 사람과 관계가 있는 겁니까?"

"워낙 오래전 일이라 나도 정확히는 기억이 나지 않지만, 관계가 있었던 것 같네. 상상하는 것만으로도 오금이 저리던 인간이었지."

"아니, 뭘 어쨌기에 생각만 해도 오금이 저린단 말입니까?"

사람들은 관치가 물려받은 제일흥신소가 의외로 긴 역사를 지니고 있다는 사실에 큰 호기심을 느끼고 있었다.

"혹시 이런 말 들어본 적이 있는지 모르겠네만, '생각대로 하면 되고'."

"네? 그건 또 뭔 소리입니까?"

"말 그대로네. 생각대로 하면 된다는 뜻이지."

"혹시 그 봉육이라는 사람이 자기 생각하는 대로 막 살았다는 뜻입니까?"

"껄껄껄, 바로 그렇지. 그 봉육이라는 양반은 세상을 자기 마음대로 살아가는 아주 괴물 같은 인간이었지. 거기다 얼마나 후환이 지독한지, 누구든 원한을 샀다간 제명에 죽은 사람이 없을 정도야. 그리고 이건 비밀이네만, 당시에 명성을 떨치던 무림 명숙들도 그 사람과는 척을 지는 것을 두려워할 정도였지."

표사들은 초 영감의 말에 '에이, 말도 안 돼.' 하는 표정을 지었다.

"영감님, 그게 말이 됩니까? 관치 이야기도 종종 황당해서 웃음이 나오는데, 겨우 흥신소 소장 하나가 무슨 힘이 있다고 무림 명숙들까지 괴롭히고 다닙니까?"

"내 말이 그 말일세. 얼마나 지독하고 지랄 같았으면 무림

명숙들마저 피해 다녔겠느냔 말이네. 그런데 관치가 그 제일흥신소 소장이라니, 세상일은 알다가도 모를 일이네."

"제일흥신소 이야기는 처음부터 나왔던 것인데, 왜 이제야 그걸 이야기하는데요?"

"그땐 그냥 비슷한 이름이려니 했지. 그런데 전임 소장들 이름이 주르륵 흘러나오니, 내가 알던 제일흥신소와 관치가 물려받은 제일흥신소가 같은 곳임을 알게 된 거지."

초 영감의 말을 조용히 듣고 있던 연준하가 질문을 던졌다.

"영감님, 그럼 전 전임 소장도 아십니까? 시간적으로 연배가 비슷해 보이는데."

"물론이지."

초 영감은 당연하다는 듯 고개를 끄덕였다. 그러자 이번에는 진하석이 초 영감을 불렀다.

"초 영감님."

"말씀하시구려."

"그럼 혹시 당시에 제일흥신소에서 일을 했던 사람도 알고 계십니까?"

"물론이지. 관치에게 흥신소를 물려줬던 사마건이라는 사람도 사실 전 소장의 직원이었으니까."

초 영감은 사마건의 이름이 나올 때마다 눈빛이 진지해지는 진하석을 발견하고 고개를 끄덕였다. 사마건이 목숨을 잃었다는 이야기가 나왔을 때 부모라도 죽은 듯 흥분하던 사람이 진하석이었기 때문이다.

"혹시 사마건이라는 분 말고 또 다른 분은 없었습니까?"

연준하는 초 영감의 대답이 부족하다고 여겼는지 재차 질문을 던졌다.

"당연히 있었지. 조씨 성을 쓰는 청년도 한 명 있었고, 남궁 성을 가진 여인도 함께 있었던 것으로 기억을 하네."

조씨 성을 쓰는 청년이 있었다는 말에 연준하의 눈빛이 묘하게 변해버렸다.

"혹시 조씨 성을 쓰는 청년에 대해서 아는 부분은 없으십니까?"

"응? 왜 그러나?"

"그게 말입니다. 제가 아는 관차 이야기에 조씨 성을 쓰는 영감님 한 분이 등장을 하는데, 초 영감님 이야기를 듣고 보니 그 조씨 성을 썼다는 청년과 이야기 속에 등장하는 조씨 성을 쓰는 영감님이 동일인이 아닐까 하는 생각이 들어서 말입니다."

"그래? 관치 자네 이야기에도 조씨 성을 쓰는 영감이 등장을 하는가?"

"아, 네. 아직은 아니지만 뒤에 등장을 하기는 하죠. 그런데 그 조씨 영감님 장난이 아니던데……."

관치는 슬쩍 연준하의 눈치를 보더니 다시 말을 이었다.

"성격은 완전 개차반이고, 하는 짓은 저잣거리 주먹패보다 더 고약합니다. 거기다 어찌나 돈을 밝히던지. 세상에 나이 먹고 그렇게 추하게 늙은 영감은 아주 처음 들어봤습니다. 이야기이니까 그렇지, 현실에서 그런 사람을 만난다면… 아이쿠! 상상도 하기 싫습니다."

관치가 어깨까지 흔들어가며 치를 떨자 당장 언성을 높이는 사람이 생겼다.

"관치 저 인간은 또 엉뚱한 소리를 하네. 네가 어디서 무슨 이야기를 들었는지는 모르겠지만, 내가 들은 조씨 영감님은 무림의 영웅이자 전설적인 고수야. 거기다 그 영감님이 벌이는 일에 절대 무의미한 일은 하나도 없었다고."

"아이고! 두 사람 또 시작이네. 어차피 이야기일 뿐이라면서 왜 그렇게 싸우는 건가. 딱히 한 사람만 이야기하기 뭐하면 그 부분은 둘이 나눠서 이야기하면 될 것을, 언성까지 높일 필요는 없지 않나."

초 영감은 자신이 괜한 이야기를 꺼냈다며 두 사람의 언쟁을 급히 막아섰다.

"초 영감님 말씀에 따르는 게 좋을 것 같군요. 두 분은 마음을 진정시키세요."

임표표도 관치와 연준하의 신경전에 짜증이 나는지 거들고 나섰다.

"그래. 진정들 하게."

초 영감은 임표표의 말에 고개를 끄덕이며 마음을 가라앉히길 다시 한 번 부탁했다.

"그런데 영감님, 영감님의 이야기를 들어보면 당시 제일흥신소의 구조와 사람들에 대해서 잘 알고 계시는 것 같은데… 혹시 영감님도 그 흥신소에서 일을 하셨던 게 아닌가요?"

임표표는 그저 스쳐 가는 정도로 보기에는 많은 것을 알고 있다며 초 영감을 바라보았다.

"아, 물론이네. 나도 그 제일흥신소에서 잠시 일을 했으니 내부의 일에 대해서 당연히 알고 있지."

"그럼 관치의 이야기를 듣는 동안 제일흥신소나 과거 인물들의 이야기가 나오면 부연 설명을 해주실 수도 있겠군요."

"물론이지. 얼마든지 가능하네."

초 영감은 기쁜 표정을 지으며 임표표의 말에 고개를 끄덕였다.

"그럼 계속 이야기를 들어볼까요?"

관치는 임표표가 나서서 상황을 정리해주자 고맙다는 듯 웃음을 보이더니, 다시 관치와 제갈현선의 이야기를 시작했다.

◎　◎　◎

"꼬마, 네가 어떻게 제일흥신소에 대해서 알고 있는 거지? 감숙성 난주는 제갈세가와 그다지 인연이 없는 곳인데 말이야."

"휴! 일단 그 꼬마라는 말부터 그만두면 안 될까요? 뭔가 떠오를 듯하다가도 다시 망각의 문으로 들어가 버리는군요."

"……"

"에잇! 알았어요. 마음대로 불러요. 하지만 나도 이제부터 당신을 마음대로 부르겠어요. 중늙은이 같으니라고."

관치는 제갈현선이 뭐라고 부르건 그것에는 관심도 없다는 듯 다시 제일흥신소에 대해서 질문을 던졌다.

"저도 많은 걸 아는 것은 아니에요. 단지 사십여 년 전에 이곳 무림맹에 학관이 운영되고 있을 때 벌어졌던 작은 사건 하나를 들었을 뿐이에요."

"누구에게?"

관치는 그런 이야기를 누구에게 들었는지부터 확인하고자 했다.

"예전에 아버지와 남궁 가주를 만난 적이 있는데… 제 아버지가 누군지는 알고 있겠죠?"

"제갈선."

"네, 그래요. 아버지와 남궁 가주가 술을 한잔하시더니 아주 옛날이야기를 나누시더라구요."

"그래서."

"그 옛날이야기라는 게 두 분이 학관 생활을 하던 시절의 이야기였는데, 그때 제일흥신소라는 이름을 처음 들었어요. 당시에 두 분의 입에서 가장 많이 흘러나온 것이 바로 고봉팔이라는 사람의 이름이었어요. 듣기론 그 사람이 제일흥신소를 만들었던 사람이라고 하더군요."

관치는 혹시나 하는 마음이 점점 확신이 되어가자 다시 제갈현선의 이야기에 집중을 했다.

"나이 드신 분들이 그렇게 시시콜콜한 이야기를 하실 줄은 몰랐는데, 듣다 보니 은근히 재미가 있더라구요. 당시에 학관 내에서 무공 비급이 사라지는 사건이 발생했는데, 그 사건을 해결하고자 외부에서 사람을 고용했다는 이야기부터 결국 고봉팔이라는 사람이 무림을 가지고 놀았다는 등 아무튼 황당무계한 이야기도 상당히 많았던 걸로 기억해요. 그리고 고봉팔이라는 사람이 언제부턴가 종적을 감췄는데, 그 뒤를 이어 사마건이라는 사람이 흥신소를 운영하고 있다는 말도 하시더군요. 사실 어렸을 때 들었던 이야기라 그냥 그렇구나 하고 넘어갔던 일이죠. 그런데 당신 덕분에 그때 기억이 하나 둘 되살아나지 뭐예요. 당시 술자리에서 나왔던 이야기라 횡설수설하는 부분이 많기는 했어도, 두 분이 한 가지 부분은 가슴을 부여잡을 정도로 통감을 하시더라구요."

"뭘 말이지?"

"제일흥신소와는 척을 지지 말자."

"……."

관치는 무림에 영향력 있는 가문의 수장들이 겨우 변방에 있는 흥신소 따위에 신경을 썼다는 부분에서 묘하게 웃음이 흘러나왔다.

"그래서 궁금한 게 있는데요. 당신은 고봉팔이나 사마건 같은 사람과 무슨 관계가 있는 거죠?"

관치는 초롱초롱한 눈으로 자신을 바라보는 제갈현선에게 가볍게 한마디 던져 줬다.

"꼬맹이는 몰라도 된다."

"아니, 이 중늙은이가 끝까지!"

제갈현선은 관치가 자신을 놀리고 있다는 생각이 들자 입술을 삐죽거리며, 정말 이런 식으로 나올 거냐는 표정을 지었다.

"아무튼 그 일들이 기억나자 당신과 관계를 개선하는 데 시간을 투자해야겠다는 생각이 들더군요. 물론 지금의 흥신소 소장이 어떤 사람인지 궁금하기도 했고……."

"보다시피 이런 사람이지."

관치는 보이는 게 전부라는 듯 양팔을 들어 보였다.

"쳇! 중늙은이 같으니라고."

제갈현선은 투정이라도 부리듯 팔짱을 끼고 관치를 바라

보았다.

"제갈세가에서 제일흥신소와 관계를 개선하고 싶다면 한 가지 명심할 게 있다."

"그게 뭐죠?"

"내 일에 끼어들지 말 것."

"……."

"이미 전적이 있다는 것은 말하지 않아도 잘 알고 있을 것이고."

"그건 지난 이야기이니 빼기로 해요. 그럼 당신 일에 끼어들지만 않는다면 당신도 제갈세가에 문제를 제기하지 않겠다는 뜻인가요?"

관치는 당연하다는 듯 고개를 끄덕였다.

"만약 도움을 준다면 그 관계 개선이 조금 더 빨리 이뤄질 수도 있겠군요."

"원치 않는 도움은 결국 끼어드는 게 되겠지."

관치는 은근슬쩍 자신을 따라다닐 기미가 보이는 제갈현선의 의도를 바로 차단해버렸다.

"제일흥신소 소장은 언제나 능력이 출중하고, 말을 잘 듣는 직원들을 데리고 다녔다고 하던데… 당신은 어떤가요?"

관치는 느닷없이 전임 소장들의 전력을 늘어놓으며, 능력 좋은 직원은 채용했냐고 물어오자 잠시 말문이 막혔다.

"그럴 줄 알았어요. 하긴 그런 직원이 있었다면 이렇게 멍청하게 일을 처리하고 다니지도 않았겠지만."

"능력 있는 직원이 필요하긴 하지만, 너처럼 제멋대로인 꼬맹이를 채용할 생각은 추호도 없다. 그러니 그만 돌아가."

"다시 한 번 생각해보면 안 될까요?"

관치는 생각할 필요도 없다는 듯 고개를 저어버렸다.

"그러지 말고 딱 한 번만 생각해봐요. 네? 말도 잘 듣고, 세가에서도 당신 일에 방해하지 않도록 잘 말해놓을게요. 네?"

관치는 말을 잘 듣겠다는 이야기에 잠시 마음이 흔들렸다.

사실 제갈현선의 능력이라면 다재다능을 넘어 탁월하다고 봐야 할 정도였다. 단지 한 가지 흠이라면 말이 많고, 생각이 너무 앞서나가는 통에 제어가 힘들다는 것 정도?

"협정서를 쓴다면 생각해보지."

"당연히 써야죠. 그 정도는 기본 아니겠어요?"

제갈현선은 당연한 소리를 한다며 관치의 등을 팡팡 두들겼다.

"협정서 첫 줄에 접촉 금지 사항부터 넣어야겠군."

관치는 금세 기가 살아나 장난질을 하는 제갈현선의 태도에 눈살을 찌푸렸다.

◈ ◈ ◈

"어라? 이야기가 이상하게 흘러가네. 미란과 민영의 소재는 물론, 화월각주 묵진설도 어디로 갔는지 행방이 불명인데 또 여자가 끼어들어?"

"그러게 말이야. 아예 무림의 기녀(技女)들은 전부 관치랑 맺어주지 그러나."

표사들과 쟁자수들은 물론, 연준하와 용문진까지 불만 가득한 표정이 되었다. 좀 쓸 만하다 싶으면 관치랑 인연이 맺어지니, 총각들 입장에서는 불만일 수밖에 없었다.

"하지만 그랬다는데 어쩌겠습니까. 억울하면 여러분들도 그렇게 살면 될 것 아닙니까."

관치는 불만을 토로하는 사람들에게 별걸 다 억울해한다며 인상을 찡그렸다.

"제가 보기에도 관치는 여자관계가 복잡해 보이는군요."

"네?"

관치는 임표표마저 관치와 여자들의 인연에 문제를 삼자, '에이, 그런 말씀을 하시면 안 되죠.' 하는 표정을 지었다.

임표표는 노골적으로 자신을 바라보는 관치의 시선에 슬그머니 고개를 돌려 자칭 손소민이라 자처한 여인을 바라보았다.

"당신은 한마디도 하지 않는군요."

"꼭 말을 해야만 하나요?"

"그건 아니지만, 당신이 정말 손소민이라면 관치 그 사람의 여자관계에 가장 민감해야 하는 것 아닌가요?"

자칭 손소민은 임표표의 말에 가볍게 미소를 지었다.

사내들은 소민의 미소에 흐뭇한 표정을 지으며 함께 웃음을 지었지만, 임표표는 여유만만한 손소민의 태도에 은근히 부아가 치밀었다.

"그렇게 자신 있어 하다가 뒤통수를 맞으면 무척 괴로운 법입니다."

"그런가요?"

손소민은 임표표가 무슨 말을 하더라도 그저 고개를 끄덕이며 웃어버릴 뿐, 언쟁을 할 만한 소지를 남겨 놓지 않았다.

"관치, 당신! 꼭 여자를 끼워 넣어서 이야기를 해야겠어?"

임표표는 기분이 뒤틀렸는지 관치를 향해 버럭 소리를 질렀다.

◎　　◎　　◎

관치는 제갈현선의 능력을 높이 사기는 했지만, 그렇다고 자신의 속마음까지 모두 털어놓을 정도로 신뢰를 하는 것은 아니었다. 단지 자신이 일을 처리하는 데 도움이 될 수도 있다는 생각에 적당선에서 협의를 한 것뿐이었다.

그는 누군가를 믿고 자신을 맡기는 것에 익숙하지도 않았고, 그럴 생각도 없었다.

"그러니까 아직은 흥신소를 정상적으로 운영하고 있는 것은 아니었군요."

대충 상황 파악을 해야 한다며 흥신소의 운영에 대해서 질문을 하던 제갈현선은, 첫 의뢰가 당문 생존자들을 보호해 무림맹에 오는 것이었다는 말에 고개를 끄덕였다.

관치가 찾아야 할 사람이 있다고 할 때부터 그 부분은 눈치채고 있었기에 별다를 것이 없지만, 문제는 그 일행이 연기처럼 증발해버렸다는 점이다.

"아마 지금쯤이면 아버지가 맹주님을 만나고 있을 거예요. 세가에 나타났던 정체불명의 인물들에 대해서 보고를 할 생각인가 봐요."

"그리고?"

"그리고 당문의 생존자들과 관련된 부분에 있어서는 연막을 치는 수순이겠죠."

관치는 그럴 줄 알았다는 듯 고개를 끄덕였다.

"좋아요. 이제 어떻게 하실 거죠? 사람을 찾는 일은 그렇다 쳐도, 그 외의 시간은 그냥 이렇게 넋 놓고 지낼 건가요?"

"넋 놓고 지내다니, 무슨 뜻이지?"

"말 그대로예요. 당미란을 찾는 것은 당연히 일 순위 일이긴 하지만, 지금 당장 할 수 있는 것은 없다고 봐야 하지 않겠어요?"

"흠."

"소장님 예측이 맞다면 당문 생존자들은 독자적으로 몸을 움직이고 있어 다른 사람들 눈에 걸리지 않고 있거나, 당문을 멸망시키고 우리 세가에 쳐들어왔던 자들이 잡아갔을 수도 있죠. 하지만 그 부분은 별로 신빙성이 없다고 봐요. 소장님도 알다시피 그들은 상처를 입고 이미 빠져나간 뒤였고, 내가 소장님을 쫓아 밖으로 나갔던 때에도 당미란은 전각 지하에 숨어 있었던 게 되니까요. 중간에 몰래 빠져나갈 만한 여유는 없었다는 뜻이죠. 물론 제삼의 인물이 그 상황을 지켜보고 있다가 중간에서 가로챘을 수도 있겠지만, 지금 상황에서 당문 생존자들을 보호한다는 것은 정체불명의 적들과 대립을 하겠다는 말밖에는 안 되죠. 현 무림에서 그런 위험을 감수할 만큼 강력한 힘을 가진 곳은 화산과 정도겠군요."

"하지만 이미 멸문해버린 당문을 도와줄 이유가 있을까? 화산에서 원했던 것은 사천에 영향력을 행사할 수 있는 당문과 정략적 결합을 하는 것이었지, 이미 망해버린 당문을 도와 위험에 노출되는 것은 아니었으니까."

"네. 만약 화산의 도움을 받았다면 연준하까지 종적을 감출 이유가 없었겠죠. 문제가 있다는 소문이 들리긴 했지만, 현재 화산에서 배출한 후기지수 중엔 연준하만 한 인물이 없으니 말이에요. 당가의 생존자들이 보물을 지니고 있다고 해도, 그것 때문에 연준하를 버릴 만큼 막돼먹은 문파는 아니니까요."

관치는 제갈현선의 말에 고개를 끄덕이며 그것도 맞는 말이라고 했다. 그렇다면 당미란 등이 실종된 것은 자의에 의한 것이거나, 자신들이 예측하지 못한 제삼의 짓이라고 생각하는 게 맞았다.

"한 가지 궁금한 게 있어요."

"뭐지?"

"당미란은 소장님에게 어느 정도 신뢰성을 가지고 있는 거죠?"

"무슨 뜻이지?"

"소장님을 어느 정도 신뢰하느냐에 따라 소식을 취해올지, 아니면 그대로 숨어버릴지 결정을 내리지 않겠어요?"

"당미란은 방법만 있다면 나에게 연락을 취해올 것이다."

"흠… 좋아요. 그 정도 신뢰성을 가지고 있다면 일단 소장님이 전면에 나서서 소식을 들을 수 있게 하는 게 좋겠군요."

"스스로 찾아오게 하자는 거군."

"물론이죠. 찾기에는 너무 막막하니, 일단 가능성 있는 방법부터 써봐야 하지 않겠어요?"

관치는 제갈현선의 머리가 이런 쪽으로만 발달한 게 아닐까 하는 의심이 들었다. 뭔가 꾸미고 움직이는 것은 제갈현선보다 언니 제갈현지가 뛰어나다고 들었지만, 역시 사람은 겪어봐야 알 수 있는 것 같았다.

"좋아, 네 의견을 받아들이지."

"잘 생각하셨어요. 그럼 홍신소 깃발부터 올려야겠군요. 일거리가 있어야 소장님에 대한 소식이 그들의 귀에 들어갈 테니 말이에요."

관치는 의뢰를 받겠다는 현선의 말에 다시 말을 이었다.

"일에 대한 비용은 확실히 챙겨야……."

"걱정하지 마세요. 어려서부터 돈 문제라면 부모 자식 간에도 칼이라는 말을 들어왔으니."

"……."

관치는 자신만만한 얼굴로 걱정 붙들어 매라는 제갈현선을 보며 확실히 세상을 배우는 것은 아직도 멀기만 하다는 생각이 들기 시작했다. 가진바 재능도 그 쓰임을 확실히 하지 않으면 빛을 보지 못한다는 그녀의 말이 머릿속을 맴돈 것이다.

'배움을 청하는 데 나이를 따지지 말 것이며, 구분을 나누지도 말아야 한다는 선인들의 말씀을 이렇게 되새길 줄은 생각도 못했군. 조용히 살아간다면 모를까, 이 성격으로는 사람들과 함께 지내는 데 문제가 생기겠군.'

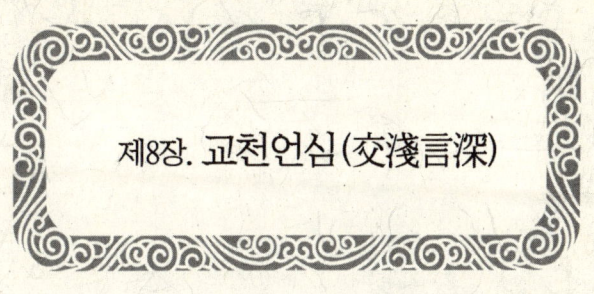

제8장. 교천언심(交淺言深)

교천언심(交淺言深)

−사귐은 얕으나 말에는 깊이가 있다는 뜻

"소장님, 가진 돈이 얼마나 되죠?"
"금 두 냥과 은자 세 냥."
관치는 현재 자신이 가지고 있는 총자산을 공개했다.
"음… 그 정도로 구매는 어렵겠고, 일단 임대를 해야겠군요."
"장소?"
"네. 약장수도 아닌데 길거리에서 판을 벌일 수는 없죠. 거기다 제갈가의 둘째 아가씨가 직원으로 있는 곳이니 우습게 보여선 더더욱 안 되거든요."
"이 돈으로 얻을 수 있는 곳이 있을까?"
관치는 무한의 물가가 어느 정도인지 알 수 없었기 때문에 가늠하기가 어려웠다.

"물론 얻을 수 있죠. 어느 정도 규모냐, 어느 정도 시설을 갖추고 있느냐의 차이일 뿐."

"이 돈으로 가능한 공간은?"

"일단 객잔 별채를 얻는 게 어떨까 싶어요. 임시로 사용하는 곳이기도 하고, 사람들을 만나기도 그다지 불편하지 않으니까요. 난주에 있는 사무소도 객잔의 별채를 사용하고 있잖아요."

"그거야 무상으로 써도 되는 공간이니 그렇게 된 거지만."

"이렇든 저렇든 무한 분타도 같은 형태로 가기로 해요."

"좋아. 임대 기간은?"

"금 두 냥이면 최소 두 달은 거뜬하죠. 금자는 어느 곳이든 작은 돈이 아니니까요."

"생각해둔 곳은 있고?"

"무림맹 근처에 정성 객잔이라는 곳이 있어요. 고급 객잔의 별채를 얻을 수도 있지만, 그렇게 되면 일반인들의 출입이 어렵게 돼요. 누구나 일을 맡기러 올 수 있는 그런 장소가 적당하죠. 거기다 고급 객잔의 별채는 이 비용으로 길어야 보름 정도밖에는 되지 않아요. 일을 시작하면 돈이 될 때까지 얼마나 걸릴지 모르는데 그런 식의 지출은 하지 말아야죠."

"휴! 일단 그 부분은 꼬맹이 네가 알아서 해라."

"당연히 제가 알아서 해야죠. 중늙은이에게 맡겼다간 당장 사기를 당하고 말 테니까."

"뭐야?"

"꼬맹이라고 부르지 말라고 했잖아요."

"꼬맹이는 꼬맹이일 뿐이다."

"나처럼 수완 좋은 꼬맹이 본 적 있어요?"

"있지."

"네? 본 적이 있다구요?"

제갈현선은 자신처럼 능력 있는 자가 또 있느냐며 관치를 바라보았다.

"지금 내 눈앞에 있잖아. 수완 좋은 꼬맹이."

"……"

◈　　◈　　◈

제갈현선은 정성 객잔과 별채 사용 계약을 마무리 짓고, 객잔 입구에 별채를 사용하는 동안 깃발 하나를 걸 수 있도록 허락을 받아냈다.

그렇게 모든 준비가 마무리되자, 관치와 제갈현선은 정식으로 무한 제일흥신소 분타의 영업을 시작했다.

〈무한 제일흥신소〉

정성 객잔을 이용하는 사람들은 객잔 앞에 펄럭이고 있는 깃발을 발견하더니, 객잔 주인에게 저게 무슨 깃발이냐며 하나 둘 질문을 하기 시작했다. 행여 누군가 문의를 하거나 질문을 하면 성실히 대답해주는 대가로 이미 은자를 받아놓은 상태였기에, 객잔 주인은 제갈현선이 가르쳐 준 대로 제일흥신소가 뭐 하는 곳인지를 설명해주곤 했다.

쾅!
정성 객잔 후원에 마련된 제일흥신소 문짝이 요란한 소리를 내며 열렸다.
차후 흥신소 운영에 관련된 제반 사항을 문서로 정리하고 있던 제갈현선은 갑작스런 소란에 아미를 찡그렸다.
"누가 소란을 피우는 겁니까?"
현선은 붓을 내려놓고 입구 쪽으로 걸어가더니 당장 언성을 높였다.
그러나 그것도 잠시, 문을 박차고 들어온 인물을 발견하자 선뜻 말을 꺼내지 못하고 주춤거렸다.
"아버지……."
제갈선은 금방이라도 터질 것 같은 얼굴을 하고 막내딸을 내려다보았다.
"도대체 이게 무슨 짓이냐?"
"아버지, 설명을 드릴게요."

"듣기 싫다! 내가 얼마나 해결사 놈들을 싫어하는지 알고 있으면서, 그것도 끔찍이 싫어하는 제일이라는 이름을 걸고 이따위 짓을 벌여?"

"제갈 가주, 너무 흥분하시는 것 아니오?"

제갈현선은 아버지의 뒤에서 다른 이의 음성이 들려오자 슬그머니 머리를 내밀고 새로운 손님의 신상을 살폈다.

'나, 남궁 가주가 여긴 어떻게.'

제갈현선은 다른 사람도 아니고, 하필이면 남궁가주라는 현실에 눈앞이 캄캄해졌다.

"조카가 엉뚱한 일을 벌였다는 소식이 들리더군."

현 남궁가의 가주 창궁검협 남궁철이 느긋한 발걸음으로 걸어 들어왔다.

"질녀가 남궁 가주님을 뵙습니다."

남궁철은 웃는 듯 마는 듯 제갈현선의 인사를 받더니 홍신소 안을 둘러보기 시작했다.

"제일홍신소라……. 어디서 많이 듣던 이름인데 말이야. 우리 질녀가 무슨 생각으로 이 이름을 무한에 내걸었을까. 제일홍신소라는 이름에 제갈 가주가 어떤 반응을 보일지 뻔히 알고 있으면서 말이지."

"사실은 그게 아니라……."

제갈현선은 급히 상황을 설명하려 했지만 남궁철이 손을 들어 말을 막아버렸다.

"질녀가 이곳을 운영하는 것인가?"

"그건……."

제갈선은 딸아이가 대답을 하지 못하고 말끝을 흐리자 당장 언성을 높였다.

"어서 말하지 못하겠느냐!"

"누군데 남의 집에 와서 소란을 피우는 것이오?"

제갈선과 남궁철은 한숨 늘어지게 자다 나온 몰골로 모습을 드러낸 사내를 보며 동시에 입을 열었다.

"그대가 이곳의 책임자인가?"

"아니, 네놈은!"

남궁철은 관치를 발견하고 책임자라는 말을 하다 말고 제갈선의 반응에 시선을 돌렸다.

"왜 그러시오? 아시는 잡니까?"

제갈선은 남궁철의 말은 들리지도 않는지 당장 기운을 끌어올리며 관치를 공격하려 했다.

"아버지, 제발요! 제 말도 좀 들어주세요!"

"네 이년! 감히 가문의 원수와 손을 잡아? 네가 그러고도 제갈가의 자손이란 말이냐! 오라! 이제 보니 추격전에 나섰던 네가 이곳에 나타난 이유도 다 저놈 때문이겠구나!"

관치는 소란을 피우는 자가 현선의 아버지 제갈 가주임을 확인하자 입맛을 다셨다.

"제갈 가주, 누가 누구보고 원수라고 하는지 모르겠군."

제갈현선은 관치마저 까칠한 음성으로 말을 받아치자 다급한 표정이 되었다.

"소장님!"

"뭐? 소장님? 아니, 그러면 제일흥신소라는 이름을 내건 자가 바로 저자란 말이냐?"

제갈선은 더더욱 용서가 안 되는지 금방이라도 사단을 낼 듯 이를 갈아댔다.

"제갈 가주, 무슨 사연이 있는지는 모르지만 나를 봐서라도 잠시만 참으시면 아니 되겠소?"

남궁철은 자신의 과거와 밀접한 인연을 가지고 있는 제일흥신소가 무한에 등장했다기에 찾아온 것이었기에, 제갈선에게 잠시만 흥분을 가라앉혀 달라고 부탁을 했다.

"남궁 가주는 내가 제일흥신소의 '제' 자만 들어도 잠을 자지 못한다는 사실을 잊은 것이오?"

"허허, 그걸 누가 모릅니까. 하지만 제갈 가주도 아시다시피 제일흥신소는 본인과도 인연이 좀 있지 않습니까. 일단 어떻게 된 일인지 파악은 한 후에, 그때 처리를 하도록 합시다."

관치는 제갈선과 함께 찾아온 사람이 자신의 외숙부임을 알게 되자, 또다시 떨떠름한 표정이 되었다. 자신이 기억하는 외숙부는 틈만 나면 아버지에게 쥐어 터지던 약간 부족해 보이던 사람이었기 때문이다.

'그러고 보니 이상하네. 남궁가의 가주가 될 정도면 상당한 실력자였을 텐데… 어쩌다 아버지에게 그렇게 책을 잡혔던 거지?'

관치는 남궁 가주가 집에 얼굴을 비출 때마다 뭘 그렇게 잘못했는지 무공도 모르는 아버지에게 혼쭐이 나던 게 기억난 것이다.

'좀 성격이 고약하긴 했지만 글이나 읽어대며 세월을 낭비하는 아버지에게 왜 그토록 약한 모습을 보인 걸까?'

관치는 '그것이 알고 싶다'는 눈빛으로 잠시 남궁철을 바라봤다.

"그대가 이곳의 소장이라고?"

남궁철은 상대가 뭔가 생각하는 표정으로 자신을 바라보자 '왜 그런 표정으로 보는 거냐?' 하면서도 차분한 목소리로 상대의 신분을 확인했다.

"네. 어쩌다 보니 그렇게 됐습니다."

"어쩌다 보니 그렇게 되었다라. 대답이 모호하군. 이미 알겠지만, 나는 남궁가의 가주 남궁철이라고 하네."

"관치라고 합니다."

남궁철은 관치의 이름을 듣는 순간 눈 끝이 살짝 실룩거리는가 싶더니, 설마 하는 표정으로 다시 말을 이었다.

"관치라. 성이 관씨인가? 특이한 이름이군."

"아닙니다. 이름이 관치입니다."

"성이 없는 건가? 아니면 밝히고 싶지 않은 건가?"

남궁철은 관치의 이름을 듣는 순간부터 어딘지 모르게 불안한 표정을 짓더니 다시 한 번 확인을 시도했다.

"소씨 성을 쓰고 있습니다."

"그, 그렇군."

"네, 그렇습니다."

"하하하! 그래, 뭐, 이름이야 자기가 걸고 싶은 대로 걸면 그만이고, 딱히 못된 짓을 한 것도 아닌데 남의 일터에 와서 소란을 피우는 것도 사실 예의가 아니지."

"그렇게 생각해주신다니 감사할 따름입니다."

제갈선은 느닷없이 태도를 바꾼 남궁철의 모습에 '지금 뭐 하는 짓인가?' 하는 표정을 지었다.

"제갈 가주, 질녀가 어린애도 아니고 이미 다 큰 성인 아닌가. 너무 간섭을 하고 드는 것도 교육에 좋지 않은 것 같은데 그냥 돌아가는 게 어떻겠는가."

"남궁 가주!"

제갈선은 그게 지금 할 소리냐며 언성을 높였다.

"자, 오늘은 이만 돌아가세나."

남궁철은 괜한 소란 피우지 말고 돌아가자며 자꾸만 제갈선의 팔을 잡아끌었다.

"이봐, 남궁철이, 제일홍신소란 이름을 내건 놈이 있다고 당장 가서 박살을 내자고 한 것은 내가 아니라 자네였지 않은가!"

"어허! 이 사람, 내가 언제 그런 말을 했다고 그러는가. 남들이 들으면 진짜인 줄 알겠네. 그리고 대충 들어보니 제일이라는 말을 써도 되는 사람 같은데 이쯤하고 돌아가세나."

제갈선은 똥 마려운 강아지처럼 안절부절못하는 남궁철을 보며 '이 사람이 미쳤나.' 하는 표정을 지었다가, '대충 들어보니 제일이라는 말을 써도 되는 사람 같은데.' 라는 말을 상기하고는 그 역시 표정이 대번에 칙칙해졌다.

"그랬던가? 난 또 아무 관련도 없는 놈이 제일이라는 이름을 마구잡이로 쓰는 줄 알았지. 어허! 이 사람, 그런 일은 좀 빨리 알려 주지 그랬나."

-이봐, 철이, 설마 저 관치라는 놈이…….

-전음 금지!

제갈선은 그래도 혹시나 하는 마음에 확인 사살을 하고자 전음을 날리다 말고 벼락처럼 고막을 흔드는 남궁철의 외침에 입을 다물어버렸다.

"어서 가세나. 오랜만에 친구를 만났는데 술이라도 한잔하는 게 좋지 않겠나."

"그렇지, 암. 술 한잔해야지."

관치는 두 사람이 하는 짓을 조용히 보고 있다가, 술을 한잔 나눈다는 말이 흘러나오자 곧바로 입을 열었다.

"무림에 명성 높은 가문의 주인분들이 오셨는데 어찌 그냥 보내겠습니까. 제가 객잔에 자리를 봐놓을 테니 함께하시죠."

"아니네. 우리 같은 늙은이들이 바쁜 사람 시간을 뺏는 것은 예의가 아니지."

"그렇지. 우리는 그냥 조용히 다른 곳에서 한잔하도록 하겠네."

"왜요, 아버지? 그렇지 않아도 조만간 인사를 드리려고 했는데, 오신 김에 자리 잡죠."

"그렇게 하시죠. 꼬맹이, 가서 자리 좀 잡아봐."

"네, 소장님."

제갈선과 남궁철은 제갈현선이 객잔 안으로 후다닥 달려가자 이러지도 저러지도 못하는 처지가 되어버렸다.

◈ ◈ ◈

이야기를 하던 관치가 잠시 소피를 보러 간 사이, 막사에 남은 사람들은 이런저런 의견을 나누기 시작했다.

"점점 등장인물이 많아지네."

"그럴 수밖에 없지 않나? 무림맹이면 방귀 좀 뀐다는 인간들은 다 모여 있는 곳이잖아."

"그런데 남궁세가의 가주가 관치의 외숙부라면 관치의 어머니가 남궁세가 출신이라는 소린가?"

점차 관치의 족보가 하나 둘 공개되자, 생각했던 것보다 그의 배경이 만만치 않다는 사실에 다들 놀라는 눈치였다.

"그러다 관치 아버지가 등장하면 난리 나는 거 아닌지 몰라. 관치 외가가 남궁세가라면 관치의 친가도 만만치 않을 것 같은데."

표사들의 중얼거림에 진하석이 한마디 덧붙였다.

"그건 아닐지도 모르겠군. 표사들도 잘 알겠지만, 무림에 소씨 성을 쓰는 유명인이 있다는 소리는 못 들어봤거든. 그리고 관치의 아버지는 무인이 아니라 문사라고 하지 않았나?"

진하석은 외가 쪽 배경이 좋다고 해서 친가 쪽도 배경이 튼튼하라는 법은 없다며 회의적인 반응을 보였다.

"제 생각은 다릅니다. 방금 이야기만 들어봐도 남궁가의 가주가 관치 아버지에게 틈만 나면 얻어맞았다고 하지 않았습니까."

진하석은 표사의 말에 혀를 차며 다시 입을 열었다.

"얻어맞았다는 말을 곧이곧대로 해석하면 안 되지. 관치 아버지가 문사라면 주먹을 썼다는 것이 아니라 말로 혼을 냈다고 보는 게 맞지 않겠나?"

"아, 그럴 수도 있겠군요."

사람들은 진하석의 말에 문사가 무림 고수를 때린다는 게 좀 이상하다고 생각했다며 맞장구를 쳤다.

"그런데 관치의 외숙부가 남궁세가의 가주라면, 관치의 어머니도 남궁가 사람이라는 뜻이 되지 않습니까."

"그렇지."

"혹시 남궁 가주의 형제 관계를 아십니까?"

"그건 나도 잘 모르는데… 보통 무림의 세가들은 일부다처를 선호하는 경우가 많다 보니, 형제자매들이 알려진 것과 다른 경우도 비일비재해서 말이지. 이보게, 연준하, 혹시 그 부분에 대해 아는 거 없나?"

"남궁가의 족보 말입니까?"

"그렇지."

"내가 그걸 어떻게 알겠습니까. 내 족보만 들여다봐도 머리가 지끈거립니다."

진하석은 연준하도 모르겠다며 고개를 저어버리자 혹시 누구 아는 사람 없냐며 질문을 던졌다.

"진 표두, 내가 좀 아는 게 있네만."

"네? 초 영감님이요?"

진하석은 의외라는 듯 초 영감 쪽으로 고개를 돌렸다.

"남궁가의 가주나 나나 비슷한 나이라서 말이야. 당시 이름을 떨치던 남궁가의 후기지수들에 대해서는 모를 수가 없지."

"그럼 관치의 어머니가 될 만한 사람이 누구라고 생각하십니까?"

표사들과 진하석의 대화를 멍하니 바라보고 있던 임표표는 관치의 어머니가 누군지 알 수도 있다는 말에 자세를 바로 하더니 눈빛을 반짝였다.

"지금 남궁철 가주의 형제를 확인하자면 그의 아버지 남궁천과 그 형제들에 대해서 알아야 하지. 남궁천에게는 남궁구와 남궁환이라는 형제가 있었네. 남궁천은 일남 일녀를, 남궁구 역시 일남 일녀를, 남궁환은 아들 하나를 낳았지."

"그럼 남궁철에게는 사촌을 포함해 모두 두 명의 여형제가 있는 셈이니, 그 두 사람 중 한 명이 관치의 어머니이겠군요."

"그렇다고 봐야지. 일단 남궁철은 자신의 쌍둥이 동생 남궁미미가 있었고, 사촌 누나로 남궁소소가 있었네. 나중에 들은 소식이지만, 남궁미미는 하북의 진주언가로 시집을 갔다고 했기 때문에 관치의 어머니가 될 가능성은 없다고 봐야겠지."

"그렇다면 남궁소소라는 분이 관치의 어머니라는 말씀인가요?"

"남궁소소는 진미검녀(眞美劍女)란 별호를 사용했는데, 한때나마 제일홍신소에서 직원으로 일을 한 적이 있기 때문에 내가 아주 잘 알고 있지. 당시 무림에도 인물값 하는 여인네들이 상당수 있었는데, 그중에서도 남궁소소는 순위권을 다투던 그런 여인이었지. 거기다 무공 또한 높아 사내들이 함부로 범접하기 어려웠기 때문에 빙화검녀란 애명도 덤으로 가지고 있던 여인이지."

"그러니까 그 남궁소소란 분이 관치의 어머니가 맞느냐, 이 말입니다."

"그건 나도 모르겠네. 내가 알기론 당시 무림에서 반역을 도모한 사건이 있었는데, 그 반역도 속에 남궁가도 포함되어 있어서 수많은 이들이 목숨을 잃었다고 했거든. 당시 남궁소소도 목숨을 잃었다고 들어서 말이야……."

"네?"

진하석은 남궁소소가 난(亂)이 있던 와중에 목숨을 잃었다는 말을 듣자, 그럼 관치는 누구의 자식이냐는 표정을 지었다.

"본래 무림 세가라는 곳은 워낙 지저분한 일이 많이 발생하는 곳이라, 그 두 여인을 제외하고도 숨겨 놓은 자식이 또 있었는지도 모르겠네. 하지만 남궁미미냐, 남궁소소냐 하고 물어본다면 미미보다는 소소라는 여인이 관치와 연관이 있을 가능성이 높다고 보네. 그 이유는 내가 말하지 않아도 다들 알 거라 생각하는데……."

"제일홍신소와 연관이 있다는 부분 때문이죠?"

"그렇지."

누가 관치의 어머니인가에 대해서 이야기를 마칠 무렵, 막사의 천이 올라가며 관치가 모습을 드러냈다.

"왔는가? 어서 다시 시작하세."

쟁자수들은 관치가 돌아오자마자 곧바로 이야기를 시작하라고 재촉했다.

"저기, 진 표두님."

"왜 그러는가?"

"밖에 누가 찾아온 것 같습니다. 유 표사님이 잠시 나와보시라고 하던데……."

"찾아와? 나를?"

"표두님을 찾아온 것인지, 아니면 무당으로 가는 길에 막사를 보고 쉬어가려고 온 것인지는 모르겠습니다."

관치는 직접 만나보라며 자신도 모르겠다는 표정을 지었다.

"휴! 보나 마나 무당으로 가는 사람들이겠지."

이미 자신의 막사 안에 그런 이유로 모인 사람들이 꽤 있었기 때문에, 진하석은 별수 없다는 듯 새롭게 찾아온 사람들을 확인하러 밖으로 걸어 나갔다.

그리고 잠시 후, 진하석이 데리고 들어온 사람은 한 사람이 아닌 두 사람이었다. 머리에 하얗게 서리가 내린 것처럼 나이가 지긋한 사람들이었는데, 진하석의 표정에 잔뜩 긴장감이 어려 있었다.

"이거 괜히 민폐를 끼치는 것은 아닌지 모르겠네."

"아, 아닙니다. 오히려 자리가 변변치 못해 민망할 따름입니다."

"그런데 이미 선객이 많이 모여 있었구만."

두 노인 중 한 명이 막사 안의 사람들을 바라보며 불편한 표정을 지었다.

"아, 자리를 따로 마련하겠습니다. 쟁자수들과 표사들은 모두 자신의 막사로 돌아가라."

진하석은 노인 2명에게 극진한 자세를 보이며, 막사 안에 있던 사람들을 밖으로 내보내려 했다. 그 모습을 지켜보고 있던 관치가 이건 아니라는 듯 입을 열었다.

"진 표두님."

"응?"

"저분들이 누구시기에 먼저 자리를 잡고 있던 사람들을 쫓아내시는 겁니까?"

"이분들은 제갈세가와 남궁세가의 가주님들이시네."

"……"

진하석의 말에 막사 안은 순식간에 싸한 분위기에 빠져들었다. 평생토록 뒤통수도 보긴 힘든 사람이 동시에 2명이나 나타난 것이다. 그것도 추적추적 밤비가 내리는 산길에 말이다.

두 사람의 신분이 밝혀지자 표사들과 쟁자수들은 급히 몸을 일으키며 인사를 했고, 연준하와 용문진, 그리고 임표표 역시 두 사람을 향해 인사를 올렸다.

"이거 우리가 나타나는 바람에 모두들 피해를 보는 것 같군."

남궁철은 민망하다는 듯 헛기침을 해댔다.

다들 관치의 이야기를 더 이상 들을 수 없다는 생각에 서운한 표정이 되었지만, 그렇다고 바라보기도 어려운 사람들 앞에서 계속해서 이야기를 해달라고 하기에는 두려움이 앞섰다. 그러나 그런 와중에도 바른말을 하는 사람이 있기 마련이다.

"남궁가와 제갈가의 가주님들을 뵙다니 이거 영광입니다."

"뉘신지……."

남궁철과 제갈선은 자신들과 비슷한 연배로 보이는 노인 한 명이 몸을 일으키자 관심을 보였다.

"두 분만 괜찮으시다면 잠시 드릴 말씀이 있습니다만."

"초 영감, 왜 그러시오? 엉뚱한 소리 하지 말고 어서 나가요."

표사 중 한 명이 초 영감이 무슨 말을 하려는지 눈치를 채고 급히 말리고 나섰다.

"정 표사, 저리 비켜 보게나. 내 비록 쟁자수로 허드렛일이나 하고 있기는 하지만 객이 주인을 쫓는 법은 없는 것이고, 선객을 밀어내는 후객도 없는 법이네."

제갈선과 남궁철은 초 영감이 왜 저런 말을 하는지 궁금해졌다.

"잠시만 기다려 보게. 이분이 무슨 의미로 그런 말씀을 하는지 우리도 들어야겠네."

남궁철은 슬그머니 기운을 끌어올리며 '감히 쟁자수 따위가' 라는 표정을 지었다.

"클클클, 이야기를 들어보겠다는 사람들이 이리 예의가 없어서야."

"말씀이 심하시오."

이번에는 제갈선도 심기가 상했는지 초 영감을 바라보았다.

"명색이 무림 세가의 가주라는 분들이 수행원도 없이 길을 나선 것 자체가 민폐이고, 두 사람 때문에 비를 피하고 있던 사람들이 쫓겨나야 하는 것 또한 민폐요. 아니 그렇소?"

진하석은 난데없이 시비를 걸어대는 초 영감의 태도에 좌불안석이 됐다.

"아니, 초 영감님, 도대체 왜 이러는 겁니까? 누구 죽는 꼴 보고 싶어서 이럽니까?"

"진 표두, 자네도 그러는 게 아니네. 아무리 권력의 힘이 두렵다 하나, 최소한 우리가 어떤 상황인지는 저들에게 설명을 했어야 하지 않나."

"지금 그 이야기가 왜 여기서 튀어나옵니까?"

진하석은 초 영감의 갑작스런 발언에 얼굴이 하얗게 떠버렸다.

"흠… 당신 말대로라면 우리가 오기 전에 이곳에서 뭔가 중요한 일이 진행되고 있었다는 것이오?"

남궁철은 자신을 납득시키지 못하면 가만두지 않겠다는 듯 손을 들어올렸다.

진하석은 금방이라도 남궁철의 손이 떨어져 내릴까 두려워 어찌할 바를 몰랐다.

"남궁 대협… 노망난 늙은이가 그냥 떠드는 소립니다. 제발……"

"대충 사십 년 정도 되었나. 난주에서 봤던 것 같은데."

남궁철은 초 영감이라는 자의 입에서 느닷없이 난주에 대한 이야기가 흘러나오자 뒷목에 식은땀이 흥건히 고여 버렸다.

'도대체 누구지? 누군데 내 과거를 아는 거야.'

남궁철은 초 영감이라는 자의 말에 눈빛이 크게 흔들렸다. 그러다 느릿하게 손을 내리더니 가볍게 포권을 취했다.

"고인이 함께 계시는 줄 몰라 뵀습니다. 귀하의 성함을 알려 주실 수 있겠습니까."

진하석은 난데없이 포권을 취하는 남궁철의 모습에 '이건 또 뭐냐!' 라는 표정이 되어버렸다

"그냥 초 영감이라고 부르게."

명백한 하대. 남궁철은 난주와 관련된, 아니 제일홍신소와

관련된 사람이라면 그 어떤 누구도 정상적인 인물을 만나본 적이 없었다. 지금 스스로 초 영감이라고 칭하는 저자 역시 자신을 아무렇지도 않게 대하는 것을 보면 분명히 자신의 매형과 유사한 성격의 소유자라는 생각이 드는 순간, 머릿속에 번갯불처럼 생각 하나가 스쳐 지나갔다.

'지랄! 똥 밟았다!'

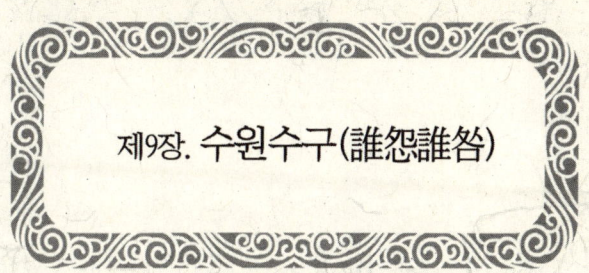

제9장. 수원수구(誰怨誰咎)

수원수구(誰怨誰咎)

-남을 원망하거나 책망할 것이 없음

 진하석은 초 영감이 남궁철과 제갈선의 심기를 건드릴 때만 해도 이제 초 영감은 다 살았구나 하는 생각을 했었다. 그런데 몇 마디 오가는 것 같더니 분위기가 뒤집어져 거꾸로 남궁철과 제갈선이 초 영감의 눈치를 보는 게 아닌가.

 '초 영감에게 내가 모르는 뭔가가 있단 말인가.'

 진하석은 잠시 소강상태에 빠져든 막사 안을 둘러보며 곰곰이 생각에 잠겼다.

 얼떨결에 거물급 인사 2명이 막사 안에 자리를 잡자 다른 이들 역시 눈치를 보기는 마찬가지였다. 특히 평소 초 영감을 아무렇지도 않게 대해왔던 쟁자수들과 표사들은 뭔가 잘못됐다는 생각을 할 수밖에 없었고, 서로 눈빛을 주고받으며 어쩌면 좋겠냐는 시선만 나눌 뿐이었다.

"험험! 영감님."

남궁철은 막사 안 분위기가 묘하게 엉켜 버리자 분위기를 바꿔볼 요량으로 초 영감에게 말을 건넸다.

"왜 그러시오?"

"우리가 오기 전에 뭔가 하고 있었던 것 같은데… 개의치 말고 계속하셨으면 해서 말입니다."

"굳이 말하지 않아도 그럴 참이었소."

"아, 그렇습니까. 그런데 뭘 하고 있었는지……."

남궁철은 여전히 조심스러운 말투로 초 영감을 바라보았다.

"어쩌면 남궁 가주나 제갈 가주도 아는 사람일 수도 있겠군요. 방금 전까지 들은 바에 의하면 두 분이 등장하는 부분에서 이야기가 단절되어버렸으니."

"네? 그게 무슨 말입니까?"

남궁철은 자신들도 아는 사람일 수도 있다는 말에 또다시 긴장감을 느꼈다. 절대 만나고 싶은 않은 사람 때문에 도망치다시피 길을 나섰는데, 목적지를 코앞에 두고 뭔가 엉뚱한 곳에 발을 담갔다는 생각이 자꾸만 들고 있었기 때문이다.

"이보게, 관치."

"네, 영감님."

"계속하세나."
"그래도 되는 겁니까?"
"뭐 어쩌겠나."
"그래도……."
 관치는 당사자들이 두 눈을 부릅뜨고 지켜보는데 과연 이야기를 해도 되는 건지 모르겠다며 초 영감을 바라보았다.
"그럼 내가 양해를 구하지. 우리가 뭘 하고 있었는지 궁금하다고 하셨으니 설명해드리리다."
 남궁철과 제갈선은 느닷없이 관치라는 이름이 흘러나오자 찔끔한 표정을 지었다가, 그의 얼굴을 힐끔 살펴보더니 안도하는 표정이 되었다. 체형이나 외모가 자신들이 아는 관치와 닮기는 했지만 동일인은 아닌 것 같았기 때문이다.
"우리가 어쩌다 보니 오가는 길에 만나 이야기 하나를 듣고 있었소. 어려서 가출을 했던 한 소년의 이야기인데 이름이 관치라는… 아, 이야기를 하는 저 친구도 어쩌다 보니 관치란 이름을 가지고 있소. 참고해두시오. 아무튼 관치라는 사람이 살아온 인생에 대해 이야기를 듣고 있던 참이었소. 그리고 그 이야기 속에 막 제갈가의 가주와 남궁가의 가주가 등장했는데, 당사자들이 이렇게 모습을 나타냈으니 이야기를 하는 사람이나 듣는 사람이나 다들 눈치를 보게 된 것이오."
"……."

제갈선과 남궁철은 관치의 이야기를 하는 중이었다는 부분에서 눈 끝이 흔들리더니, 자신들이 등장하는 부분에서 대화가 끊겼다는 말에 입술을 파르르 떨었다.
"그런데 어차피 이야기는 이야기일 뿐, 그 이상도 이하도 아니라는 전제하에 듣고 있던 것이라… 재미를 위해 사실무근의 이야기를 듣게 될 수도 있다는 맹점이 있소."
"그렇군요."
"그래서 말인데, 그냥 이야기로 치부하며 한번 들어보실 생각은 없으시오?"
"그냥 이야기를 위한 이야기라면야 재미로 들을 수도 있는 것 아니겠습니까?"
 남궁철은 '그냥 대놓고 들으라고 할 것이지, 왜 묻고 지랄이야!' 하고 고함이라도 지르고 싶었지만, 남은 인생을 더럽게 마감하고 싶진 않았기에 정중히 그러겠다고 했다.
"자네가 괜찮다면야 나도 문제 될 건 없지."
 제갈선은 남궁철이 창대를 메자 강 건너 불구경하듯 한발 물러서는 모습을 보였다.
"역시 명문 세가의 가주님들은 마음이 넓으십니다."
 진하석은 남궁철과 제갈선이 그렇게 하겠다고 대답하자 냉큼 허리를 숙여 보였다.
"험험! 뭐, 그렇게 볼 것까지야……."
"아닙니다. 저 진모는 오래전부터 두 분을 흠모해온 터라,

오늘 이렇게 함께 자리를 하게 된 것이 정말 영광스럽습니다."

남궁철과 제갈선은 진하석이 과장된 몸짓으로 자신들을 흠모했다고 하자 은근히 기분이 좋아지면서도, 도대체 무슨 이야기가 나올지 알 수 없어 긴장된 표정을 감추지 못했다.

"그런데 오가다 모인 사람들이라고 했는데… 표국의 사람이 아닌 분들도 함께 있는 것 같군."

제갈선은 용문진과 연하준, 그리고 임표표를 보며 인사를 나눠야 하지 않겠냔 표정을 지었다.

사실 두 사람이 막 들어왔을 때 정식으로 인사를 하려던 세 사람이었지만, 얼떨결에 초 영감 쪽으로 시선이 쏠리면서 기회를 놓친 상태였다.

"종남의 용문진이라고 합니다."

"연준하라고 합니다."

"아미의 지운입니다."

남궁철은 세 사람이 인사를 할 때마다 고개를 끄덕이며 은연중 작은 기운을 쏘아 보냈다.

그에 용문진은 '왜 그러십니까?' 하는 표정을 지었고, 연준하는 움찔거리며 두리번거리는 모습을 보였다. 마지막으로 임표표는 가볍게 미소를 짓더니, 포권을 앞세워 자신의 기운을 흩어버리는 게 아닌가.

남궁철은 막사 안의 젊은이들이 상당한 경지에 오른 고수들임을 확인하자 재미있다는 듯 고개를 끄덕였다.
"종남 검객은 나이에 비해 상당한 경지에 이른 것 같습니다."

남궁철은 은근슬쩍 용문진의 실력에 의견을 내비쳤다. 아미의 지운은 이미 여고수로 이름을 떨치고 있었기에 알아볼 수 있었지만, 종남파라는 용문진은 이름을 들어본 적이 없는데도 상당한 실력을 갖추고 있자 호기심을 느낀 것이다.

"과찬이십니다."

용문진은 그다지 이야기하고 싶은 생각이 없다는 듯 대화를 거부하는 인상을 보였다.

'종남에서 비밀리에 성장을 시킨 아이인가 보군.'

남궁철은 용문진이 자신의 내력을 공개하는 데 꺼려하는 모습을 보이자, 그동안 별다른 두각을 나타내지 못했던 종남이 이번에는 큰마음을 먹었구나 하는 정도로 이해를 해버렸다.

"자네는 연준하라고 했나?"

연준하에게 말을 건 사람은 제갈선이었다. 이미 화산검협 연준하와 대면이 있었던 터라 동명이인을 보니 관심이 쏠린 것이다.

"그렇습니다."

"혹시 화산의 연준하와 관계가 있는 것은 아니겠지?"

"그게……."

연준하가 딱히 대답하지 못하고 머뭇거리자 임표표가 나서서 어려움을 풀어주었다.

"스스로 화산검협이라고 큰소리쳤다가 지금은 조용히 꼬리를 말고 있는 중입니다. 소심한 협작꾼 정도이니 너그러이 용서해주십시오."

제갈선은 그런 사정이 있었냐는 듯 고개를 끄덕이더니 금세 관심을 끊어버렸다.

"저쪽에 앉아 계신 분은……."

제갈선은 기묘한 분위기의 여인이 조용히 앉아 있는 것을 발견하고 소개를 부탁했다.

"손소민입니다."

제갈선은 여인이 자신의 이름만 밝히고 말이 없자, 더 이상 묻기도 그랬는지 남궁철 곁에 자리를 잡고 앉았다.

손소민이란 여인이 자신을 밝힐 때 묘하게 긴장을 하고 있다는 느낌을 받기는 했지만, 자신처럼 유명세가 있는 사람을 만나게 되어 그러려니 생각해버렸다.

"대충 정리가 된 것 같으니 다시 이야기를 시작하겠습니다. 다시 한 번 말씀드리지만 저 역시 그냥 주워들은 이야기이고, 또 이야기는 이야기일 뿐이니 혹 불편한 점이 있다 할지라도 너그러이 넘겨주시길 바랍니다.

◈   ◈   ◈

정성 객잔 2층에 마련된 술자리는 제갈세가의 주인과 남궁세가의 주인이 손님으로 자리를 했고, 무한 제일흥신소 소장이 주인 된 자리였다.
 흥신소 유일의 직원이자 재무 담당자인 제갈현선이 아버지 제갈선이 아닌 소장 관치의 곁에서 보좌를 맞추고 있는 풍경이 어딘지 모르게 부조화를 만들어내고 있었다.
 "먼저 제갈세가에서 일어났던 일들은 가주의 둘째 따님인 현선 소저와 협의를 통해 모두 묻어두기로 했음을 알려 드립니다."
 관치가 난주의 그 제일흥신소 3대 소장임을 알게 된 제갈선은 얼마 전 세가에서 벌어진 일을 떠올리며 불안한 표정을 띠고 있다가, 과거의 일은 불문율에 붙이기로 했다는 관치의 말에 안도의 한숨을 내쉬었다. 거기다 족보에서 파버리겠다는 협박까지 동원해 딸을 데려가려 했던 제갈선은, 언제 그랬냐는 듯 자신의 딸을 칭찬하기에 바쁜 입장이 되어버렸다.
 '난 그것도 모르고 무작정 딸아이만 나무랐으니, 늙으면 판단력이 떨어진다는 말이 오늘따라 너무 가깝게 들리는구나.'
 "그리고……."
 제갈가와의 문제점을 간단히 정리한 관치는 시선을 남궁철 쪽으로 돌렸다.

"잘 지내셨습니까."

"험험!"

남궁철은 관치가 자신의 조카임을 알면서도 선뜻 하대를 하지 못하고 헛기침을 해댔다.

"공적인 자리에서는 공적으로 대해주시면 됩니다, 남궁 가주님."

"허허, 소장이 그리 원한다면 그렇게 해야지 않겠소."

'빌어먹을 자식! 족보로 따지면 조카밖에 안 되는 놈이 어쩌면 저렇게 지 아비를 빼다 박았을까. 인정머리 없는 놈.'

남궁철은 내심 자신을 외숙부라고 불러주지 않을까 기대했다가, 역시나 깨끗이 무시를 당하자 속이 부글부글 끓어올랐다.

-숙부, 너무 기분 나빠하지 마십시오. 아직 제 신분을 밝히기가 어려워서 그렇습니다.

남궁철은 그새 자신의 속내를 짐작하고 전음을 날려 오는 관치의 모습에 무념무상을 외치며 마음을 가라앉히기 시작했다. 어떻게 된 일인지 소씨 집안의 사내들은 상대방의 심중을 족집게처럼 잡아내는 데 타고난 소질이 있었다.

'그나저나 제갈 놈 딸이 어떻게 알고 저놈을 잡았을까?'

남궁철은 과거 자신의 누이가 관치의 아비 놈과 엮였던 기억을 떠올리다가 '아차' 하는 심정이 되었다.

'이런! 자칫하다간 제갈 놈에게 뒤통수를 맞을 수도 있다.'

무림의 원로급들만 아는 사실이지만 제일흥신소와 악연을 쌓는 자는 파산을 당하거나 화병으로 눕는 경우가 태반이고, 제일흥신소와 유기적 관계를 유지한 이들은 나름 한자리 꿰차고 돌아다니게 된다는 것이 일반 상식이었다. 자신도 그 수혜자 중에 한 명이 아닌가 말이다.

 물론 직접적인 인연을 맺는 순간부터 인생이 고달파지는 경향이 없는 것은 아니지만, 거꾸로 생각하면 제일흥신소 사람과 맞닥뜨리지만 않는다면 어딜 가서도 꿀리지 않는 강한 뚝심을 지니게 되는 '강자'가 된다는 사실이 떠오른 것이다.

 '어차피 사촌지간이라 혈연관계를 맺는 것은 어렵겠지만,'

 남궁철은 아무리 어설픈 인간이라도 제일흥신소에 밀어 넣으면 놀라울 정도로 인간 개조가 되는 점에 생각이 미치자 마음이 급해졌다. 몰랐으면 모를까 코앞에 제일흥신소가 문을 열었는데 이대로 돌아갈 수 없다는 생각이 든 것이다.

 '첫째 놈은 폐관 중이라 안 되겠고, 아쉬운 대로 둘째 놈이라도 밀어 넣어야겠다.'

 남궁철은 부지런히 마음을 정리하고 웃음 띤 얼굴로 입을 열었다.

 "소 소장, 한 가지 부탁이 있는데 혹시 들어줄 수 있을지 모르겠소."

관치는 느닷없이 부탁을 운운하는 남궁철의 모습에 의아한 표정을 지었다.

 '젠장! 어떻게 표정까지 지 아비를 빼다 박았냐. 심장 떨려서 못 앉아 있겠네.'

 "갑자기 부탁이라뇨?"

 "부탁이라기보다는 도움을 주고 싶다는 말이 맞을 것 같네만, 지금 상황을 보니 이제 막 개업을 해서 직원들이 별로 없는 것 같은데……."

 곁에서 남궁철의 이야기를 듣고 있던 제갈현선은 무슨 의도로 말을 꺼내는지 바로 알아차렸다. 은근슬쩍 남궁가의 사람을 흥신소로 밀어 넣을 심산인 것이다.

 "남궁 가주님, 아직은 그렇게 일이 많은 것도 아니고, 딱히 일손이 부족한 것도 아니라 사람을 충원할 계획은 없는 것 같은데요."

 '아니, 요년이!'

 남궁철은 자신이 할 말을 댕강 잘라먹더니 바로 제동을 거는 제갈현선의 모습에 울컥 부아가 치밀었지만, 그렇다고 화를 낼 수도 없는 입장이라 다시 웃는 얼굴로 입을 열었다.

 "아직은 그럴 수도 있겠지만, 정작 일손이 필요할 때는 사람 구하기가 어려운 게 세상사 아닌가. 지금부터 손발을 맞춰놓으면 나중에 써먹을 데도 많은 것 같고 말일세."

남궁철은 제갈현선의 방어에도 불구하고 꿋꿋이 자신의 의사를 관치에게 전달시켰다.

"그러니까 사람 하나 써달라, 이 말씀이군요."

"그렇지."

"하지만 아직은 급여를 지불한 만큼 여유로운 것도 아니고……"

"급여는 무슨. 그냥 가져다 막 부려도 되네. 무임금 다(多)노동 인력. 좋지 않은가?"

"흠."

관치는 나쁘지 않은 제안이라며 슬쩍 고민하는 표정을 지었다.

"그리고 이것은 앞으로 자리 잡아가는 데 도움이 되길 바라는 뜻에서……."

짤그락!

남궁철은 자신의 허리춤에 달려 있던 전낭을 통째로 풀어서 내려놓았다.

"꼬맹아, 챙겨라."

"네? 정말 받으시게요?"

"무임금 다노동 인력이라고 하잖아. 거기다 청탁비도 들어왔는데 모른 척할 수는 없는 거다."

제갈현선은 관치의 느닷없는 반응에 고개를 갸웃거리며 어쩔 수 없이 전낭을 챙겨 들었다.

'뭐야? 이런 쪽으로는 별로 소질이 없어 보였는데…….'

그동안 돈에 관련된 일이나 기타 운영에 관해서는 아는 게 없다며 자신에게 일을 맡기던 관치였다. 그런데 막상 전(錢)이 생기는 분위기가 되자 분위기가 돌변한 것이다.

남궁철은 관치의 반응을 보며 '그럼 그렇지.' 하는 표정을 지었다.

'누구 씨라고. 피가 어딜 가겠어. 그 밥에 그 나물이지.'

제갈선은 남궁철이 청탁비까지 내며 누군가를 밀어 넣는 것을 보면서도 느긋한 표정을 고수했다. 자신은 똑똑한 딸자식 덕분에 고물까지 떨어진 셈 아닌가.

"이거 술만 가져다놓고 구경만 하는 꼴이 되어버렸습니다. 함께 드시죠."

관치는 남궁철과 제갈선에게 술을 권하며 가볍게 한 잔 들이켰다.

"소 소장, 아직 부족한 게 많은 녀석이지만 잘 좀 부탁하네."

제갈선은 술잔을 비우며 안주 삼아 딸아이를 부탁한다며 한마디 거들었다.

"꼬맹이야 알아서 잘하고 있으니 걱정 안 하셔도 될 겁니다. 단, 언제든 업무에 방해가 된다고 생각되면 집으로 돌려보낼 것이니……."

"아니요! 절대 돌려보내지 마시오! 그냥 여기서 뼈를 묻을 것이니 그런 말씀은 말아주시오."

"응? 무슨 말인가? 뼈를 묻다니. 설마 현선이를 평생 흥신소 직원으로 썩힐 작정인가? 때가 되면 시집도 가야 하고, 일가를 이뤄야지."

"그 말이 그 말일세."

"뭐라고?"

제갈선은 남궁철이 어리둥절을 가장한 매서운 눈빛을 날려 오자, 반쯤 횡설수설한 목소리로 상황을 넘겨 버렸다.

멸문을 당한 거나 마찬가지였던 남궁가가 20년도 안 되어 본래 성세를 되찾은 것이 누구 때문인지 잘 알고 있는 제갈선이었기에, 무슨 수를 쓰더라도 이 끈을 놓고 싶은 생각이 없었다.

◈　◈　◈

"잠깐!"

막사 안 사람들은 그럴 줄 알았다는 듯 이야기를 중단시킨 사람에게 시선을 모았다.

"뭔가 이야기가 이상하게 흘러가는데, 나는 딸자식 팔아서 부귀영화나 노리는 그런 사람이 아니오!"

"갑자기 무슨 말씀을 하시는 건지?"

진하석은 대뜸 잠깐을 외치더니 딸자식을 판 적이 없다는 제갈선의 말에, '설마 지금 이 이야기가 사실이라는 말인가요?'라는 시선을 날렸다.

"지금 이야기 속에서 내가 딸자식을 팔고 있지 않나!"

제갈선은 억울하다는 표정으로 사람들을 바라보았다. 자신은 절대 그런 적이 없다는 얼굴이었다.

"저기, 제갈 가주님, 이 이야기는 그냥 전해들은 것을 다시 한 번 떠드는 것뿐입니다. 실제로 가주님이 그랬다는 게 아니라 제가 들었던 이야기는 그랬다는 거죠."

관치는 그렇게 민감한 반응을 보일 부분이 아니라며 상황을 진정시켰다.

"제가 한 말씀 드려도 될까요?"

어떤 이야기가 나와도 침묵 그 자체를 고수하던 손소민이 웬일인지 입을 열었다.

"손 소저가요?"

사람들은 제갈선이 딸을 팔았다는 것보다 더 의외라는 듯 손소민에게 고개가 돌아갔다.

"제갈 가주께서는 지금 이야기 때문에 오해를 받지 않을까 걱정하시는 것 같은데, 제가 듣기엔 아무런 문제가 없는 것 같군요."

"저 소저가 이야기를 들을 줄 아는군."

제갈선은 손소민이 자신의 편을 들어주자 굳어 있던 얼굴이 그나마 자연스러워졌다.

"이야기를 잘 살펴보면 제갈 가주는 영리한 딸을 둔 덕분에 위기를 넘긴 것뿐이지만, 오히려 남궁 가주는 그 기회를 빌려 청탁과 매수를 시도하고 있으니 꼭 비난을 해야겠다면 그것은 제갈 가주가 아닌 남궁 가주가 되어야 한다고 생각해요."

"소저, 그게 무슨 말이오? 내가 언제 청탁과 매수를 했다는 것이오?"

제갈선의 설레발에 웃음 짓고 있던 남궁철은 느닷없이 자신을 악당으로 몰아가는 손소민의 말에 표정이 굳어졌다.

"제 말은 남궁 가주가 그랬다는 게 아닙니다. 이야기 속에서 남궁 가주가 그런 경향을 보이고 있다는 거죠."

"가상이 되었든 현실이 되었든, 어차피 나를 대상으로 이야기하고 있는 것 아니오. 소저의 말대로 하자면 나는 청탁과 매수를 시도했다고 쳐도, 뼈를 묻으라고 외치는 제갈 가주야말로 너무 욕심을 부리는 것 아니오?"

"이보게, 철이, 자네 말이 심한 것 아닌가?"

"심하긴 뭐가 심해. 누구는 딸을 잘 둔 덕이고, 누구는 그런 딸이 없어서 매수 청탁에 목을 매고 있다는데!"

"어허! 이 사람, 지금 나하고 한번 해보겠다는 건가?"

"이거 왜 이래! 칠 년 전 마지막으로 겨뤘을 때 기억 안 나? 비 오는 날 먼지… 캑! 이거 안 놔?"

"못 놔! 할 소리가 따로 있지. 지금 그 이야기가 여기서 왜 나오는데?"

 제갈선은 과거 비무를 했던 이야기까지 튀어나오려 하자 급하게 남궁철의 멱살을 잡아챘다.

 막사 안 사람들은 갑자기 분위기가 흉흉하게 변해버리자 급히 두 사람을 말리고 나섰다.

 "저에게 해결책이 있습니다. 두 분은 싸움을 멈추시고 제 말을 들어주십시오."

 연준하는 힘으로 말릴 수 있는 사람들이 아니라 생각했는지 해결책을 제시했다.

 "해결책?"

 "그렇습니다. 일단 두 분은 양쪽 끝으로 떨어져 앉으시는 게 좋겠습니다."

 남궁철과 제갈선은 서로 한 차례 노려보더니, 연준하의 말대로 양측 끝으로 자리를 잡았다.

 "그래, 해결책이라는 게 뭔가?"

 "거수로 결정을 하는 게 어떻겠습니까?"

 "거수로 결정을 하자니… 그게 무슨 말인가?"

 "누가 더 비열한지 투표를… 캑!"

 연준하는 말을 하다 말고 그대로 뒤로 넘어가 버렸다. 앞에 있던 임표표가 검집으로 이마를 찍어버린 것이다.

 "지금 두 분이 누구라 생각하는 겁니까!"

 임표표는 성난 사자처럼 기운을 끌어올리며 연준하를 노

려봤다.

"내가 틀린 말이라도 했소?"

"세상에 아무리 독한 사람이라 할지라도 자식 앞에서는 약해진다고 했습니다. 저분들이 무림 세가의 가주직을 맡고 계시지만, 어디까지나 자식들 앞에서는 연약한 아버지들이란 말입니다. 그런데 아비가 자식을 사랑하는 마음을 가지고 누가 더 비열한지 승부를 내자는 말입니까? 그게 할 소리냔 말입니다!"

폭풍이라도 몰아치듯 막사 안을 강타한 임표표의 외침은 싸움 구경을 하게 생겼다며 희희낙락하던 사람들을 모두 고개 숙이게 만들어버렸다.

"두 분 가주님들도 위신을 지키시죠. 무림 후학들이 함께 한 자리에서 무슨 추태십니까."

"……."

제갈선과 남궁철은 얼떨결에 야단을 맞는 상황이 되자 연방 기침 소리만 쏟아내며 무안한 얼굴을 감추려 노력했다. 무당으로 오는 동안 내내 자존심 싸움을 해왔던 두 사람은 엉뚱한 곳에서 감정이 표출되고 만 것이다.

임표표는 분위기가 무겁게 가라앉자 급격하게 감정을 드러낸 자신의 행동에 스스로 민망함을 느꼈는지, 일장연설을 쏟아낼 때와 달리 조용히 자리에 앉아버렸다.

한동안 서로 눈치만 보던 막사 안은 일단 할 이야기는 해야겠다며 다시 입을 연 관치를 시작으로 본래의 분위기를 되찾아갔다.

◊ ◊ ◊

정성 객잔 후원 제일흥신소 문을 두드리는 소리가 흘러들었다. 이틀간 손님이라곤 한 명도 구경하지 못했던 제갈현선은 드디어 손님이 왔다며 기쁜 마음을 드러내며 문을 열어젖혔다.
"어?"
"아."
그런데 오라는 손님은 나타나지 않고 무림맹에서 보았던 남궁보륜이 얼떨떨한 표정으로 모습을 드러내자 '여긴 어떻게?'라는 표정을 지었다.
"제갈 소저가 이곳에는 무슨 일로……."
제갈현선은 자신이 물어볼 말을 남궁보륜이 먼저 꺼내자 심드렁한 표정을 지었다.
"그러는 남궁 공자야말로 이곳에는 무슨 일입니까?"
"그게… 혹시 이곳이 무한 제일흥신소가 맞습니까?"
남궁보륜은 자신이 잘못 찾아왔나 싶어 떨떠름한 표정으로 입을 열었다.
"맞아요. 혹시 의뢰 때문에?"

제일흥신소를 찾아왔다는 그의 말에 제갈현선의 얼굴이 바로 밝아졌다.

 "아니요. 그건 아니고, 할아버님이 무조건 이곳에 가서 수련을 쌓으라고 하셔서……. 이것 참, 제가 말하면서도 무슨 소리를 하는지 모르겠습니다."

 남궁보륜은 아무런 설명도 없이 내쫓듯 자신을 이쪽으로 보내버린 할아버지 때문에 정신이 없는 상태였다. 만에 하나 이곳에서 쫓겨나는 날에는 아예 족보에서 이름을 지워버리겠다는 살벌한 협박까지 들어가며 달려온 터라, 뭐가 어떻게 돌아가는지 모르겠다는 표정이었다.

 "그랬군요. 청탁에 관련된 사람이 바로 남궁 공자였군요. 아니, 보륜 너였군."

 제갈현선은 남궁보륜이 손님이 아닌 자신의 후배로 왔다는 것을 알게 되자 바로 말을 낮췄다. 물론 상직적이긴 하지만 남궁보륜의 서열이 자신에게 조카뻘 된다는 점도 어느 정도 작용한 것 같았다.

 "제갈 소저… 말씀이……."

 "됐고, 앞으로 선배라고 불러. 말귀 못 알아먹고 헛소리를 하거나 엉뚱한 짓으로 문제를 일으키면 바로 제명이야."

 "소저, 지금 무슨 말씀을 하시는지 모르겠습니다."

 남궁보륜은 자신보다 2살이나 어린 제갈현선이 느닷없이 말을 놓으며 선배라고 부르라고 하자 표정이 딱딱하게 굳어졌다. 한마디로 자존심이 상한 것이다.
"남궁 가주님이 정말 아무런 설명도 안 해주셨나 보네."
"설명이라니요?"
"너 오늘부로 제일흥신소에 취직한 거야. 일단 수습이라고 해두지."
"뭐, 뭐라구요?"
"이봐, 후배, 내가 말했었지. 말귀를 못 알아먹거나 엉뚱한 행동을 하면 바로 제명이라고. 무슨 말인지 이해가 안 돼?"
"그, 그럴 리가! 대남궁가의 차남이 어떻게 이런 곳에……. 뭔가 잘못 아신 것 아닙니까?"
"잘못 알기는, 네가 아무것도 모르는 거겠지. 일단 안으로 들어와. 다시 말하는데, 오늘부터 제갈 선배라고 확실히 불러야 할 거야. 실수했다간 국물도 없을 줄 알아."
남궁보륜은 계속되는 제갈현선의 살벌한 협박에 허허거리며 웃음을 터트렸다. 감히 제갈세가의 차녀 따위가 향후 무림의 영웅이 될 자신에게 함부로 행동을 하자 어이가 없어진 것이다.
제갈현선을 따라 안으로 들어간 남궁보륜은 입 끝을 비틀며 차가운 음성을 내뱉었다.
"제갈 소저, 그대야말로 입조심하는 게 좋을 것이오."
"꼬맹아, 누구 왔냐?"
"아, 네. 어제 남궁 가주님이 청탁한 물건이 왔습니다."

"아, 무임금 다노동 인력 말이군."

"네, 바로 그 인력입니다. 일단 수습으로 받으면 될 것 같습니다."

관치는 졸린 눈으로 하품을 하며 마음대로 하라는 듯 손을 흔들었다. 그 모습을 지켜보고 있던 남궁보륜은 황당해서 화도 나지 않는지 허탈한 표정이 되었다. 감히 뒷골목 해결사 주제에 남궁가의 차남이 왔음에도 얼굴도 비치지 않은 것이다.

"일어나라."

"드르렁!"

"일어나라고 했다."

"음냐!"

"제갈 소저, 지금 이자가 나를 무시하는 것이오?"

제갈현선은 느닷없이 관치에게 시비를 거는 남궁보륜을 보며 한심하다는 듯 고개를 흔들어버렸다. 머리를 묶고 옷을 깔끔하게 입었다고는 하지만 조금만 신경을 써서 보면 관치가 누구인지 알아볼 만도 한데, 자신의 입장과 신분만 생각하다 보니 모든 게 건성으로 보이는 모양이었다.

"좋게 말할 때 선배라고 불러라. 후회하지 말고."

"후! 제갈 소저, 솔직히 말해주시오. 혹시 할아버님이 나를 놀리려고 연극이라도 하시는 겁니까?"

제갈현선은 끝까지 현실에 적응하지 못하는 남궁보륜을

보며 길게 한숨을 내쉬었다.

"진실을 알고 싶다면 남궁 가주님에게 물어봐. 난 더 이상 할 말이 없으니까."

남궁보륜은 끝까지 자신에게 하대를 해대며 고개를 저어 버리는 제갈현선의 모습에 결국 부아가 치밀어 오르고 말았다. 의자에 앉은 채 탁자에 발을 올리고 졸고 있는 관치에게 다가가더니 가차 없이 의자를 걷어차 버린 것이다.

꿍!

"어이쿠! 뭐야?"

관치는 한참 잘 자고 있다가 봉창 맞은 얼굴을 하고 몸을 일으켰다.

"감히 대남궁가를 무시하는… 으헉. 딸꾹!"

"응? 너는 며칠 전 그 멍청이?"

"머, 멍청이라니요. 저는… 딸꾹! 대남궁가의……."

"아, 네가 청탁물로 온 무임금 다노동 인력이었냐? 흠… 이거 왠지 당한 느낌인데… 부실해 보이잖아. 야, 꼬맹이."

"네, 소장님."

"이 멍청이가 그 물건 맞아?"

"네, 그런 것 같습니다."

"이런, 젠장! 어제 남궁 가주에게 받은 거 이놈에게 쥐어서 다시 보내버려. 불량품이 왔잖아!"

제갈현선은 관치의 말에 살짝 문제가 있다는 듯한 표정을 지었다.

"왜?"

"그 청탁금, 후원 임대비로 절반을 써버렸습니다. 두 달로 되어 있던 임대 기간을 일 년으로 늘려 버렸거든요."

"……"

"그래서 일단 불량품이어도 반송이 불가능한 상태임을 알아주셨으면 좋겠습니다."

관치는 이미 엎질러진 물이라는 듯 무덤덤한 제갈현선의 대답에 끙끙거리는 소리를 냈다.

"그런 건 물건을 확인한 다음에 문제가 없을 때 사용해야지."

"저는 그렇게 말씀을 드렸었습니다. 저를 탓할 일이 아닌 것 같은데요."

그녀는 엉뚱한 사람 잡지 말라며 고개를 돌려 버렸다.

"너."

"네. 딸꾹!"

"그 딸꾹질부터 멈추지 않으면 사망신고 할 줄 알아라."

"……"

제갈현선은 며칠 사이 성격이 변해버린 관치를 보자 참 신기한 인간이라는 생각이 들었다. 처음 만났을 때는 무뚝뚝하기 이를 데 없더니 어느 순간 사소한 것에도 짜증을 내는 사람으로 변했다가, 최근에 와서는 안빈낙도가 자신의 목표라도 되는 양 여유 그 자체로 변해버렸다.
'당신의 진실한 모습이 뭔지 기필코 알아내고 말겠어.'

제10장. 삼인성호(三人成虎)

삼인성호(三人成虎)

-세 사람이 모이면 호랑이도 만들 수 있다는 말로,
 거짓말이라도 여럿이 말하면 참말로 만들 수 있다는 뜻

 관치는 뒷문으로 배달된 서찰을 읽어 내리며 한동안 생각에 잠겼다가 결심을 한 듯 고개를 끄덕였다.
 그리고 흔적을 남길 필요가 없다는 듯 서찰을 태워버린 후, 몇 가지 사항에 대해 정리를 하는가 싶더니 다시 심각한 표정이 되었다. 뭔가 자신의 생각대로 풀리지 않는지 종종 혀를 차기도 하고, 머리를 긁적거리는 모습을 보이기도 했다.
 그러나 제갈현선이 안으로 들어오자 언제 그랬냐는 듯 반쯤 넋 나간 모습을 하더니, 전형적인 안빈낙도의 자세로 돌아가 버렸다.
 "소장님!"

"응? 왜?"

"드디어 의뢰가 들어왔습니다."

"그래?"

시큰둥한 표정으로 제갈현선을 바라보던 관치가 의뢰라는 말에 눈빛을 반짝였다.

"무한 제일흥신소에 드디어 일이 들어왔단 말입니다."

"내용은?"

"내용은 아직 파악하지 못했습니다. 소장님에게 직접적으로 말하고 싶다는군요."

"흠… 고객의 뜻이 그렇다면 그렇게 해줘야지. 차 좀 준비해줘."

"네, 알겠습니다."

"아, 남궁멍은 뭐 하고 있지?"

"멍은 어제 실컷 얻어맞고부터 후원 청소를 하고 있는 중입니다만… 불러올까요?"

"아니, 혹시나 다른 일 하고 있을까 봐. 계속 청소나 하라고 해."

관치는 남궁보륜을 멍청이로 부르는가 싶더니, 어느 순간부터는 한 자로 줄여서 그냥 '멍'이라고 부르고 있었다.

당사자인 남궁보륜 입장에서는 당장이라도 달려들고 싶었지만, 이미 몇 차례 반항을 했다가 곤죽이 되도록 얻어맞은 뒤로는 조용히 시키는 대로 살고 있는 중이었다. 물론 밤중에 야반도주를 해 무림맹으로 도망을 치기도 했지만 남궁철의 손에 붙잡혀 정성 객잔 후원에 패대기 쳐진 것이 그의 반항심을 꺾어놓는 계기가 되었다.

 귀찮다며 그냥 데리고 돌아가라는 관치의 말에 자신의 할아버지가 연방 미안하다는 표정을 짓더니 '죽여도 원망하지 않겠네.'라는 말과 '여기서 죽으면 족보에서 파버리겠다.'는 말을 꺼내놓고 돌아가 버린 것이다. 보륜은 남궁철의 행동에 큰 충격을 먹었는지 그 뒤로는 도살장 끌려가는 소(牛)라도 된 양 완전히 기가 죽어버렸다.

◎ ◎ ◎

 "제가 소장입니다. 무슨 일로 찾아오셨는지요?"
 "음… 당신이 금액만 맞으면 묻지도 따지지도 않고 일을 처리해준다는 흥신소 소장이구려."
 "……."
 관치는 고객의 입에서 흘러나온 괴상한 홍보 문구에 잠시 입을 다물었다가 다시 말을 이었다.
 "일단 내용을 들어보고 금액을 맞추도록 하죠."
 "비밀 보장이 확실하다는데, 그것도 보증해주셔야 합니다."
 "물론입니다. 의뢰가 성사되지 않는다 해도 고객의 정보는 절대 외부에 누설되지 않습니다."

첫 번째 의뢰인이 될지도 모르는 이 사람은 생긴 것과는 달리 엄청나게 소심한 성격의 소유자 같았다.

"집 안에 귀신이 드는 것 같습니다."

"네? 다시 한 번 말씀해주시겠습니까?"

"그러니까 제 집에 밤만 되면 귀신이 돌아다닌단 말입니다."

"귀신 말씀이군요."

"그렇습니다."

"하지만 보통 귀신에 관련된 일은 도사를 찾아가거나 무당을 찾는 게 일반적인 것 같은데······."

"물론입니다. 저라고 그걸 몰라서 이곳까지 찾아왔겠습니까. 하지만 도사가 되었든 무당이 되었든 밤만 되면 모두 시체가 되어버리니, 조만간 제 가족들까지 전부 시체가 될 판입니다. 제발 도와주십시오."

"······."

관치는 느닷없이 귀신을 잡아달라는 의뢰에 잠시 말문이 막혔다. 하지만 사람을 놀라게 하는 귀신이 있다는 소리는 들어봤어도, 사람을 죽이는 귀신 이야기는 처음이라 뭔가 구린 냄새가 난다는 생각이 들었다.

"잠시만 기다려 주십시오. 의뢰비를 정산해서 알려 드리겠습니다."

"아, 의뢰를 맡아주시는 겁니까?"

"네, 일단은 그렇게 아시면 되겠습니다. 우선 댁으로 돌아가시죠. 자세한 사항은 제가 직접 찾아가 확인하도록 하겠습니다."

"그렇게 해도 되겠습니까? 하지만 제 집이 어딘지도 모르실 텐데……."

"그건 걱정하지 마십시오. 제가 알아서 찾아가겠습니다."

특이한 문제를 가지고 찾아온 첫 번째 고객은 제발 부탁이니 귀신을 잡아달라며 몇 번이고 허리를 숙이더니 자신의 집으로 돌아갔다.

"명!"

"네, 소장님."

"방금 나간 사람 봤지?"

"물론입니다."

"따라가서 뭐 하는 양반인지 조사해와."

"제가요?"

"계속 빗자루만 잡고 살래?"

"그, 그럴 리가 있겠습니까."

"들키지 말고 다녀와. 뒤가 밟혀서 문제를 만들어내면 네 이마에 '축 사망'이라고 써 붙여 주마."

"……"

"안 가?"

삼인성호(三人成虎) • 247

"다녀오겠습니다."

관치는 남궁보륜이 후다닥 달려 나가자 곧바로 제갈현선을 불렀다.

"꼬맹아."

"네, 소장님. 어라? 고객은 벌써 가셨나요? 차 준비해왔는데."

"너 이쪽으로 앉아봐라."

"무슨 문제라도……?"

"금액만 맞으면 묻지도 따지지도 않고 일을 처리해준다는 말이 어디서 튀어나온 것이냐?"

"네? 그런 말도 있었나요?"

"꼬맹아."

"네."

"거짓말이 늘면 키 안 크는 수가 있다."

"그냥… 뭔가 도움이 되지 않을까 해서……."

"휴! 다시는 그런 황당한 문구 지어서 퍼트리지 마라. 알았어?"

"네. 그런데 의뢰는 어떻게……?"

"일단 받기로 했다."

"일단이요?"

"그래. 의뢰인의 요청이 자신의 집에 달라붙은 귀신을 처치해달라는 내용이었거든."

"귀, 귀신이라구요?"

"금액만 맞으면 묻지도 따지지도 않고 일을 처리해준다는데 뭘 못 가지고 올까. 쯧쯧쯧!"

관치는 제말 엉뚱한 짓 좀 벌이지 말라고 잔소리를 해대더니 자신의 방으로 들어가 버렸다.

"쳇! 묻지도 따지지도 않고 일을 처리해줍니다. 얼마나 멋진 말인데……."

제갈현선은 관치의 등 뒤에 혀를 쏙 내밀더니 일지를 빼들었다.

"드디어 제일홍신소의 전설을 이어갈 수 있게 된 건가."

그리고 모월 모일 귀신 퇴치 의뢰라고 적어 넣더니, 그 아랫부분에 세부 사항이라는 글귀를 적어 넣고 일지를 덮었다.

"업무 개시!"

◎　　◎　　◎

"역시 제갈가의 딸답다. 아주 가지고 노는구나. 껄껄껄!"

남궁철은 제갈선의 통쾌한 웃음소리에 벙어리 냉가슴 앓듯 끙끙거리는 소리만 냈다.

누구 딸은 업무 관리를 전담하고 있는데, 누구 손자는 청소부 취급을 받고 있으니 당연히 그럴 만도 했다.

"대기만성이란 말을 잊지 말게."

남궁철은 반대편에 앉아 있는 제갈선에게 방심하지 말라며 한마디 남기는 것을 잊지 않았다.

제갈선과 남궁철의 대화에 잠시 이야기가 끊어지자, 그때를 놓치지 않고 여기저기에서 질문이 쏟아졌다.

"그런데 당미란과 당민영 이야기는 전혀 안 나오는 건가? 그들이 어떻게 되었는지 정도는 미리 말을 해줘도 될 것 같은데……"

표사 한 명이 그쪽 이야기가 더 궁금하다며 관치를 바라보았다.

"그게 말입니다……"

관치는 당가의 생존자들에 대한 부분을 말하기 어려운 듯 표정을 찡그렸다.

"아니, 왜 그런 표정을 짓는 건가?"

"먼저 말해버리면 저는 무슨 재미로 떠듭니까?"

"뭐야?"

"하하하! 그것도 틀린 말은 아니네. 듣는 재미도 있지만, 이야기를 하는 사람도 감칠맛이 필요하긴 하지."

다른 표사들이 관치의 대답에 껄껄거리며 웃음을 터트렸다.

"그런데 말이야, 처음에는 자네의 이야기가 자신의 이야기라고 해서 진짜라고 믿었는데 말이야."

쟁자수 하나가 궁금한 게 있다는 듯 말을 꺼냈다.

"네, 그런데요?"

"중간쯤에는 이야기는 이야기일 뿐이라는 말에 그런가 보다 했지."

"그랬었죠."

"그런데 지금에 와서는 그게 다 실재하는 이야기처럼 들린단 말이야."

쟁자수는 솔직히 이야기해보라는 듯 관치를 바라보았다.

"대부분 실재했던 이야기로 알고 있습니다만, 그렇다 해도 타인의 감정까지 이야기로 풀어내는 부분에서는 확실히 가정이 많이 들어갔다고 생각합니다. 사실 제가 관치 본인이라고 해도 다른 사람의 마음이나 생각까지 알 수는 없지 않겠습니까?"

"그렇지. 그건 그렇군. 하지만 상황이 흘러가는 게 너무 아귀가 맞아떨어지니 신기할 따름이군."

쟁자수의 말에 일리가 있다는 듯 이번에는 제갈선이 입을 열었다.

"그 부분은 나도 공감이 되는군. 당사자인 내가 들어도 각자의 사고(思考)와 대응들이 너무 잘 맞아떨어지니 말이야."

제갈선의 말에 쟁자수가 조심스럽게 질문을 던졌다.

"그런데 말입니다, 제갈 가주님."

"왜 그러시나?"

삼인성호(三人成虎) • 251

"일단 이 부분에 대한 궁금증만 풀려도 관치 저 사람의 이야기가 색다르게 들릴 것 같아서 말인데……."

"나와 남궁철 저 친구가 정말 관치란 사내를 만났는가 하는 것 말인가?"

"그, 그렇죠. 정말 저 이야기처럼 그런 만남이 있었는지……."

쟁자수는 행여 실수를 하는 것은 아닐까 싶어 조심스런 표정을 보였다.

"일단 그렇다고 해야겠군. 나와 저 친구가 무한에 있는 제일홍신소를 찾아갔던 것은 사실이니 말일세."

"그럼 관치 저 사람 이야기가 전부 사실에 기반을 두고 있다는 말입니까?"

제갈선의 대답에 쟁자수들은 물론 표사들까지 술렁거리는 분위기가 되었다. 혹시나 하면서도 설마 하는 마음으로 이야기를 듣고 있었기에 그들의 반응은 만만치가 않았다.

"대충 언제쯤 있었던 일이더라……."

"아마 석 달은 되었을 거네."

남궁철이 제갈선의 말을 이었다.

"그렇지. 대충 그 정도는 된 것 같군."

두 사람의 말에 관치와 연준하 역시 고개를 끄덕이며 입을 열었다.

"두 분의 말이 맞는 것 같습니다. 실제로 이 이야기는 반년이 안 되는 기간에 일어난 일들이니까요."

모든 일이 반년도 안 된 사이에 일어났다는 말에 임표표가 입을 열었다.

"관치가 동굴에서 빠져나온 것이 삼 년 전이고, 사천에 자리를 잡은 것이 일 년 전이라고 하지 않았나요? 그렇다면 최소한 이 이야기는 반년이 아니라 일 년 동안의 이야기라고 해야 맞지 않을까 싶네요."

임표표의 말에 관치가 고개를 갸웃거렸다.

"그럴 리가요. 삼 년 전에 동굴을 빠져나온 것은 맞지만, 그 후 이 년간 행적이 불분명하다는 것뿐입니다. 사천에 자리를 잡은 것부터 지금까지 기간을 계산해본다면 최대로 잡아도 반년이 살짝 넘는 기간입니다."

"네? 하지만 이 년간 행적이 묘연했다가 다시 모습을 드러낸 뒤로는 일 년이 흘렀다고 봐야 하지 않나요?"

"물론 그것도 틀린 계산은 아닙니다. 하지만 행적이 묘연한 것이 이 년, 그리고 사천에 자리를 잡을 때까지 돌아다닌 기간을 빼버리면 안 되죠. 행적이 묘연했다고 해도 일 년 후에 번쩍하고 사천에 자리를 잡은 게 아니니 말입니다."

임표표는 관치의 말에 자꾸 뭔가 맞지 않다는 생각이 드는지 고개를 갸웃거렸다.

"다시 계산해보죠. 오늘을 기점으로 생각하겠습니다. 관치가 가출을 결행한 지 이십삼 년이 흘렀습니다."

"물론입니다."

"그리고 관치가 동굴에 갇혀 있던 기간은 약 이십 년의 세월이죠."

"그것도 맞습니다."

"그 후로 이 년간의 공백기가 존재하고, 사천에 모습을 나타낸 것이 그의 과거를 나눌 수 있는 전부죠."

"네."

"그렇다면 남은 일 년을 사천에서 지냈다고 보는 게 맞지 않을까요? 이야기는 반년 전 사천에서 시작했지만, 사실은 그전부터 사천에 들어와 있었던 거죠. 어때요?"

임표표는 자신의 말이 맞지 않느냐며 사람들을 바라보았다.

"흠… 듣고 보니 그러네. 두 분 가주님들이 관치 그 사람을 만났던 것을 아무리 길게 잡아도 삼 개월, 사천 혈사가 있기 두 달 전에 우성각에서 장작 패는 사람으로 지낸 것이 대충 이 개월, 그리고 사천 혈사 후 무한에 가기까지 이 개월을 잡는다 해도 결국 칠 개월밖에는 되지 않는군. 그렇게 보면 대충 반년이라고 봐도 무방하겠는데요."

진하석은 임표표의 말에 일리가 있다며 부지런히 기간을 계산해주었다.

"보세요. 모든 기간을 다 제외한다고 해도 결국 반년이라는 또 다른 공백기가 존재하고 있어요. 두 사람은 혹시 그전의 이야기를 알고 있는 게 있나요?"

임표표는 관치와 연준하에게 질문을 던졌다.

"그 부분은 딱히……."

"나는 원래 연준하 중심으로 이야기를 들었던 터라……."

사람들은 본래 알고 있던 2년의 공백기 외에 반년의 공백이 더 존재한다는 사실을 깨닫자, '그 기간 동안에는 도대체 뭘 하고 있었던 건가?'라는 의문이 생겨났다.

2년의 공백기는 어쩌면 패황으로 서역에 다녀왔을지도 모른다는 의견이 나왔던 터라 제외한다고 쳐도, 한두 달도 아닌 반년의 또 다른 공백기가 있다는 것은 확실히 의심스러운 부분이었다.

"반년이란 공백기는 너무 길군요. 일단 서역에 다녀왔을지도 모르는 이 년과, 사천에서 지금까지의 반년을 제외한다고 하죠. 그럼 임 소저 말대로 반년의 공백기가 생기긴 하지만, 여기서 중요한 부분을 빠트린 것 같군요."

이번에도 침묵의 여인 손소민이 입을 열자 관심이 단번에 집중됐다.

"관치가 집을 나와 동굴에 갇히기 전까지의 세월이 빠져 있군요."

"아! 그렇지! 그 부분이 빠져 있었군."

"그 나이에 무인각을 찾아가는 길은 결코 수월하지 않았을 거라 생각해요. 거리만 두고 본다고 해도 최소한 이삼 개월은 걸리는 거리죠."

 "좋아요. 당신의 말대로 관치 그 사람이 무인각을 찾아가는 데 이삼 개월을 소모했다고 하죠. 그리고 이곳저곳 돌아다니며 또 한 달여를 소비했다고 해요. 그래도 최소한 두세 달은 공백이 생기지 않나요? 단순히 우성각 후원에서 장작을 패던 소관치라면 그 세월 자체에 의미를 둘 필요가 없지만, 모두가 알다시피 관치 그 사람은 한꺼번에 네다섯까지 일을 정해진 시간 안에 해결해내는 기계 같은 인간이에요. 한마디로 그 사람은 허송세월을 보내는 데는 재주가 없다는 뜻이 되죠. 뭐라도 하고 있었다고 봐야 할 거예요."

 "흠… 그런데 임 소저는 관치 그 사람을 잘 모른다고 하지 않았던가요?"

 손소민은 관치의 감추어진 시간보다, 관치가 그런 식으로 시간을 쓸 리가 없다고 우기는 임표표의 행동이 더 의심스럽다는 표정을 지었다.

 "그러게 말입니다. 임 소저는 관치란 사람에 대해 아는 바가 없는 것처럼 행동하셨지 않습니까? 그런데 관치가 그럴 리가 없다고 말씀하시는 것은 앞뒤가 맞지 않는 것 같습니다."

 죽어도 임표표 편일 것 같았던 진하석이 이번에는 확실히 의심스럽다는 표정을 지었다. 아니, 임표표만이 아니라 관치의 이야기를 하고 있는 관치나, 관치의 이야기가 이상하다고 우기는 연준하를 포함해, 틈만 나면 관치의 능력에 딴 죽을 걸어대는 종남파 검객, 거기다 결정적인 순간에 막사를 찾아온 제갈선과 남궁철까지 도무지 이 모든 상황이 정상적이라고 받아들이기엔 확실히 문제가 넘쳐흘렀다. 거기다……

"마지막으로 초 영감님도 그 범주에 들고 말입니다. 그리고 그렇게 생각을 하고 나니 표사들은 물론이고, 쟁자수들까지 확실히 평소와는 다른 태도를 보이고 있고, 반응도 내가 알던 사람들이 아니라는 생각까지 드는군요. 왜 이런 느낌을 받아야 하는지 누가 대답 좀 해주시겠습니까?"

순간적으로 막사 안을 비정상으로 몰고 가버린 진하석의 일목요연한 발언에, 사람들은 꿀 먹은 벙어리처럼 눈만 깜빡이며 동시에 입을 다물어버렸다.

자칫 입을 놀렸다간 표적 수사의 선례가 될 수도 있는 상황이었다.

일다경 정도의 시간이 흘렀을 때쯤 관치가 조심스럽게 입을 열었다.

"저기, 진 표두님."

"……"

"그런데 관치가 시간을 어디서 어떻게 썼든 그게 제 이야기와 무슨 상관이 있는 거죠? 관치 그 사람이 다른 사람에게 피해를 입히거나 문제를 만들어낸 것도 아닌데 말이죠."

삼인성호(三人成虎) • 257

"……."

"그래서 하는 말인데, 사람들이 여기에 모이게 된 것은 하루 거리에 있는 무당파에서 무림인들의 회합이 있어서 그런 것 같고, 다른 분들이 평소와 다른 태도를 보인 것을 말하기 전에 진 표두님도 다른 때와는 다르게 행동하신다고 쟁자수들이 그런데……."

"음……."

진하석은 관치의 중얼거리는 소리에 '그렇게 단순한 이유였던가?' 하는 생각을 하다가, 자신의 행동이 평소와 다르게 느껴졌다는 쟁자수들의 말에 설마 하는 표정을 지었다. 자신은 그저 자신이었을 뿐, 다른 식으로 행동했다고는 생각지 않은 것이다.

"그리고 이건 그냥 제 생각입니다만… 임 소저는 아무래도……."

"그만! 거기까지!"

관치의 계속되는 중얼거림에 임표표가 발끈한 표정을 지으며 말을 막았다. 그러나 관치는 할 말은 해야 되겠다는 듯 중얼거림을 멈추지 않았다.

"왜 제가 처음에 이야기할 때 다들 물어보지 않았습니까. 관치 그 사람, 여자를 몇 명이나 만나는 거냐고 말입니다."

"으음?"

"그랬었지."

"기억하네."

영원히 침묵할 것만 같던 쟁자수와 표사들은 관치의 또 다른 여인에 대해서 이야기가 흘러나오자 고개를 쳐들었다.

"쌍검에 고강한 무공, 그리고 관치 그 사람에 대해 뭔가 아는 것 같은 태도와 다른 여인들의 이야기가 나올 때마다 신경질적으로 변하는 것을 보면, 아무리 생각해도 임 소저는 관치 그 사람의 숨겨진 여인이라는 생각밖에는 들지 않는군요."

관치의 나직한 중얼거림이 마무리되자, 막사 안의 모든 사람들은 '그것이 사실이오?' 라는 눈빛으로 임표표를 바라보았다.

"나는… 나는……"

"임 소저, 관치 저 사람의 말이 사실입니까? 아니죠? 그럴 리가 없죠? 아미파의 이름 높은 여협이 뭣 때문에 관치 같은 중늙은이를 좋아한단 말입니까. 이보게, 관치, 어디서 말도 안 되는 소리를 꺼내서 임 소저를 괴롭히는 것인가!"

진하석은 절대 그럴 리 없다는 듯(하지만 표정은 금방이라도 울 것 같았다), 아니라고 말해달라는 듯 임표표를 바라보았다.

"의도한 것은 아니지만……"

임표표가 다시 입을 열자 사람들의 눈빛이 순간적으로 반짝반짝 빛을 냈다.

삼인성호(三人成虎) • 259

"이상하게 오해를 받는군요. 전 관치 그 사람의 숨겨진 여인 따위가 아닙니다."

"하! 그러면 그렇지. 임 소저가 그럴 리가 없지."

"이런! 은근히 기대했었는데……."

"역시 그냥 오해였군."

"아, 아쉽다. 임 소저까지 관치 그 사람과 관계가 있다면 정말 웃기게 돌아가는 건데……."

표사들과 쟁자수들은 각자의 생각을 쏟아내며 만감을 교차시켰다.

그리고 바로 그 순간…

"저는 관치 그 사람의 숨겨진 여자가 아니라 공식적으로 인연을 맺은 양지(陽地)의 여자입니다. 더 이상 숨겨진 여자라는 둥, 음지에 남아 있다는 둥의 오해는 하지 않기를 바랍니다."

"……."

털썩.

"표, 표두님! 표두님!"

지옥과 천당을 오가던 진하석은 그럼 그렇지 하며 함박웃음을 짓다 말고 그대로 숨이 넘어가 버렸다. 처음 본 순간부터 임표표에게 확실히 '반해버렸던' 진하석이었기에, 그가 느끼는 좌절감과 실망감은 이루 말할 수 없는 것이었다.

"저리 비켜 보게."

제갈선은 진하석이 기혈이 막혀 정신을 잃자 급히 응급처치를 해주었다. 심적 충격을 받아 기혈이 막혔을 때 바로 후속 조치를 취해주지 않으면 차후 안면 마비나 부분적으로 기억상실증에 걸릴 수도 있었다.

"괜찮겠습니까?"

표사들은 걱정스런 눈빛으로 진하석을 바라보았다.

"일단 막힌 혈은 뚫어놓았으니 곧 깨어날 걸세."

"아, 감사합니다."

표사들은 제갈선에게 고개를 숙여 보이며 연방 인사를 올렸다.

"뭐, 그런 걸 가지고……. 힘들 땐 서로 돕는 게 인지상정 아니겠는가."

제갈선은 표사들이 과도할 정도로 인사를 건네자 부담스런 표정을 짓더니 뒤로 물러나버렸다. 이런 도움을 처음 주는 것도 아니고, 제갈선 입장에서는 표사들의 반응이 심각하게 느껴진 것이다.

그러나 막상 표사들 입장에서는 진하석을 보살펴 준 제갈선이 은인 이상으로 고맙게 느껴질 수밖에 없었다. 만에 하나 진하석에게 문제가 생기기라도 하는 날에는 가차 없이 표국에서 해고될 게 분명했기 때문이다.

가족들의 유일한 생계 수단이 자신들의 표행밖에 없음을 잘 알고 있는 표사들이었기에, 제갈선의 도움은 지장보살이

강림한 것과 같은 효과를 낸 것이다.

 물론 이런 표사들의 반응을 제대로 이해하는 것은 같은 처지에 놓여 있는 쟁자수들밖에는 없었다. 다른 사람들은 표사들의 과도한 반응에 제갈선과 마찬가지로 어색한 표정을 지을 뿐이었다.

제11장. 지록위마(指鹿爲馬)

지록위마(指鹿爲馬)

- '사슴을 가리켜 말이라고 한다'는 뜻으로,
 꾀를 부려 다른 사람을 농락하거나 권세를 휘두름을 뜻함

"그런데 말일세, 정말 궁금한 게 있는데 답을 좀 해줬으면 하네."

소란이 어느 정도 가라앉자 제갈선의 시선이 관치를 향했다.

"네?"

관치는 '저에게 무슨?'이라는 표정을 지으며 제갈선을 바라보았다.

"사실 진 표두의 말처럼 이 상황이 좀 이상해서 말일세."

"……."

"자네는 무슨 이유로 제일흥신소 소장 소관치의 이야기를 하고 있는 것인가?"

"무슨 이유라니요?"
"생각해보면 이상하지 않은가. 분위기를 보니 자네도 나나 남궁 가주처럼 지나가던 객이었던 것 같은데……."
제갈선은 관치란 이름을 가진 사내에게 의심스런 눈빛을 날렸다. 무슨 목적이 있어서 아무 연관도 없는 사람들에게 소관치의 이야기를, 그것도 대부분 사실에 근거한 과거들을 읊어대고 있는지 도무지 이해할 수가 없었다.
"뭔가 목적이 있지 않냐, 이런 말씀인 것 같은데… 그런 게 있을 리가 있겠습니까?"
"응? 그게 무슨 말인가?"
제갈선은 아무런 이유도 없이 소관치의 이야기를 소상히 늘어놓고 있다는 관치의 대답에 의아한 표정을 지었다.
"그저 돈을 받고 그 값을 치르고 있을 뿐입니다. 저는 이야기꾼에 지나지 않습니다."
"돈을 받고 관치 그 사람의 이야기를 하고 있단 말인가?"
"물론입니다."
"도대체 누가 자네에게 돈을 쥐여 주며 이런 일을 하라고 시키던가?"
제갈선은 확실히 따지고 봐야겠다며 다시 질문을 던졌다.
"이 사람입니다."
"그게 무슨 소린가?"
제갈선은 관치가 옆에 앉아 있는 연준하를 가리키자 어리둥절한 표정이 되었다. 물론 다른 이들은 이미 들었던 대답이라 그다지 놀라는 기색은 없었지만, 그래도 머리 좋기로 유명한 제갈세가의 가주라면 뭔가 문제를 찾아낼 수 있지 않을까 하는 얼굴들이었다.

"난 그런 적 없다니까 그러네. 당신이야말로 나에게 돈을 쥐여 주며 이야기를 하라고 했잖아!"

연준하는 일전에도 그랬듯이 당장 억울하다는 표정이 되었다.

"끙! 두 사람 모두 상대방이 그런 일을 의뢰한 사람이라 이건가?"

제갈선은 이야기가 이상하게 흘러간다고 생각했는지 다시 한 번 확인을 했다.

제갈선의 말에 연준하가 다시 말을 이었다.

"제가 왜 거짓말을 하겠습니까? 그저 부탁받은 대로 이야기를 하고자 했을 뿐입니다."

"그러니까 관치 저 사람이 용선 표국 사람들에게 소관치의 이야기를 해달라고 부탁을 했단 말인가?"

"네? 그건 아닌데요."

"응? 그건 아니라니? 방금 전에 관치 저 사람이 이야기를 하라고 시켰다고 하지 않았나?"

"그것 맞습니다만, 제가 부탁받은 이야기는 소관치의 이야기가 아니라 화산검협 연준하의 이야기였습니다."

"그건 또 무슨 소린가? 화산검협 연준하의 이야기라니?"

제갈선은 갈수록 모르겠다는 표정이 되었다.

"말 그대로입니다. 제가 전해들은 이야기는 화산검협 연준하에 대한 이야기였습니다. 다시 말하자면, 모든 상황이 화산검협 연준하를 중심으로 돌아가는 그런 이야기였죠."

연준하의 열띤 대답에 이번에는 남궁철이 나섰다.

"그렇다면 자네는 연준하에 대한 이야기를 하도록 부탁을 받았고, 관치 저 사람은 소관치에 대한 이야기를 하도록 부탁을 받았단 말인가?"

"그건 저도 모르죠. 관치 저 사람이 누구 이야기를 하고 있는지 제가 알게 뭡니까. 단지 나나 저 사람의 이야기가 주인공만 바뀌었을 뿐이지, 같은 시간대 같은 구도로 흘러가고 있으니 문제가 된 거죠."

연준하의 대답에 남궁철의 표정이 살짝 밝아졌다.

"그렇다면 자네는 제갈세가에서 사라진 연준하가 어디에 있는지, 그 뒤로 무슨 일을 겪었는지 알고 있다는 말이로군."

관치의 이야기에서는 제갈세가 이후로 연준하와 당미란 등이 등장하지 않고 있었다. 그런데 연준하가 연준하에 대한 이야기를 하도록 부탁받았다면, 관치가 알지 못하는 연준하의 소식을 눈앞에 있는 연준하를 통해 알 수 있다는 말이 된 것이다.

"듣고 보니 그러네."

"그러게 말이야. 그럼 연준하 저 친구에게 이야기를 하라고 하면 되는 거잖아."

표사들 역시 '이런 황당한 상황이 있나!' 하는 표정이 되었다. 연준하와 당미란의 실종에 대해서 궁금함을 감추지 못하고 있었는데, 의외로 답이 가까운 곳에 있었던 것이다.

자칭 화산검협 이름을 가지고 용선 표국 막사에 나타났던 연준하는 사람들의 시선에 당황스런 표정이 되었다.

"아니, 왜 그런 표정을 짓는 건가?"

"어서 말을 해보게. 자네가 화산검협의 이야기를 하기로 했다면, 제갈세가에서 실종된 당문 일행이 어찌 되었는지 알고 있을 것 아닌가."

자칭 화산검협 연준하는 사람들의 질문에 낭패스런 표정을 짓더니 조심스럽게 입을 열었다.

"그건 저도 잘……."

"응?"

"뭐?"

"이봐, 자네는 화산검협을 중심으로 이야기하기로 했다며!"

"장난하나?"

사람들은 연준하의 대답에 어이없다는 표정을 지으며 당장 불만을 쏟아냈다.

"제가 화산검협을 중심으로 이야기하는 건 맞습니다만……."

"맞는데?"

"제가 아는 검협의 이야기는 관치 저 친구가 말했다시피 제갈가에서 끝입니다."

"그게 무슨 소린가?"

제갈선은 그게 말이 되냐는 듯 연준하를 추궁했다.

"대충 파악들 하고 계신 줄 알았는데……. 제갈세가 사건 이후로 저는 입도 못 열고 있지 않습니까."

"……."

듣고 보니 그랬다. 화산검협이 실종되기 전까지는 관치가 이야기를 끌어갈 때마다 딴죽을 걸고 다른 각도에서 이야기를 풀어가곤 했는데, 제갈세가에서 관치가 탈출한 뒤로는 꿀 먹은 벙어리처럼 입을 다물고 있었던 것이다.

"그럼 자네가 부탁받았다는 이야기는 거기가 끝이란 말인가?"

제갈선은 그렇게 반 토막 난 이야기를 부탁받는 게 정상적인 상황이냐며 다시 따지듯 물었다.

"그건 아닙니다."

"그건 아니라고? 하지만 자네는 화산검협을 중심으로 이야기를 부탁받았다고 하지 않나? 화산검협이 실종된 상황에서… 아, 이 부분은 다들 알아야 할 것 같군. 화산검협은 당시 내 집에서 모습을 감춘 뒤 아직까지 종적이 묘연한 상태라네."

제갈선이 화산검협 연준하나 당미란의 소식에 목 말라한 이유가 자연스럽게 흘러나왔다.

"제갈 가주의 말은 사실이네. 나 역시 연준하 저 사람의 말에 혹시나 하는 생각이 들었는데 다시 오리무중이 되어버렸군. 그런데 아직도 이야기가 남아 있다니, 자네가 부탁받은 다른 이야기가 더 있다는 뜻인가?"

남궁철 역시 기대를 했었다는 듯 아쉬운 표정을 지으며 계속 질문을 던졌다.

"네, 그렇습니다. 관치 저 사람이 말하기를, 화산검협에 대한 이야기가 끝나면 그다음부터는 제갈 가주님의 따님인 제갈현선의 입장에서 이야기를 하라고 했습니다."

제갈선은 자신의 딸 입장에서 이야기를 해야 한다는 연준하의 말에 어리둥절한 표정이 되었다. 왜 갑자기 자신의 딸이 이야기의 핵심으로 등장한단 말인가.

"무슨 소린가? 내 딸아이를 중심으로 이야기를 하기로 했다니? 아니지. 지금 관치 저 사람이 하는 이야기는 전부 소관치가 중심이고, 나머지는 주변인으로 등장하고 있으니······. 그렇다면 자네는 관치의 주변인들을 대변하는 임무를 부여받았단 말인가?"

"그렇게 생각하셔도 무방할 것 같습니다. 저야 소관치 그 사람을 제외한 다른 사람들의 입장이나 시선에서 이야기를 하고 있었으니, 주변인들을 대변한다는 그 말씀도 틀린 것은 아닌 것 같습니다."

연준하는 듣고 보니 그렇다며 고개를 끄덕였다.

그때, 가주들과 관치, 연준하의 대화를 듣고 있던 임표표가 뭔가 고심한 표정으로 입을 열었다.

"일단 누구의 이야기를 누가 하는지는 대충 가늠이 된 것 같군요. 하지만 질문들의 핵심은 누가 이런 이야기를 하도록 지시를 했는가 하는 것입니다. 일단 관치 저 사람은 연준하의 부탁을 받았다고 하고, 연준하 저 사람은 관치 저 사람의 부탁을 받았다고 했습니다. 하지만 부탁은 받았지만 부탁을 한 적은 없다고 하니, 결국 저 두 사람이 만난 관치와 연준하는 전혀 다른 사람일 수도 있겠군요."

임표표의 말에 남궁철이 고개를 끄덕이더니 말을 덧붙였다.

"그렇겠지. 거기다 얼굴까지 같은 다른 사람이겠지. 하지만 그런 예상이 전부 어긋난 것이라면……."

"이 두 사람이 거짓말을 하고 있을 수도 있겠지."

남궁철의 말에 제갈선이 말을 이었다. 임표표는 막사 안의 사람들을 한 차례 둘러보더니 다시 입을 열었다.

"물론입니다. 저 두 사람이 우리 모두를 속이고 있을 가능성도 배제할 수는 없죠. 하지만 여기서 다시 의문이 듭니다.

두 사람이 누구의 부탁을 받았든, 누구를 중심으로 이야기 하든 결국에는 소관치 그 사람의 이야기이거나, 그와 관련된 사람들의 이야기입니다. 그런데 무슨 이유로 관치 그 사람의 생각과 과거 행적을 저 두 사람에게 떠들도록 시켰냐 하는 겁니다."

"음… 제가 한 말씀 올려도 되겠습니까?"

임표표와 가주들의 대화에 표사 하나가 슬쩍 끼어들자, 남궁철이 당연히 해도 된다는 듯 고개를 끄덕였다.

"의견이 있다면 얼마든지 말해보게."

"험험! 이야기를 듣는 동한 한 가지 이상한 일이 있었는데 말입니다."

"이상한 일?"

"네, 그렇습니다. 이야기 초반부에는 특별할 것이 없는 그저 그런 들을 만한 이야기였는데, 중간쯤 이야기가 흘러가자 진 표두님의 표정이 기이하게 바뀌었습니다."

"기이하게 바뀌었다니?"

"기이하게 바뀌기만 한 것이 아니라 이야기 속의 누군가를 알고 있는지 잔뜩 흥분한 모습으로 그럴 리 없다는 말씀도 했다는 겁니다."

"자네 뜻은……."

"네. 관치 그 사람의 이야기가 진행되는 동안 이 막사 안에 그와 연관된 사람이 나타나거나, 이미 있던 사람들은 뭔가 연관이 있는 듯한 행동을 보였다는 겁니다."

"관치 저 사람의 이야기와 여기 있는 사람들은 알게 모르게 유기적 연관성을 맺고 있다?"

"네, 그렇습니다. 당장 초 영감님만 해도 그렇습니다. 우리가 알고 있는 초 영감님은 그냥 평범한 쟁자수에 불과했습니다만, 은연중에 관치 그 사람의 과거, 아니군요. 관치의 과거가 아니라 그 전 세대의 이야기에 기민한 반응을 보였습니다. 예를 들어 제일홍신소라든가, 그곳에서 일을 했던 사람들을 알고 있었고, 또 그들과 함께 생활도 해봤다고 말했습니다."

표사의 말에 제갈선과 남궁철의 표정이 기이하게 뒤틀렸다. 확실히 자신들의 예상대로 초 영감은 과거 제일홍신소와 밀접한 인연이 있는 사람이라는 사실이 증명된 것이다.

두 사람은 물론 다른 이들의 시선까지 우르르 초 영감 쪽으로 집중되었다.

"왜 그런 눈으로들 보는 건가?"

초 영감은 자신이 의심스럽다는 말이 나왔음에도 아무렇지도 않은 듯 오히려 사람들을 바라보았다. 거기다 다들 조심스러워하는 두 사람에게 초 영감은 딱히 말을 높이거나 존중하는 기미가 별로 없었다.

남궁철과 제갈선의 얼굴에 슬쩍 불편한 감정이 지나갔지만 딱히 따지지는 않았다. 아직 초 영감의 정확한 정체를 모르는 상태이니 일단 조심하는 것 같았다.
"한 가지 물어봐도 되겠습니까?"
남궁철은 꼭 확인을 해봐야겠다는 표정으로 입을 열었다.
"뭘 말이지?"
"혹시 과거에 나를 본 적이 있습니까? 아니, 내가 영감님을 본 적이 있냐고 물어보는 게 빠르겠군요."
"그게 그렇게 중요한 일인가?"
"나에겐 중요합니다."
"흠… 본 적이 있지. 하지만 서로 엮인 적은 없었다고 해야겠군."
"서로 엮인 적이 없다는 말은 내가 영감님을 모를 수도 있다는 뜻이군."
"그거야 내 알 바 아니지. 그러는 남궁 가주는 과거에 나를 본 적이 있소?"
초 영감은 거꾸로 자신을 본 적이 있냐고 질문을 던졌다.
"음……."
"남궁 가주야 워낙 유명한 사람이니 내가 아니더라도 수많은 사람들이 볼 기회가 있었겠지. 하지만 보고 안 보고를 떠나서 서로 엮일 일은 없었으니 당연히 모를 수밖에."
남궁철은 '당연히 모를 수밖에'라는 말에 묘한 느낌을 받았지만, 초 영감이 더 이상 할 말이 없다는 듯 고개를 돌려버리자 질문을 더 던지지 못했다.

머릿속에서는 계속 캐내서 초 영감의 정체를 알아내야 한다는 외침이 맴돌았지만, 전신 감각은 그래봤자 의미가 없다며 자꾸만 고개를 젓고 있었다.

남궁철은 자신의 이성보다 감각에 손을 들어주며 슬그머니 초 영감을 외면해버렸다.

"혹시 나를 본 적은 없으시오?"

제갈선은 남궁철이 묘한 표정을 지으며 입을 다물어버리자 '왜 그런 얼굴이야?' 라는 눈빛을 날리더니, 초 영감에게 남궁철과 같은 질문을 던졌다.

"남궁 가주와 마찬가지이지. 과거 제갈 가주를 본 적이 있음은 사실이지. 하지만 제갈 가주 역시 엮일 일은 없었기 때문에 나를 알지는 못할 것이오."

"한 가지만 더 묻겠습니다. 과거 제일흥신소와 연관이 있다면 어떤 관계였습니까?"

"그것참, 당연한 걸 자꾸 물어들 보네."

"무슨 뜻이오? 당연하다니……."

"그곳 직원이었단 말이지. 무슨 말이겠냔 말이야."

"……"

초 영감의 입에서 직원이었다는 말이 흘러나오자 남궁철과 제갈선의 표정이 기민하게 반응했다.

"당시 소장의 이름이 몇 번째 봉이었는지……."

"여섯 번째였을 때 만났지."

초 영감의 대답에 제갈선과 남궁철의 눈빛이 동시에 반짝였다. 여섯 번째 봉이 운영할 때라면 자신들보다 앞서 인연이 되었다는 뜻이다. 한마디로 제일흥신소가 무림에 드러나지 않았던 시절에 활동했던 사람이라는 소리였다.

"저기……."

임표표는 전혀 알아들을 수 없는 말로 대화를 나누고 있는 초 영감과 두 가주를 보며 '무슨 소리를 하는 겁니까?'라는 표정을 지었다.

다른 이들도 임표표와 같은 심정인지 눈을 깜빡거리며 '설명 좀 해주시면…….'이라는 표정을 지었다.

그러나 세 사람은 아직도 할 말이 남아 있는지 다른 이들의 시선에는 관심을 두지 않았다.

"제갈 가주와 남궁 가주는 몇 번째 봉과 인연이 된 것이지?"

두 사람은 초 영감의 말에 약속이나 한 듯 여덟 번째라고 대답했다.

"음… 그렇다면 사마 후배에게 운영권을 넘기기 전이로군."

"사마 소장님과도 아시는 사이였습니까?"

남궁철은 초 영감 입에서 사마 후배라는 말이 나오자 더 놀라는 얼굴이 되었다.

"이봐, 남궁철이, 제일흥신소는 선후배 간의 서열이 확실하다는 것 정도는 잘 알고 있을 텐데."

 막사 안 사람들은 오대세가의 수장이라고 할 수 있는 남궁세가의 주인 이름을 대놓고 불러대는 초 영감의 태도에 마른침을 삼켰다. 자칫하면 정말 시체를 치울 수도 있다는 생각이 든 것이다.

 그러나 초 영감은 '계속 그런 식으로 나온단 말이지?' 하는 표정을 지으며 다른 사람들의 시선을 깔끔히 무시해버렸다.

 "후배가 의심이 많아 실례를 범했습니다."

 "……!"

 "뭐가 어떻게 돌아가는 거야?"

 "난들 알겠나……."

 사람들은 느닷없이 포권을 취하며 초 영감을 향해 허리를 숙이는 남궁 가주를 보고 넋 나간 표정들을 지었다. 도무지 사태 파악이 되질 않은 것이다.

 "나는 딱히 제일홍신소와 연관이 있는 것은 아니니……."

 제갈선은 조심스럽게 '선후배 간의 규칙에 나는 열외요.'라는 표정을 지으며 반걸음 물러섰다.

 초 영감은 제갈선의 반응에 그러든 말든 관심도 없다는 듯 남궁철에게만 집중을 했다.

 "가문의 수장이라는 자가 어쩌다 홀로 이곳까지 오게 된 거지?"

"그게……."

남궁철은 초 영감의 질문에 선뜻 대답하지 못하고 머뭇거리는 모습을 보였다.

"숨긴다고 모르는 것도 아니고, 어차피 알려질 일이라면 말을 하는 게 어떨까?"

"끙! 사실은 여덟 번째 봉이 움직였습니다."

"무엇이!"

초 영감은 여덟 번째 봉이 움직였다는 말에 그게 진짜냐는 듯 벌떡 몸을 일으켰다.

"그런 이유가 아니라면 저나 제갈선 저 친구가 이렇게 비까지 맞아가며 뛰어다닐 리 없지 않습니까."

남궁철은 믿어달라는 듯 초 영감을 바라보았다.

"멀쩡히 살아 있었단 말이지!"

"그러게 말입니다……. 너무 멀쩡해서 문제일 정도입니다."

남궁철은 오히려 그것 때문에 미치겠다는 듯 길게 한숨을 내쉬었다.

"그래. 멀쩡하게 잘 있으면서도 사람을 걱정하게 만들었다 이 말이로군. 크윽! 뻔히 그럴 줄 알았어야 했는데!"

남궁철과 제갈선은 초 영감의 반응이 너무 격하다 싶은 생각이 들자 그의 정체가 더더욱 궁금해졌다.

"선배님의 존함을 알 수 없겠습니까? 혹시 제가 아는 분일지도 모르지 않습니까."

남궁철은 혹시나 하는 마음에 다시 한 번 초 영감의 정체를 물었다.

-나는 조씨 성을 쓴다.

-조씨 성이라면… 네에?

남궁철은 초 영감이 전음을 통해 조씨 성을 쓴다고 하자, 처음에는 무슨 소린지 이해를 못하다가 생선 가시라도 목에 걸린 듯 극적인 반응이 튀어나왔다.

"하지만 얼굴이……."

"그게 제일홍신소 사람에게 할 소리더냐?"

"……."

남궁철은 초 영감의 말에 할 말이 없다는 듯 입을 다물어 버렸다.

막사 안 사람들은 도대체 일이 어떻게 돌아가는지 모르겠다며 서로를 바라봤지만, 어느 누구 한 명 속 시원히 설명을 해주는 이는 없었다.

"그래, 그 양반이 너에게 무슨 말을 하더냐?"

"언제나 그렇듯이 다른 설명은 없으셨고, 제갈선 저 친구와 당장 무당으로 가라는 말만……."

"음……."

초 영감은 남궁철의 말에 뭔가 생각하는가 싶더니 다시 말을 이었다.

"무림 대회에 참석하라는 뜻이겠지?"

"저 역시 그렇게 생각하고 있습니다. 단지 대회 하루 전에는 도착을 하라고 하시더군요."

"아직 삼 일이 남았으니 그렇게 쫓기는 상황은 아니로군."

"그렇긴 합니다만, 혹시나 해서 부지런히 움직이는 중이었습니다."

초 영감은 남궁철의 말에 고개를 끄덕였다. 조심해서 나쁠 것은 없었다.

그때, 임표표의 충격 고백에 잠시 정신을 잃었던 진하석이 끙 소리를 내며 정신을 차렸다.

"으음… 내가 왜 누워 있는 거지?"

진하석은 뭔가 중요한 이야기를 하고 있었던 것 같은데 자신이 막사 바닥에 누워 있자 의아한 얼굴이 되었다.

"어? 진 표두님, 정신이 드십니까?"

표사 하나가 찌뿌듯한 얼굴로 몸을 일으키는 진하석을 발견하고 반가운 표정을 지었다. 그러자 잠시 대화가 끊어지며 사람들의 시선이 진하석 쪽으로 이동했다.

"그게 무슨 소리지? 내가 기절이라도 했었나?"

"아무 생각도 안 나시는 겁니까?"

"무슨 소리야?"

진하석은 무슨 말을 하는지 모르겠다며 표사를 바라보았다. 그러자 이번에는 사람들의 시선이 제갈선 쪽으로 이동

했다. 치료한 사람이 당신이니 진하석의 상태가 어떤 것인지 설명도 해달라는 의미였다.

"음… 진 표두."

"아, 제갈 가주님."

"그래, 나네. 혹시 머리에 두통이 있거나 팔다리가 저리는 느낌은 없는가?"

"네? 두통이나 저리는 현상이요?"

진하석은 제갈선의 질문에 어리둥절한 표정이 되었다.

"그냥 묻는 말에 대답이나 해주게."

"아니요. 딱히 머리가 아프거나 하는 건 없습니다. 팔다리가 저리지도 않구요. 제게 무슨 일이 있었던 겁니까?"

진하석은 살짝 겁먹은 표정으로 제갈선을 바라보았다.

"아닐세. 표행 때문에 기운이 허해졌는지 자꾸 현기증을 느끼기에 내가 혈을 좀 눌러줬다네. 숙면을 취한 정도는 아닐지라도 어느 정도 체력 회복이 되도록 한 셈이지."

제갈선은 백에 하나 정도 나타난다는 부분 기억상실 증상을 보이는 진하석에게 대충 상황을 둘러댔다. 괜히 근본적 원인을 다시 들추어내 이차 충격을 가할 필요가 없었기 때문이다.

"아! 그랬었나요? 그런데 왜 저는 아무 기억도 나지 않는 거죠?"

그런 일이 있었다면 당연히 기억이 나야 정상인데 아무런 생각이 나지 않자 이상하다는 듯 다시 질문을 던졌다.
"이런, 내가 설명을 해주었었는데……."
"네? 그게 무슨?"
"내가 쓰는 방법이 지친 몸을 회복시키는 데는 확실한 효과가 있는 반면, 종종 꿈을 꾼 것처럼 전후 상황이 모호해지는 경향이 있다네. 자네가 그 정도는 괜찮다고 했기에 편하게 시술을 했던 것인데……."
"네?"
진하석은 여전히 이해가 되지 않는다며 다른 사람들을 바라보았다. 제갈선의 말이 사실인지 확인하고 싶은 것이다.
진하석의 눈빛에 표사들이 줄줄이 입을 열며 자연스럽게 분위기를 이끌기 시작했다.
"그렇습니다, 표두님. 좀 전에 어지러움까지 보이시며 피로를 호소하셔서……."
"내가 그랬어?"
"네. 저희는 무슨 일이라도 있는 줄 알고 얼마나 놀랬는지 모릅니다. 다행히 제갈 가주님이 계셔서 큰일은 면하셨습니다."
"큰일이 날 뻔했다고?"
진하석은 '큰일'이라는 말에 대뜸 불안한 눈빛이 되었다.
"피로가 누적되면 자신도 모르는 사이에 정신을 잃을 수도 있다고 하시더군요. 처음에는 몹쓸 것에 중독이라도 된 줄 알고 깜짝 놀랐었습니다. 그런데 제갈 가주님께서 맥을 확인하시더니, 과로를 하는 사람들 중에 종종 있는 일이라고 해서 안심을 했다는 거 아닙니까."

"그런데 제갈 가주님은 내가 직접 치료를 받고 싶다 말했다는데 그게 기억이……."

"그게 정말 신기했지 말입니다. 제갈 가주님이 표두님의 목 언저리를 가볍게 눌렀는데 잠시 정신이 돌아오시더라구요. 그때 이야기를 나누셨습니다. 제갈 가주님에게 고맙다고 인사를 하셔야 할 겁니다."

"그래?"

진하석은 표사들 모두가 똑같은 소리를 해대자 '그랬었구나.' 하는 표정이 되어버렸다.

"제갈 가주님, 제가 정확히 기억이 나지 않아 실수를 한 것 같습니다. 도움을 주셔서 감사합니다."

"험험! 사해가 동도라 했거늘, 그런 일로 인사까지 할 필요는 없네."

"아닙니다. 다시 한 번 감사드립니다."

"험험!"

제갈선은 연방 헛기침을 해대며 임표표 쪽을 바라보았다. 희박한 경우긴 하지만 결정적인 기억만 홀라당 날아간 게 정말 다행이지 않느냐는 표정이었다.

임표표 역시 진하석이 깨어날 땐 잠시 불편한 얼굴이 되었지만, 자신이 왜 기절을 했는지 기억하지 못하자 오히려 안도하는 표정이 되었다.

"그런데 그렇게 오래 잠든 것 같지는 않았는데……."

사람들은 진하석이 뭔가 다시 확인하려는 기미를 보이자 살짝 긴장된 표정이 되었다.

"이야기를 많이 해버린 겁니까? 혹시 진도가 많이 안 나갔다면 그 부분만 반복해줬으면 좋겠는데. 하하! 그런 눈으로 볼 것까지는 없을 것 같은데… 귀찮다면 대충 요약이라도 상관없는데……."

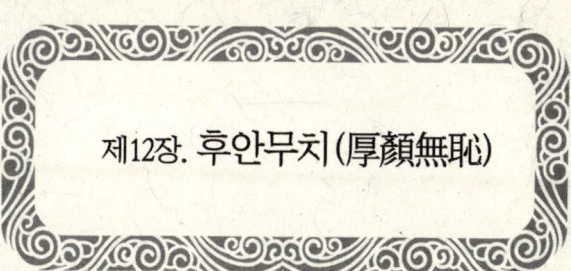

제12장. 후안무치(厚顏無恥)

후안무치(厚顔無恥)

−뻔뻔스럽고 당당해서 부끄러움을 느낄 이유가 없는 경우를 말함

"저기……."

그저 이야기를 하는 게 목적이었던 관치는 어색한 표정으로 입을 열었다.

"왜 그러는가?"

"제가 계속 이야기를 하는 게 맞는지, 아니면 이쯤에서 그만둬야 하는지 잘 모르겠습니다."

관치는 자신의 이야기 속 등장인물들이 연속해서 나타나자 점점 부담감을 느끼는 것 같았다.

처음에는 무시하려고 했지만 갈수록 감당하기 어려운 인물들이 등장하고, 이야기 이상의 대화가 오고 가자 어떻게 해야 할지 판단이 서질 않은 표정이었다.

"그게 무슨 말인가? 자네는 이야기를 하라고 고용됐다고 하지 않았나?"

남궁철은 당연히 계속해야 한다는 듯 관치를 바라보았다.

"물론 그렇긴 합니다만, 제가 이 일을 맡았을 땐 이야기 속의 등장인물이 줄줄이 나타난다는 말은 없어서 말입니다."

사람들은 관치의 심정이 이해가 된다는 듯 공감의 눈길을 보냈다. 그러나 남궁철과 제갈선, 그리고 임표표와 용문진은 다른 사람들과 생각이 다른 것 같았다.

"이야기를 하는 조건으로 충분한 대가는 받았겠지?"

"그거야 그렇습니다만……."

"혹시 이야기를 하면 목숨이 위험해질 수도 있다고 하던가?"

"그럴 일은 없다고 했지만……."

"그렇다면 계속해야지. 자네도 전문적인 분야에 종사하는 사람이니 잘 알고 있겠지만, 계약을 이행하는 건 신성한 것이라네."

"물론 그걸 모르는 것은 아니지만, 두 가주께서는 이미 관치 그 사람의 이야기를 아시는 것 같기도 하고……."

관치는 이미 이야기를 아는 사람이 있는데 꼭 해야 할 필요가 있겠냐는 표정을 지었다.

"아니지, 그건 자네가 잘못 생각했네. 나는 물론이고, 제갈선 저 친구도 제일흥신소 신임 소장에 대해서 알고 있는 게 별로 없다네. 오히려 자네의 이야기를 통해 알아가고 있다고 해야 맞을 걸세."

"그건 저 역시 마찬가지군요."

남궁철의 말에 임표표도 다르지 않다고 동조를 했다.

"험험! 나는 딱히 상관은 없는 사람이지만, 그래도 이왕 들은 김에 나머지 이야기도 듣고 싶소."

용문진은 조금이라도 관치에 대해 더 알아내는 게 무림 대계를 완성하는 데 중요한 사안이 되어버렸기 때문에 절대 포기할 수 없었다. 관치의 꼬임에 빠져 일이 기묘하게 흘러가고 있었기에, 그에 대한 정보라면 작은 것 하나도 소홀히 할 수 없게 되어버렸다.

"다른 분들도 같은 생각이시라면……."

관치는 표사들과 쟁자수들을 바라보았다.

"우리도 마찬가지라네. 처음에는 그냥 심심풀이로 시작하긴 했지만, 이야기는 이야기일 뿐이라는 말이 결국 속임수였음을 알게 된 이상 끝을 봐야만 될 것 같네. 표두님 생각은 어떻습니까?"

"이미 말하지 않았나? 이왕이면 내가 놓친 부분부터 설명 좀 해주었으면 좋겠군."

관치는 자신처럼 이야기꾼으로 고용된 연준하를 바라보며 어떻게 할 거냔 눈빛을 날렸다.

"관치 당신이 이야기를 이어간다면 나는 내 임무대로 부연 설명을 해야겠지. 그리고 당신이 나에게 일을 맡기면서 그랬잖아. 혹시 내가 이야기를 하다 말고 계속해야 할지 물어본다면 고개를 끄덕여 달라고 말이야."

"난 연준하 당신에게 그런 말을 한 적이 없다니까!"

관치는 자신의 행동이 이미 예정되어 있었다는 듯 이야기하는 연준하에게 버럭 소리를 질렀다.

"쩝! 나도 이젠 모르겠어. 정말 나에게 그런 의뢰를 한 적이 없다면, 당신과 똑같이 생긴 다른 누군가가 나에게 그런 말을 했던 것이겠지. 하지만 이것 하나는 확실히 해두지. 관치 당신이, 아니 당신과 닮은 관치라는 사람이 말하기를, 자신이 이야기를 계속해야 할지 멈춰야 할지 고민하는 순간이 오면 망설일 필요도 없이 고개를 끄덕여 달라고 한 것은 분명한 사실이네."

관치는 끝까지 자신이 이 모든 상황을 예견하고 지시했다고 말하는 연준하의 모습에 소름 끼친다는 표정을 지었다.

"그렇군. 그래. 그래서 그런 말을 했었던 거야."

관치는 이제야 이해가 된다는 듯 고개를 끄덕였다.

"무슨 뜻이지?"

"자네가 나에게 일을 의뢰하면서 이런 말을 하더군. 만에 하나 이야기를 계속하기 어렵단 생각이 들면 누군가에게 물어보라고 말이야. 그럼 그 사람이 어떻게 할지 가르쳐 줄 거라고 했던 게 기억이 났네."

사람들은 관치와 연준하의 대화를 듣다 보니 오싹해지는 느낌을 받았다.

두 사람의 말이 사실이라면 일을 의뢰했던 자들은 이 모든 상황을 예측했다는 말이 아닌가. 마치 잘 짜여진 각본을 가지고 각자의 역할을 연기하는 것처럼 되어버린 것이다.

만약 자신들이 그 각본을 알고 있고, 그에 따라 행동하고 있다면 목적이 완수될 때까지 오류가 생기지 않도록 노력이라도 했겠지만, 이것은 인지하지 못하는 사이에 의뢰자의 뜻대로 자신들이 움직인 꼴이 된 것이다.

눈치가 빠른 사람들은 상황을 보고 있자니 관치와 연준하라는 이야기꾼이 용선 표국에만 나타난 것은 절대 아닐 것이라는 생각이 들었다. 어쩌면 무당산으로 향하는 각각의 길목마다 저런 이야기꾼들이 거머리처럼 달라붙어 쉴 새 없이 뭔가를 떠들어대고 있는 게 분명했다.

◈　◈　◈

집에 귀신이 돌아다닌다며 제발 도와달라고 하던 사내를 미행했던 남궁보륜은 외출한 지 한 시진 만에 다시 후원으로 돌아왔다. 관치가 조사해오란 내용이 어느 정도 정리가 된 것이다.

어쩌다 보니 제갈현선에게 까이고, 관치에게 투명인간 취급을 받고는 있지만, 그는 무림에 몇 안 되는 고급 교육을 수료하고 무공에서도 두각을 나타낼 정도로 잘나가던 청년이었다. 죽는 한이 있어도 정성 객잔 후원에서 먹고 자라는 조부의 명만 아니었다면, 절대 이런 수모를 당하고만 있지는 않았을 것이다.

"그런 식으로 생각하지 말라니까."

남궁보륜은 자신이 가져다준 서류를 확인하고 있던 관치가 밑도 끝도 없는 말을 꺼내자 '내가 뭘?' 하는 표정을 지었다.

"수모를 당하기 싫으면 지금이라도 돌아가든지."

'뭐야!'

남궁보륜은 정확히 자신의 속마음을 꼬집어버린 관치의 음성에 심장이 덜컥 내려앉는 느낌을 받았다. 그러나 심정이 들켰다고 양손 번쩍 들며 자수하고 싶은 생각은 추호도 없었다.

"무슨 말씀이신지……."

"쯧쯧쯧, 말귀도 못 알아먹는단 말이야?"

"……"

계속되는 관치의 음성에 그는 잠시 말문이 막혔다.

"표정 관리라도 확실히 하면서 거짓말을 해라. 그래서 사회생활 제대로 하겠냐?"

"저는 제일흥신소의 발전을 위해서 몸과 마음을 바쳐……."

"헛소리 그만 하고, 꼬맹이한테 외출 준비하라고 해."

관치는 웃기지 말라는 듯 콧방귀를 뀌더니 자리에서 일어나 버렸다.

"빌어먹을!"

남궁보륜은 동네 개 부리듯 툭툭 쏘아대는 관치의 행동에 으드득 소리가 나도록 이를 갈았다.

"언제고 때가 오면 이 수모는 기필코 갚아주겠다."

그리고는 온갖 인상을 써대며 관치를 향해 욕을 하더니 제갈현선이 있는 곳으로 걸음을 옮겼다.

"저곳인가요?"

제갈현선은 장원의 규모를 보더니 질린 표정을 지었다. 제갈세가도 만만치 않은 규모를 자랑했지만, 귀신을 잡아달라던 의뢰인의 거처는 그것을 넘어서고 있었다.

"상인이라고 하더군. 그것도 무림에 몇 안 되는 갑부."

"엄청나군요. 가끔 황금 전장에 대한 소문을 듣기는 했지만, 들었던 것보다 더 대단하군요."

"쳇! 그래봤자 상인이지."

관치와 제갈현선을 따라 함께 외출했던 남궁보륜은 퉁명스런 표정을 지었다.

"그래봤자 상인이 아니라 진짜 무서운 것은 상인들이다. 자꾸 멍청한 소리를 할 거면 가서 사무실이나 지켜."

관치는 한 번만 더 엉뚱한 소리를 하면 가만두지 않겠다는 듯 그를 바라보았다.

"남궁명이 조사해온 내용을 보면, 오늘 의뢰를 왔던 사람은 황금 전장의 다섯 집사 중 한 명이더군요. 외부에 알려지기론 황보라는 자가 이곳의 주인이라고 하지만, 몇몇 검증되지 않은 소문에 따르면 나이 지긋한 노부인이 실질적으로 황금 전장을 이끌고 있다는 말도 있어요."

"노부인이라……."

관치는 제갈현선의 설명에 고개를 끄덕였다.

"일단 들어가죠."

"그렇게 하지. 명, 가서 우리가 찾아왔다고 기별을 넣어라."

"알겠습니다."

남궁보륜은 명령이 떨어지자마자 곧바로 달려가더니, 관치와 제갈현선이 도착하기 전에 안내인을 구해놓았다.

"어서 오십시오. 오 집사님에게 이야기 들었습니다. 이쪽으로 오시죠."

문 앞에서 관치를 기다리고 있던 노인 한 명이 정중히 인사를 하더니 안쪽으로 안내를 했다.

황금 전장은 밖에서 보는 것과 달리 안쪽 구조는 더 복잡했고, 팔괘를 기반으로 건축물을 배치했는지 안내인 없이 들어왔다간 길을 잃어버리고 미아가 될 정도였다.

"오 집사님, 손님들을 모시고 왔습니다."

"모시게."

"안쪽으로 드시죠. 집사님이 기다리실 겁니다."

자신은 들어갈 수 없다는 듯 노인은 그 말을 끝으로 다시 돌아가 버렸다.

"들어가자."

"네, 소장님."

"네, 소장님."

관치는 제갈현선과 남궁보륜에게 외부에서는 절대 항명을 하지 말 것이며, 무조건 직책으로만 부를 것을 명령했다. 다른 이들에게 업무 처리 능력이 체계적이고 효율적으로 보인다는 이유였다.

"오셨군요. 이쪽으로 앉으시죠. 차는 준비 중입니다."

"감사합니다."

관치는 자리에 앉자마자 대뜸 질문을 쏟아내기 시작했다.

"귀신이 하나입니까, 아니면 둘입니까?"

"현재까지 확인된 바로는 하나입니다."

"귀신이 여자입니까, 아니면 남자입니까?"

"그건 잘……."

오 집사는 귀신의 성별은 한 번도 생각해본 적이 없었기에 명확한 대답을 할 수가 없었다.

"그 귀신이 인명을 제외하고 이곳에 피해를 끼친 것들이 있습니까? 만약 있다면 어디서 어떤 식으로 손해를 끼쳤는지 알고 싶습니다. 그리고 자주 출몰하는 지역과 귀신을 목격했던 이들을 만나보고 싶습니다."

"내부인은 아직 다친 사람은 없습니다."

관치는 오 집사의 말에 이상하다는 듯 다시 질문을 던졌다.

"저에게 찾아왔을 땐 생명에 위협을 받을 정도라고 하지 않았습니까?"

"물론입니다. 내부인은 놀라서 넘어진 정도였지만, 귀신을 쫓겠다고 왔던 도사들이나 무당은 모두 그다음 날 시체로 발견되었습니다."

"그렇군요. 일단 알겠습니다. 일반적인 정보는 제 직원에게 넘겨주십시오. 저는 정신적 피해자들과 면담을 할 생각이니 준비해주십시오."

"물론입니다. 그놈의 귀신 때문에 계속해서 잠을 못 자고 있습니다. 이러다 수면 부족으로 죽지 않을까 걱정될 정도입니다."

"굉장히 힘드셨겠습니다. 먹는 것과 자는 것은 그 대상이 누구든지 상대를 무력화시키는 데 효과가 있는 고문법이죠."

"휴! 그러게 말입니다. 하지만 집사로서 해야 할 일을 한 것뿐이라 딱히 칭찬을 바라기도 그렇습니다."

오 집사는 하루하루가 미칠 노릇이라며 연방 하소연을 했다.

 관치는 그동안 귀신을 목격했거나 소리를 들은 사람들과 면담을 나누더니 대충 감을 잡았다는 듯 고개를 끄덕이고는, 제갈현선에게 귀신의 주요 출몰지와 현상, 그리고 특이점 등을 분석시켰다.
"증언만 참고한다면 귀신이 나타난다는 곳은 모두 세 곳입니다. 오 집사에게 물어보니 한 곳은 곡물 창고이고, 다른 한 곳은 외당 접객실, 나머지 한 곳은 황금 전장의 위패를 모셔 놓은 곳이었습니다."
"곡물 창고는 의외의 장소지만, 외당 접객실과 위패를 모셔 놓은 곳은 귀신이 나타날 만한 곳이로군."
"네. 그런데 출몰 횟수를 보면 곡물 창고가 가장 많습니다."
"그래? 그건 좀 이상하군. 시간대는?"
 관치는 고개를 갸웃거리더니 귀신이 나타나는 시간대를 물었다.
"장소와 상관없이 시간은 모두 해시에 집중되어 있습니다."
"해시라. 더더욱 이상하군. 외당 접객실이야 사람이 상주하는 곳이니 그 시간에 귀신을 본다고 해도 이해가 되지만,

곡물 창고나 위패를 모셔 놓은 곳은 귀신이 나타났다고 해도 누군가 보기 어려운 장소 아닌가?"

제갈현선은 관치의 말에 다시 설명을 덧붙였다.

"저도 그것이 의심스러워 확인해봤더니, 곡물 창고 쪽 목격자는 모두 순찰 무사들입니다."

"순찰 무사? 일반인이 아닌 무인들이 귀신을 봤단 말인가?"

"그렇습니다. 처음에는 귀신이 아닌 도둑으로 생각해서 공격을 하기도 했다는군요."

"흠… 무인들이라면 충분히 그럴 수 있겠지. 그런데 일반인들보다 심지가 굳은 무인들이 귀신이라고 할 정도면 정말 귀신이거나, 귀신도 울고 갈 정도로 귀신 같은 자일 가능성이 높겠군."

관치는 곰곰이 생각에 잠겼다가 다시 말을 이었다.

"곡물 창고에 뭔가 노리는 물건이 있거나, 의도적으로 목표한 곳을 제외하고 모습을 드러낸 것일 수도 있다. 일단 그 귀신이라는 놈이 진짜 귀신인지부터 확인해보는 게 좋겠군."

관치는 오 집사에게 부탁해 비어 있는 방 하나를 빌리더니 남궁보륜을 불렀다.

"부르셨습니까?"

"그래. 너에게 중요한 부탁이 있다."

"네?"

남궁보륜은 중요한 부탁이라는 말에 불안 반, 기대 반 심정으로 관치를 바라보았다.

"내가 몇 가지 물건을 가지고 있는데, 정확히 어떤 쓰임새를 가지고 있는지 아직 확인을 못해봤다."

남궁보륜은 '설마' 하는 심정으로 조심스럽게 입을 열었다.

"그 물건들이라는 게 혹시 사람을 대상으로 효과를 발휘하는 그런 것들은 아니겠죠?"

"어어? 멍이 멍인 줄 알았더니 가끔은 머리가 돌아가기도 하네?"

관치는 이럴 땐 정말 눈치가 빠르다는 듯 고개를 끄덕였다.

"설마……."

"일단 사람을 죽이는 물건은 아니니 어떤 효과를 발휘하는지 그것만 확인해보자."

"지금 미쳤습니까?"

남궁보륜은 관치가 내려놓은 다양한 물건들을 보며 다급한 표정을 지었다. 말 그대로 어떤 효능을 가지고 있는지 모르는 정체불명의 물건들을 자신에게 사용해 그 결과를 보겠다고 하는 것이다. 이것은 명백히 비윤리적 행태였고, 기능 확인을 빙자한 인체 실험이나 마찬가지였다.

"자, 너도 계속 이렇게 살기는 싫을 것 아니냐. 이번 일만 잘 협조하면 자유를 주지."

관치는 절호의 기회가 될 수도 있다는 듯 그를 바라보았다.

"하지만……."

"아니면 지금처럼 평생 살든지."

"……."

남궁보륜은 이렇게 사람 취급 받지 못하고 무의미하게 사느니 아예 죽는 게 낫다는 생각도 해본 적이 있었기에, 관치의 말은 굉장히 달콤하게 다가왔다.

"좋습니다. 하지만 약속해주십시오. 이 일만 끝나면 저를 보내주겠다고."

"물론이지."

"크윽! 협조하겠습니다."

관치는 난주에서 가져온 물건들이 어떤 기능을 발휘하는지 드디어 공부할 수 있다는 생각에 무척이나 기쁜 표정이 되었다.

가장 먼저 꺼내든 것은 작은 구슬이었는데, 암기라고 보기엔 개수가 너무 적고, 그냥 장식이라고 하기엔 꺼림칙한 느낌이 드는 그런 구슬이었다.

관치는 구슬을 들고 한동안 꼼꼼히 살피더니, 보는 것만으로는 어떤 용도를 가지고 있는지 확인할 수가 없자 결국에는 구슬을 던져 보기로 했다.

"시작하십시오!"

남궁보륜은 아예 마음을 비워버렸는지 이왕 할 것 빨리빨리 처리하자고 했다.

"좋아."

관치는 바깥으로 나가더니, 남궁보륜이 이 악물고 있는 방 안으로 구슬을 던져 버렸다.

툭- 떼구루루!

"응?"

보통 구슬이라면 충분히 깨질 만큼 힘을 주어 던졌지만, 그 정도로는 끄떡도 없다는 듯 구슬은 그저 바닥을 굴러갔을 뿐 아무런 반응을 보이지 않았다.

"좀 더 힘을 줘야 하나?"

관치는 다시 구슬 하나를 꺼내들더니, 이번에는 구슬이 벽에 박힐 정도로 힘껏 날려 보냈다.

퍽! 푸쉬쉬쉬쉬!

"반응이 있다!"

관치는 구슬이 깨어지더니 뿌연 연기를 뿜어내는 것을 보며 기대 어린 시선이 되었다. 어떤 효능을 가지고 있는지 직접 눈으로 확인할 수 있게 된 것이다.

방 안에 가득히 퍼진 연기는 일다경 정도가 흐른 뒤에야 차츰 가라앉았고, 그 뒤로도 다시 일다경을 더 기다린 뒤에야 방 안으로 들어갔다.

"느낌이 어때?"

관치는 남궁보륜을 향해 직접 연기를 쏘인 결과가 어떤지 확인하고자 말을 걸었다.

"……"

"왜 아무 말도 안 하는 거야? 말 좀 해보지?"

"……"

관치는 자신의 말에 아무런 대꾸도 하지 않고 연방 눈알만 굴려 대는 남궁보륜의 모습에 고개를 갸웃거렸다.

딱히 정신을 잃은 것도, 그렇다고 바닥에 쓰러져 구토를 하는 것도 아니었다.

"그냥 굳어버린 것 같네."

남궁보륜의 상태를 확인한 관치는 구슬의 부서진 잔해를 조심스럽게 수거하더니 꼼꼼히 살펴보기 시작했다.

"흠… 황과 부싯돌이 겹으로 싸여 있었군. 충격을 받으면 열이 발생해 구슬 안에 있는 약재를 태우는 형태였어. 기발한 구조인걸."

관치는 바다 건너 동영에서 활동한다는 인자들이 이와 유사한 물건을 사용한다는 문헌을 읽은 적이 있었다.

"좋아. 이번에는 이 종이의 효과를 알아봐야겠군."

관치는 구슬이 강력한 마비산의 기능을 가지고 있음을 알게 되자, 이번에는 검붉은 색의 종이가 어떤 기능을 가지고 있는지 확인해보기로 했다.

 약간 비릿한 냄새가 나기는 했지만, 그것 외에는 별다른 느낌이 없는 종이였기에 결국 관치가 시도한 방법은 종이를 불에 태우는 것이었다. 혹시 불을 붙이기 위한 화섭자 기능을 하는 게 아닐까 생각됐기 때문이다.

 물론 구슬의 구조가 충격을 통한 발화 기능을 가지고 있었다는 점에서 예측했을 뿐이다.

 관치는 석상처럼 굳어버린 남궁보륜 옆에서 화섭자에 불을 당기더니, 손가락 길이만 한 정체불명의 종이를 태우기 시작했다.

 그런데 마비 구슬처럼 황이나 가연성 물질이 묻어 있다면 금방 타올랐겠지만, 이상하게도 이 종이는 불을 붙이는 것 자체가 쉽지 않았다.

"소장님, 뭐 하세요?"

 화섭자를 종이에 가져다 대고 불장난을 하고 있던 관치는 제갈현선이 방 안으로 들어오자 호기심 어린 표정을 보였다.

"몇 가지 실험."

"실험이요?"

 본래 뭔가를 만들고 성능을 확인하기 좋아하는 제갈현선이었기에, 실험이라는 말은 그녀를 방 안 깊숙이 끌어들이는 마력을 발휘했다.

"아! 붙었다!"

"네?"

관치는 몇 번의 시도 끝에 종이에 불을 붙이자 만만치 않다는 표정을 지었다. 생긴 건 분명히 종이였는데, 막상 불에는 잘 타지 않는 성질을 가지고 있었던 것이다.

제갈현선은 관치의 실험이라는 게 검은 종이 한 장을 태우는 것이 전부이자 잔뜩 피어올랐던 호기심이 금세 식어버렸다.

"이게 뭐죠?"

"아, 제일홍신소 소장의 작업용 장비라는데, 정확히 어떤 기능을 가지고 있는지 몰라서 말이야."

"아, 네."

제일홍신소 소장들이 사용했다는 작업 장비라는 말에 제갈현선의 눈빛이 다시 반짝였다.

그러나 그것도 잠시, 관치와 제갈현선은 극심한 두통을 느끼며 끔찍한 비명 소리를 질러댔다.

"끄아아악! 이게 무슨 냄새야!"

"콜록콜록! 바, 밖으로!"

관치와 제갈현선은 금방이라도 숨이 넘어갈 듯 목과 코를 부여잡더니 허겁지겁 방 밖으로 뛰쳐나갔다. 천천히 불에 타기 시작한 그 검정 종이가 상상할 수도 없는 악취와 매캐한 냄새를 풍기더니 오장육부를 뒤집어버린 것이다.

그나마 두 사람은 밖으로 도망이라도 쳤기에 구토를 하고 눈물을 흘리는 정도로 정신을 차릴 수 있었지만, 오감은 멀쩡한 채 몸만 굳어버렸던 남궁보륜은 홀로 인세에 현존할 수 있는 최강의 지옥을 경험해야만 했다.

관치는 반쯤 정신이 나간 채 온갖 오물을 뒤집어쓰고 있는 남궁보륜을 보며 어쩔 수 없었다는 듯 가볍게 헛기침을 했다.
"ㅎㅇㅇㅇ!"
"그래. 이제 자넨 자유네. 이제 그만 집으로 돌아가도 되니, 오늘 일은 마음에서 깨끗이 지워줬으면 좋겠네."
관치는 아직 혀의 마비가 완전히 풀리지 않아 발음이 불분명한 남궁보륜에게 당연히 약속을 지키겠다며 연방 고개를 끄덕였다.
"크ㅇㅇㅇ!"
"응? 무슨 소린지 모르겠군. 그러나 어쩌겠나. 자네 스스로 동의한 실험이었지 않았느냔 말이지. 딱히 보상 같은 것은 바라지 말았으면 좋겠군. 사실 나도 마음은 아프지만, 자네의 희생은 세상 어딘가에서 의미 있게 쓰일 것임을 약속하겠네."
관치는 그의 마음을 다 안다는 듯 '그럼, 그럼'을 반복하더니 슬그머니 모습을 감춰버렸다.

제13장. 쾌도난마(快刀亂痲)

쾌도난마(快刀亂麻)

- '경쾌한 칼 놀림으로 어지러움을 잘라낸다' 는 뜻으로,
 일을 시원스럽게 척척 해낸다는 말

 아무리 의심스럽다고 해도 일단 대상은 귀신이었다. 그것도 도사들과 무당들을 깨끗이 시체로 만들어버린 흉악한 귀신이었다. 물론 귀신을 가장한 귀신 같은 자일 수도 있었지만, 관치는 딱히 모험을 하고 싶지 않았다.
 "우선 정말 귀신인지부터 알아본다."
 "그 물건이라면 충분히 가능해요. 내심 여러 가지 기물을 만들어내며 스스로 천재라고 생각했었는데, 전대 소장님들이 사용했다는 작업 연장들은 솔직히 감탄스러울 지경이니 말이에요."
 제갈현선은 어떻게 그런 기발한 물건들을 만들어냈는지 신기할 정도라며 칭찬의 칭찬을 거듭했다.

구슬에 마비산을 넣은 것은 물론이며, 최악의 향을 무취에 가깝게 종이에 봉인한 기술과 다용도 은사, 그리고 사람의 마음을 흔들어놓는 방향제(두 사람은 유혹제라는 이름을 붙였다가, 그 외에도 다양한 기능의 향료가 더 많이 있었기에 통합해 방향제로 부르기로 했다)까지, 자칫 잘못 사용되면 사파 최악질로 분류될 만큼 지저분한 물건들도 있었지만, 자신이 추구하는 분야에 한발 앞서간 선구자가 있다는 것만으로도 제갈현선의 기분은 크게 들뜬 상태였다. 실요성 10할 이상의 현실적 도구의 예제가 눈앞에 펼쳐진 것이다.
 "일단 창고 쪽에 자주 출몰한다니, 그쪽에 잠복하는 게 좋겠다. 같이 갈 거냐?"
 "당연하죠. 귀신인지 아닌지 모르겠지만, 마비탄의 효과를 직접 볼 수 있는 기회를 놓칠 생각은 추호도 없답니다."
 관치와 제갈현선은 개업 후 첫 번째 의뢰를 진행하기 위해 잠시 후 창고 안으로 모습을 감췄다.

 "은사 설치는?"
 "각 귀퉁이마다 정확히 걸어두었습니다. 당기기만 하면 그냥 토막 날 겁니다."
 "꼬맹아."
 "네?"
 "언어 순화 좀 하지 그러냐. 다 큰 처자가 토막이 뭐냐?"

제갈현선은 관치의 지적에 어이없다는 듯 입꼬리를 말아 올렸다.
 "토막 살인자 운운한 게 누군데."
 "그건 협박을 위한 의도적인… 아니다. 됐다."
 관치는 제갈현선과 말을 섞어봤자 이득 볼 것도 없다는 듯 말을 끊어버렸다.
 제갈현선은 끝까지 말을 해주지도 않고 귀찮다는 듯 고개를 저어버리자 더 삐친 듯 보였지만, 이미 마음을 비워버린 관치에게는 별다른 영향을 주지 못했다.
 이런저런 이야기를 나누며 지루함을 버티고 있던 두 사람은 스산한 바람이 불어오더니 기이한 울음소리가 귓가를 맴돌기 시작하자, 허공을 주시하며 정신을 집중했다.
 흐으으으으!
 막상 귀신이 나타나길 기다리고 있던 두 사람이지만, 모골이 송연해지는 흐느낌이 점차 가까이 다가오자 자신들도 모르게 소름이 돋는 것을 느꼈다.
 "와, 왔어요."
 "그래. 왔군."
 흐으으으으!
 "지, 진짜 귀신이면 어떻게 하죠? 우리도 도사들이나 무당처럼 시체로 발견이 되면……."
 "꼬맹이, 재수 없는 소리 하지 마라. 정신 바짝 차려."

쾌도난마(快刀亂麻) · 313

"네."

 창고 구석에 숨어 흐느낌이 들리는 쪽을 바라보고 있던 관치는 뭔가 희끗거리며 천장을 돌아다니자 마비탄 2알을 쏜살같이 날려 보냈다.

 "펑! 펑! 푸쉬쉬쉬쉬!

 그에 연이어 두 번의 폭발음이 울려 퍼지더니 뿌연 연기가 사방으로 흩어지자, 관치는 가차 없이 은사를 잡아당기며 귀신 잡기에 돌입했다.

 "어엇!"

 "왜요?"

 "은사에 걸리는 느낌이 없다! 빠져나갔어!"

 "네에?"

 제갈현선은 귀신이 빠져나갔다는 말에 혼비백산하더니, 창고 입구 쪽에 설치해두었던 발화 장치의 줄을 가차 없이 당겨 버렸다. 이미 죽통 암기로 격발 장치에 일가견이 있음을 증명했던 제갈현선의 발화 장치였기에, 순식간에 고열이 발생하며 함께 매달아놨던 향지(香脂)가 빠른 속도로 타들어갔다.

 화섭자 같은 평범한 불로는 향지에 쉽게 불이 붙지 않는다는 것을 확인했기에, 제갈현선의 기술을 접목시켜 시간차를 줄인 것이다.

 "꺄아아악!"

2개의 마비탄과 동서남북에 걸쳐 있던 은사까지 피해낸 귀신이었지만, 악취만은 피해낼 방법이 없었는지 고막이 먹먹할 정도로 날카로운 귀성이 창고 안에 울려 퍼졌다.
"걸렸다!"
관치는 귀곡성이 들려온 쪽으로 다시 한 번 마비탄을 날려 보내더니, 팔목에 감겨 있던 은사를 모조리 풀어내 허공에 흩뿌리기 시작했다.
그 후, 관치와 제갈현선은 드디어 귀신의 얼굴을 보겠다는 생각에 기세가 올라갔지만 그것도 잠시뿐이었다.
차카카차창!
귀곡성을 향해 날아갔던 관치의 은사가 요란한 마찰음을 내며 반탄력에 밀려나더니, 거꾸로 관치와 제갈현선을 향해 날아든 것이다. 관치는 재빨리 은사를 되감으며 반대로 날아드는 은사를 제어하려 했지만, 워낙 많은 양이 풀려 있는 데다 공간마저 한정적이었기에 위급한 상황에 처하고 말았다.
"빌어먹을!"
관치의 입에서 거친 음성이 울컥 터져 나왔다. 무인각을 나온 뒤로 몇 차례 위기의 상황이 있기는 했지만, 최소한 이렇게 황당한 경우는 한 번도 없었기 때문이다.
"소장님!"
제갈현선도 은사의 움직임을 보고 있었기 때문에 금방이라도 숨이 넘어갈 듯 관치를 불렀다.

관치 혼자라면 몸을 빼내는 것만으로 위험을 비켜 가겠지만, 그랬다간 뒤에 남은 제갈현선은 운이 좋다 해도 전신에 수십 가닥의 혈선을 새기거나, 자칫 혈관이라도 건드리는 날에는 그걸로 끝장이 날 판이었다.

제갈현선은 피해낼 방법이 없다고 생각했는지 질끈 눈을 감아버렸다. 막상 이렇게 죽을 수도 있다는 생각이 들자 온몸에 힘이 빠져 버린 것이다. 관치가 은사를 회수하기 위해 발악을 하고 있었지만, 도저히 방법이 없다고 생각해버렸다. 아니, 그렇게 생각한 순간이었다.

"크엉!"

현선의 앞을 막아선 채 절체절명의 위기를 맞이했던 관치의 몸에서 무시무시한 기운이 쏟아져 나오더니, 엄청난 기파의 사자후가 터져 나왔다.

뻥! 콰콰쾅!

"크어엉! 크엉!"

쿠쿠쿠쿵! 우르르릉! 콰콰콰!

연이어 터져 나온 관치의 사자후는 허공을 헤집으며 날아들던 은사를 흩어버렸고, 창고 곳곳에 구멍을 내며 엄청난 폭발음을 만들어냈다.

눈을 감고 모든 게 끝이라 생각했던 제갈현선은 관치 뒤편에 있었음에도 고막이 흔들리고, 눈에 실핏줄이 터져 버렸다. 곳곳에 반사된 기파가 후폭풍처럼 창고 안을 뒤집어버린 것이다.

 순간적으로 엄청난 압력이 밀려오자 급히 기운을 끌어올린 제갈현선이었지만, 망치로 얻어맞은 듯 몸 곳곳에 멍 자국이 생겨났다.

 그러나 그녀가 진정으로 충격을 먹은 것은 몸의 상처 따위가 아니었다.

 "어, 어떻게……."

 사자후가 아무리 강하다 한들 1백 평이 넘는 공간을 초토화시킬 수 있다는 소리는 한 번도 들어보지 못했다.

 "허억! 허억! 허억!"

 관치는 연이은 사자후 발현으로 몸이 녹초가 되었는지 거칠게 숨을 몰아쉬며 전면을 주시하고 있었다.

 "소장님……."

 제갈현선은 관치를 부르며 부축이라도 해주고자 다가가려 했다. 그러나 관치는 급히 손을 들어 그녀의 움직임을 저지했다.

 "진짜… 귀신일 수도 있겠다."

 "네?"

 "아니, 귀신도 저놈에겐 상대가 안 될 것 같군."

 관치는 족히 세 자는 되어 보이는 머리를 산발한 채 자신을 노려보고 있는 '귀신이라 오해받은 존재'를 바라보며 연방 심호흡을 해댔다.

◈ ◈ ◈

 "사자후로 백 장 거리에 영향을 줄 수는 있겠지."
 용문진은 아무리 입으로 전하는 이야기라 하지만, 최소한의 현실성은 담보해달라는 듯 관치를 바라보았다.
 "백 장 거리에 영향을 줄 수 있다면 백 장 공간을 파괴할 수도 있는 것 아닙니까?"
 관치는 용문진의 비아냥거림에 짜증난 목소리가 되었다.
 "어이, 관치 씨, 내가 어지간하면 그냥 들어주려고 했거든. 아무리 관치가 주인공이라 해도 용서가 되는 부분이 있고, 죽어도 용서가 안 되는 부분이 있는 거야. 이건 나뿐만이 아니라 두 분 가주님이나 임 소저도 공감하는 부분일걸."
 용문진은 절대 물러설 수 없다는 듯 목소리에 힘이 들어갔다.
 "다른 분들도 그렇게 생각하십니까?"
 "음… 사실 사자후라는 게 특별한 기교를 가진 무공이라기보다는……."
 "고함 소리에 내공을 실어 공간을 밀어내는 무공이라고 할까?"
 "사자후를 사용한 사람이 어떤 내공을 익혔느냐에 따라 성격이 달라지기도 하지만, 백 장 크기의 창고가 반파되었다는 것은 제가 들어도 좀 심한 것 같군요."

남궁철과 제갈선, 그리고 임표표까지 이번에는 좀 심했다는 듯 용문진의 말에 손을 들어주었다.

"저 역시 이야기를 하다 보면 좀 과하다 싶은 부분이 있기는 합니다. 하지만 고조를 관리하며 재미를 극대화시키는 것은 어디까지나 제 재량권이라 이 말입니다. 제가 무슨 초식은 어떻게 움직이고, 그 초식을 파훼하는 법은 어떻고 하는 세세한 전문 정보까지 가지고 있지 않는 한 결국 표현할 수 있는 방법이 얼마나 부서졌는가, 또는 얼마나 심하게 다쳤는가 하는 겁니다. 그래야 어느 정도 상황인지 다들 상상할 수 있을 것 아닙니까."

관치는 제발 이런 것들로 말을 끊지 말아달라는 듯 네 사람을 바라보았다.

"험험! 아무래도 우리들 정도의 경지가 되면 더 현실적으로 상황을 바라보게 된다네. 무공을 익히면서 겪게 되는 한계나 인간이 낼 수 있는 힘에 대해서 절실히 경험을 하게 된다고나 할까. 물론 그런 느낌을 모르는 사람들은 오히려 그럴 수도 있겠다 생각할 것이네."

남궁철은 자신들이 특수한 위치에 있기 때문에 느끼게 되는 괴리감일 뿐이니, 너무 서운해하지 말라는 표정을 지었다.

"그러니까 하는 말입니다. 괴리감을 느끼든, 현실성을 느끼든 그냥 혼자만의 느낌으로 가져가달라는 거죠. 다른 사람들 입장도 생각해주시면 좋지 않냐 이겁니다."

"뭐, 이야기하는 사람 생각이 그렇다면야… 알았네. 조심하도록 하지."

"종남 검객께서도 그렇게 해주시죠."

관치는 용문진도 약속을 해야 이야기를 진행하겠다는 표정이 되었다.

"쩝! 최대한 조심은 하겠지만, 너무 비현실적인 묘사나 상황이 등장한다면 나도 최소한의 반문은 해야겠소."

임표표는 관치와 용문진 사이에 쉽사리 협의가 나지 않자 어쩔 수 없이 중재를 나섰다.

"일단 이렇게 하죠. 정말 이건 아니다 싶을 정도로 비현실적인 상황이 등장한다면, 그땐 그런 상황이 가능하려면 어느 정도의 경지나 능력이 있어야 한다. 이렇게 말을 하는 것은 어떻겠습니까? 그러면 다른 분들도 대충 현실과 비현실의 경계 정도는 파악하실 것이고 말입니다."

"흠… 그렇게라도 할 수 있다면 약속하겠소."

용문진이 먼저 임표표의 말에 고개를 끄덕였다.

"저도 좋습니다. 하지만 제발 부탁이니 감정적으로 걸고넘어지는 일은 없었으면 좋겠습니다."

"감정적이라니, 그게 무슨 소리요?"

"종남 검객이 못하는 것이라 해서 다른 사람도 못할 것이라는 편견은 피해주십사 한다는 뜻입니다."

"뭐야?"

"그만, 그만들 하게. 어린애도 아니고 이게 무슨 짓인가? 용 검객도 이쯤에서 양보하게. 관치 저 사람은 무림인이 아니라 그저 이야기꾼인데, 도대체 무슨 생각으로 그러는 것인가?"

제갈선은 더 이상 못 봐주겠다는 듯 결국 언성을 높이고 말았다.

검객과 이야기꾼이라는 제갈선의 말에 용문진도 뭐라 할 말이 없었는지 이번에는 조용히 입을 다물어버렸다.

"자, 다음 이야기나 들어보세. 황금 전장에 나타났다는 귀신의 정체가 너무 궁금하네."

"알겠습니다. 맥이 풀리긴 했지만 다시 이어가보죠."

관치는 이야기를 듣는 사람들도 최소한의 예의는 지킬 줄 알아야 이야기를 하는 사람도 힘을 내는 법이라는 말을 한마디 더 꺼내놓더니, 다시 황금 전장으로 이야기를 전환했다.

◎　　◎　　◎

황금 전장 사람들은 곡식 창고에서 들려온 엄청난 폭음 소리에 어찌할 바를 모르고 발만 동동 굴렀다. 무슨 일이 있어도 창고 근처에 와서는 안 된다는 관치의 말이 있었기에 상황을 확인하고 싶어도 다가가질 못했다. 자칫 그 말을 무시하고 들어갔다가 좋지 않은 일이라도 생기면 원망할 곳도 없었기 때문이다.

"제일홍신소 사람이 맞겠지?"

"네, 마님."

"일단 기다려 보지."

"괜찮을까요……."

오 집사는 연방 불안한 눈빛으로 담장 너머 창고 쪽을 바라보았다.

"사람인가요……?"

제갈현선은 떨리는 눈으로 관치 너머 정체불명의 존재를 훔쳐봤다.

"다리는 달려 있으니 일단 귀신은 아니겠지."

"귀신이 아니라면 우리가 잡을 수도 있다는 말이네요?"

"아니, 그 반대지. 귀신이라면 우리를 어찌하지 못하겠지만, 귀신이 아니니 우리가 거꾸로 죽을 수도 있게 생겼다."

관치는 중원에 자리를 잡은 뒤로는 한 번도 다른 인격이 자신을 지배하도록 허락하지 않았다. 종종 참기 힘든 고통과 슬픔을 핑계 삼아 괴물이 머리를 들어올리곤 했지만, 그 와중에도 독한 심정으로 새로운 자신을 지켜 냈던 관치였다. 그런데 지금 그 결심이 흔들리기 직전까지 몰린 것이다.

'죽거나, 아니면 그놈을 인정하거나.'

다시는 죽는 순간까지 그놈이 자신이라고 인정할 일은 없을 것이라고 생각했다. 당문이 무너지고, 그녀가 쓰러지던 그날에도 꿋꿋이 자신을 참아냈던 관치였다. 그런데 그때보다 더 멀쩡한 정신 상태를 가지고 그놈을 인정해야 하나 고민을 하게 된 것이다.

"소, 소장님, 어떻게 하죠……."

제갈현선은 마비탄은 물론이고, 살아 움직이는 것은 날카롭게 베어버리던 은사도 통하지 않자 목소리가 떨리기 시작했다. 그나마 효과가 있는 것 같던 향지는 건물이 부서지면서 더 이상 효능을 장담할 수 없게 되어버린 것이다. 관치의 말처럼 상대가 정말 귀신이라면 이렇게 당황스럽지도 않았을 것이다.

"고민 중!"

관치는 제갈현선의 말에 짤막하게 대답했다. 그놈을 자신으로 인정하고 과격해질 것인지, 아니면 지금의 자신으로 만족하고 모든 것을 마감할 것인지 결정을 내려야 하는 상황이 오고 만 것이다.

"죽느냐……."

"네?"

"사느냐……."

"당연하죠!"

"그놈이 문제로다."

"소장님! 지금 헛소리할 정도로 그렇게 널널한 게 아니잖아요!"

 관치는 제갈현선의 숨넘어가는 외침에 피식 웃음을 보였다.

"꼬맹아."

"네."

"한 가지 재미있는 사실을 알려 줄까?"

"그게 뭔데요?"

"사실 저놈도 내가 무서워서 못 움직이고 있다는 거지."

"저, 정말요?"

"그런데 말이야, 한 가지 문제가 있다."

"문제라뇨. 소장님이 무서워서 못 움직인다면서요."

"일단 움직이기 시작하면 현재 내 능력으로는 막을 방법이 없다는 거지."

"……."

"살고 싶냐?"

"그걸 질문이라고 하는 거예요? 아직 시집은커녕 남자 손도 못 잡아봤다구요!"

"……."

"난 죽어도 처녀 귀신은 사절이에요."

 제갈현선의 단호한 목소리에 관치는 재미있다는 듯 웃음을 보였다.

"소장님."

"응? 읍!"

관치는 느닷없이 자신의 입술을 덮쳐 버린 제갈현선의 행동에 몸이 완전히 굳어버렸다.

◈　◈　◈

"그건 문제가 있군요."
"그럴 거라 생각했습니다."
관치는 싸늘한 표정의 임표표에게 '하지만 이야기가 그렇게 흘러가는 것을 어떻게 합니까.'라는 표정을 지었다.
"나는 언제쯤 나오는 건가요?"
관치는 임표표가 대놓고 자신의 등장 부분을 물어오자 살짝 당황한 기색을 보였다.
"왜요? 설마 모른다고 하진 않겠죠?"
"그럴 리가 있겠습니까. 조금만 기다리시면 등장을 하게 되어 있으니 차분하게 기다려 주십시오."
"좋아요. 계속 들어보죠. 일단 허락도 없이 사고 친 제갈현선은 따귀라도 한 대 맞았다 등의 이야기를 넣어주길 바랍니다."
임표표의 말에 관치는 물론 다른 이들까지 살짝 질린 표정을 지었지만, 그렇다고 누구 하나 따지고 드는 사람은 없었다. 아니, 한 명 있기는 했다.
"임 소저, 그게 무슨 말입니까? 소저가 관치 이야기에 등장을 한다니요?"

"들어보면 알겠죠."

"그리고 제갈 소저가 따귀를 맞을 이유는 없는 것 같은데요. 어차피 이야기는 관치 저 사람이 하는 건데, 외부에서 상황 변화를 요구하면 흐름이 이상해지지 않을까요?"

"흐름 따! 위! 모르겠군요. 그리고 내가 보기엔 따! 귀! 를 맞아야 더 자연스러울 것 같은데, 진 표두님은 그렇게 생각을 안 하시나 보죠?"

"…생각해보니 따귀를 맞아야 이야기가 자연스러울 것 같습니다. 네, 그렇고말고요. 이보게, 관치, 막사 안의 평화를 위해서 한 번만 부탁하네."

"……."

"……."

관치를 포함한, 아니 임표표와 진하석을 제외한 대부분의 사람들은 '그래, 한 번쯤은'이라는 마음으로 적당 선에서 소원을 들어주기로 했다.

그렇게 해버리자며 암묵적 합의에 이르고 있었지만, 그사이 누군가 그 암묵적 합의를 산산이 부술 준비를 하고 있다는 것을 어느 누구도 상상하지 못했다.

5권에 계속

8
작업실 Story

**퍽퍽한 작업실 생활을 하는
우리에게...**

**정오의 햇살이 우리의 뺨을 따스하게 감싸고,
부드러운 바람에
그녀의 찰랑이는 머릿결을 더욱 빛나게 하는**

**봄이 왔습니다.
그리고...**

9

작업실 Story

www.mayabook.co.kr

www.mayabook.co.kr